오늘이

전부인 것처럼

오늘이 전부인 것처럼

발행일	2023년 6월 9일

지은이	백란현, 서영식, 오정희, 이경숙, 이선희, 이영란, 이현주, 허영이, 황혜민, 윤희진		
펴낸이	손형국		
펴낸곳	(주)북랩		
편집인	선일영	편집	정두철, 배진용, 윤용민, 김부경, 김다빈
디자인	이현수, 김민하, 김영주, 안유경	제작	박기성, 황동현, 구성우, 배상진
마케팅	김회란, 박진관		
출판등록	2004. 12. 1(제2012-000051호)		
주소	서울특별시 금천구 가산디지털 1로 168, 우림라이온스밸리 B동 B113~114호, C동 B101호		
홈페이지	www.book.co.kr		
전화번호	(02)2026-5777	팩스	(02)3159-9637

ISBN	979-11-6836-942-9 03810 (종이책)	979-11-6836-943-6 05810 (전자책)

(주)북랩 성공출판의 파트너

북랩 홈페이지와 패밀리 사이트에서 다양한 출판 솔루션을 만나 보세요!

홈페이지 book.co.kr • **블로그** blog.naver.com/essaybook • **출판문의** book@book.co.kr

---

작가 연락처 문의 ▸ ask.book.co.kr

작가 연락처는 개인정보이므로 북랩에서 알려드릴 수 없습니다.

지금 이 순간을 가장 잘 사는 10가지 방법

오늘이

전부인 것처럼

백란현 서영식 오정희 이경숙 이선희 이영란 이현주 허영이 황혜민 윤희진 지음

북랩

들어가는 글

"월요일 좋아, 최고로 좋아. 난 일할 때 제일 멋지지. 오늘부터 열심히 할 거야. 오, 좋아. 월요일 좋아."

월요일 아침 아이들과 함께 노래 부른다. 노래 가사에는 힘이 있다. 학급 아이들은 주말에 신나게 놀았나 보다. 피곤한 표정으로 앉아 있던 친구들이었지만 노래 덕분에 밝아진다. 나를 지켜보고 있는 학생들 앞에서 나도 힘을 낸다. 후회 없는 월요일을 보내겠다고.

학창 시절에도, 직장인으로도 오늘을 포기해야 내일의 행복을 가질 수 있을 것만 같았다. 주 5일 근무하면서 주말만 기다리는 모습처럼, 1년 내내 휴가를 기다리는 회사원처럼 살았다.

오늘도 내일도 출퇴근을 반복하며 변화가 없었던 시절, '작가'가 되고자 마음먹었다. 수험생 시절에도 논술 시험 없는 대학을 골라 입시를 치를 정도로 글쓰기를 좋아하지 않았다. 내일을 위해 작가 공부를 시작했다. 마흔 넘어 글을 쓰겠다고 마음먹은 까닭은 제사보다 젯밥에 관심이 있었기 때문이었다. 글을 쓰면서 알았다. 작가는 내일보다는 오늘에 충실해야 한다는 사실을.

『오늘이 전부인 것처럼 - 지금 이 순간을 가장 잘 사는 10가지 방법』은 열 명 공저자의 '오늘'이 담겨 있다.

1장 '흘러가는 대로 살았던 날들'에서는 인생에서 나태하게 살았거나 의욕을 잃었던 시점을 골라 독자들 앞에 털어놓았다.

2장 '오늘, 지금의 소중함을 깨닫게 된 순간'에서는 잘 사는 것이 무엇인가를 깨닫게 해주는 사건을 중심으로 썼다.

열 명의 작가가 생각하는 나름의 '지금을 산다는 것의 의미'는 3장에 적었다.

과거에 일어났던 아픔과 상처에 얽매이는 것은 바람직하지 않다. 미래에 일어나지도 않은 일에 대해 지금 불안해하고 걱정했던 것 또한 떠나보내야 한다는 점에 대해서 4장 '걱정과 불안을 떠나보내다'에 고백했다.

5장 '오늘이 전부인 것처럼'에서는 지금이 주어진 삶에서 전부인 것처럼 생각하고 살아가는 우리들의 하루 모습을 그대로 보여주었다.

50편의 글 중에서 어느 페이지를 먼저 읽더라도 독자의 삶을 비추고 적용할 수 있는 메시지를 담았다. 작가로 살아가고 있지만 내 삶의 부족했던 모습을 드러내는 일은 쉽지 않다. 이 글을 쓰는 지금, 작가들의 후련한 고백이 책을 읽는 독자에게도 용기를 주길 바라는 마음 간절하다. 책을 통해 소통하는 오늘도 우리들에게는 지금을 살아가는 가치였으면 좋겠다.

혼자 책을 쓰려고 마음먹었다면 치열한 오늘을 살기는커녕 책쓰기를 때려치웠을지도 모르겠다. 사는 곳, 하는 일, 연령 등 공통된 점이 하나도 없는 열 명이 마음을 모아 한 권의 책을 썼다. 함께 했기 때문에 서로가 밀고 당기며 완성하는 희열을 느꼈다.

책을 쓰는 순간도 오늘을 치열하게 살았던 기간이었다. 2월 11일 자이언트 공저 8기 오리엔테이션부터 들어가는 글을 쓰는 이 순간까지 우리들의 오픈 톡 방에서 격려했던 기운을 이제 독자들과도 나누고자 한다. 독자 없는 글은 단 한 줄이라도 의미와 가치를 두기가 어렵다. 열 명의 이야기가 독자들의 치열한 삶에 도움 되었으면 좋겠다.

함께 읽고 쓰면서 오늘 하루도 잘 살았다고 자화자찬하는 '나'가 되길 바란다. 이 책을 읽는 동안 〈지금 이 순간〉 노래를 들어보는 것도 괜찮겠다. 독자들의 '지금'을 응원한다.

책이 세상 빛을 보도록 도움을 준 자이언트 북 컨설팅 이은대 대표에게 감사드린다.

20년 차 초등교사 그리고 3년 차 작가
오늘도 내일도 치열하게 살아갈
백란현 작가 白作

차례

3장 지금을 산다는 것의 의미

4장 걱정(과거)과 불안(미래)을 떠나보내다

5장 오늘이 전부인 것처럼

1장

흘러가는 대로 살았던 날들

1-1.
스무 살의 넌, 그럼에도 예뻤다

백란현

학교에 가지 않았다. 아침 7시 학교 가는 척 집을 나섰다. 버스를 타지 않았고 혼자 천안 시내를 걸어 다녔다. 당장 어떻게 할 수 없었지만 등교하고 싶지는 않았다.

대학 진학만이 살고 있던 집을 벗어날 기회였고 원하던 사범대학 역사교육과에 입학했다. 시작은 나쁘지 않았다. 동기들은 나를 과대표로 뽑아주었다. 과 친구 도움으로 말투도 서울말로 바꾸었다. 낯설었던 학교 건물이 익숙해졌고 수업 들으면서 친구들과도 가까워졌다. 빠르게 적응하였다. 그러나 두 달 후부터 등교하지 않았다. 공주 가는 대신 천안 시내를 돌아다니고 있었다.

밥, 빨래, 청소를 모두 해결할 수 있었던 이모 집은 내가 꿈꾸던 도시 생활이었다. 4년간 함께 지내자며 이모부도 나를 환영해주었다. 그러나 통학에서 점차 지쳐가고 있었다.

매일 7시, 집을 나섰다. 통학버스는 7시 30분에 천안에서 출발했고 8시 40분경 공주대에 도착했다. 9시 수업이 없었던 날에도 무조건 같은 시간에 등교했다. 핸드폰 없는 신입생, 공강 시간 넓은 캠퍼스에서 동기들과 연락할 방법은 없었다. 시간을 때우기 위해 갈 수 있는 곳은 도서관뿐이었다. 전공 수업 시간이 되어서야 같은 과 친구들을 만났다. 연락 안 되는 나에게 서운해했다. 휴대폰을 갖고 싶다고 엄마에게 말했다. 공부하러 대학 간 녀석이 휴대폰이 웬 말이냐 되물었다. 등록금과 버스비만으로도 부담되는 상황이었음을 나도 익히 알고 있었다.

버스 시간 때문에 늦은 밤까지 과 친구들과 어울리지 못했다. 1학년 과대표인데 학과 행사에도 잠깐 갔다가 바로 일어서야 하니 선배들에게 눈총을 받았다. 학교 근처에서 방을 얻어 생활하는 친구들처럼 나도 공주에 살고 싶었다. 친구들끼리는 선배들과 어울려 식사도 하고 과제도 선배 도움받아 수월하게 완성하는 것 같았다.

선배들과 저녁에 토론할 수 있는 근현대사 분과에 들어갔다. 중·고등학교 때 배웠던 역사적 지식보다는 깊이가 있었다. 근현대사 범위 안에서 매주 몇 시간씩 토론할 수 있는 것도 새로운 경험이었다. 분과 모임이 끝난 후에는 선후배 함께 밥을 먹으러 가곤 했는데 역시나 버스 시간 때문에 참석할 수 없었다. 학교 통학 버스를 타지 않고 공주 터미널에서 시외버스를 탄다 해도 공주에 머무는 시간은 짧았다. 몇 분 더 있지도 못할 바에야 버스 요금이 조금이라도 저렴한 통학버스가 낫다 싶었다.

오늘이 전부인 것처럼

공부도 부담되었다. 대학 교재는 한문과 영어가 가득했다. 특히 영어는 고어가 많아서 사전에도 잘 나오지 않았다. 나 빼고 열아홉 명의 과 친구들은 대전 시내로 자주 놀러 다녔고 과제도 곧잘 해왔다. 선배들과 뒤풀이 시간을 많이 가졌기 때문일까. 2학년 과대표에게 과제 자료를 넘겨받는 것 같았다. 1, 2학년 사이에 내가 끼어들 곳은 없었다. 버스 통학한 날짜만큼 함께 놀고 공부할 수 있는 기회를 놓쳤다.

체육대회를 앞두고 지도교수에게 가서 휴강을 요청하였다. 교수실에서 나와 운동장으로 향했다. 체육대회 종목별 연습을 하고 있는 운동장에는 나 한 명 없어도 어색해 보이지 않았다. 그들은 친밀했고 과제 걱정이나 시험에 대한 부담은 전혀 없어 보였다.

체육대회 이후 나는 학교에 가지 않았다. 속이 뚫린 것 같았다.

며칠 천안 시내에 돌아다니다가 도서관을 발견했다. 공주 가는 척하고 천안 도서관에 앉아있어도 아무도 나와 부모, 이모에게 연락할 사람 없었다. 대학 생활에서는 학생인 내가 수업 빠졌다고 교수가 연락하는 일 따위는 생기지 않았다.

'뭐부터 해야 하지?' 분명한 사실은 다시는 되돌아가고 싶지 않았다는 점이었다. 대학 입학으로 집에서 벗어나고 싶었던 마음이 간절했었다. 원거리 통학과 타지에서의 대학 생활을 해보니 집 가까운 대구에서 학교 다니는 고등학교 친구들이 부러웠다. 그들과 함께 나도 대구에 있었다면 대학 생활은 쉽게 적응하지 못했을지라도 절친을 만나 속풀이를 할 수 있었을 터다.

중간시험 기간부터 학교에 가지 않았기 때문에 1학기 성적은 포기했다. F학점 성적표가 집에 날아오기 전에 자퇴하기로 결심했다. 엄마와 상의가 필요하다. 무슨 말을 해야 학교를 포기하는 것에 대한 합리적인 설득이 가능할까. 공주대 역사교육과에 갔다는 소식을 전했을 때 5학년 담임 김임식 선생님은 "교대에 가지, 왜 사범대에 갔느냐"고 말한 적 있다. IMF 이후 내 성적보다 교대 입학 커트라인이 높아져서 원서조차 쓰지 못했다. 교대에 간다고 해야 엄마, 아빠를 설득할 수 있을 것 같았다.

자퇴하겠다는 말에 엄마는 1학기를 마친 후 휴학을 권했다. 교대에 가지 못한다 해도 되돌아갈 곳이 있기 때문이니까.

"나는 공주 안 갈 거야. 교대 못가도 성적 맞춰서 대구에 있을 거야."

두 달만 더 천안에서 버티기로 했다. 아침 일찍 학교 가는 척 나오는 것은 쉽지 않았지만 새벽에 일어나 일찍 도서관에 가 있는 것은 공주에서 수업 듣는 것보다는 마음이 놓였다. 12대 1이라는 높은 경쟁률도, 1학기 등록금도, 3, 4월 학교생활 했던 시간도 아까웠다. 후회가 밀려올 때마다 '총력 테스트'라는 수능 교재를 펼쳤다. 때론 도서관 주변을 한 바퀴 돌면서 머리를 식히기도 했다.

6월 마지막 주에 휴학과 재수에 대한 소식을 이모에게 말한 후 집에 내려왔다. 우체부 아저씨가 지나갈 때마다 긴장했다. 공주대에서 도착한 우편물을 엄마보다 내가 먼저 손에 쥐었다. 전

과목 F였다. 찢어서 흔적을 없앴다.

집안엔 나 혼자 공부할 공간이 마땅치 않았다. 초등학교 때부터 1등하면 피노키오 책상 사달라고 말한 적 있었으나 갖지 못했었다. 재수 생활, 밥상 펴놓고 수능 공부를 했다. 집중이 되지 않을 때는 수학만 내내 풀었다. 정답이 명확한 수학 덕분에 교대 입학에 희망을 걸 수 있었다. 수능이 얼마 남지 않았다. 원서를 쓰기 위해 졸업한 학교에 다시 갔다. 고3 연구실에는 작년에 대학 진학자 명단에 내 이름이 그대로 적혀 있었다. 재수한다는 말에 선생님들은 원서를 써주지 않겠다고 했다. 나름 4년제 대학에 잘 진학했다고 생각했을 텐데 다시 찾아온 나 때문에 실망한 것 같았다.

학교에 가지 않고 천안 시내를 배회했던 날들. 전 과목 F학점의 낙제생. 20년도 더 지난 지금, 99학번 새내기 시절을 회상해 본다. 빛이 없었다. '란현'의 스무 살. 인생 가장 아름다운 나이를 나는, 걱정과 염려 속에 살았다. 아는 사람 한 명도 없는 충청도 땅에 혼자 버려진 듯했다.

힘내라는 흔한 말은 해주고 싶지 않다. 다만, 지금의 방황이 훗날 성장의 씨앗이 될 수 있다는 사실만큼은 꼭 말해주고 싶다. 그러니 실컷 방황하라고. 걱정과 염려 따위 집어치우고, 하고 싶은 일, 가고 싶은 곳 마음껏 하고 다니며 청춘의 혼돈을 즐겨 보라고. 외롭고 쓸쓸한 날들이라도, 넌 참하고 예쁜 스무 살이라고.

1-2.
당신의 배터리는 얼마나 남았습니까

서영식

요즘 대부분 스마트폰을 가지고 다닌다. 정보통신정책연구원의 2022년 연구에 따르면 국내 스마트폰 보유율은 93%라고 한다. 길거리, 카페, 지하철, 사무실, 집, 심지어 화장실에도 한 몸처럼 손에 붙어있다. 채팅(카카오톡 등의 메신저), 뉴스, 유튜브, 넷플릭스, 인스타그램, 페이스북을 보는 것이 일상이 되었다. 날마다 새롭고 재미있는 볼거리가 넘쳐난다. 정신없이 보고 있는데 빨간색 경고등이 깜박인다. 불안하다. 틈날 때마다 충전한다. 갑자기 방전될 수도 있으니 보조 배터리도 들고 다닌다. 전원이 꺼지더라도 특별히 중요한 연락이 오지 않을 수도 있다. 그래도 습관적으로 용량을 확인한다. 직장생활 중에 충전은 하지 않고 방전만 되던 시기가 있었다. 이미 머리와 몸은 경고 표시를 보내고 있었다. 정신없이 앞만 보고 달렸다. 애써 무시하고 확인할 생각은 하지 않았다.

어느 순간, '내가 뭐 하고 있지? 제대로 하고 있나?' 새로운 아이디어가 떠오르지 않았다. 번 아웃(심신이 지친 상태, 탈진, 연소, 소진)이 온 것일까? 투입한 양에 비례해 산출량이 나온다. 나는 투입량은 그대로인 상태에서 바닥까지 긁어댔다. 성과를 내기 위해 계속 쥐어 짜내려고만 했다. 배터리의 잔량은 거의 남지 않았다.

일상은 나를 그냥 쉬게 두지 않는다. 계속 성과를 요구한다. 일하면서 더 좋은 방법을 찾고 다양한 산출물을 만들기 위해 노력한다. 신입사원 때에는 출근과 동시에 마감이 촉박한 업무에 끌려다녔다. 빨리 기한 내에 일을 마쳐야 한다. 이십 년 넘게 한결같이 일하다 보니 일의 순서와 방향이 보인다. 이젠, 할 일을 챙겨서 할 수 있다. 팀에서 처리할 업무를 미리 해놓고 사전에 보고한다. 더 나은 아이디어를 찾기 위해 관련 도서를 찾아 읽어 본다. 인터넷 커뮤니티에 가입해서 다른 회사의 정보도 확인한다. 업무에 필요한 교육도 신청해서 듣고 실무에 적용도 한다.

계속 열심히 일하며 일주일을 보내고 나니 머리가 무겁고 멍했다. 결과는 만족스럽지 않았다. 배터리가 방전 직전까지 갔던 시기에는 무기력해졌다. 시간에 쫓겨 따라가기에 급급했다. '이 정도면 충분하겠지?' 하고 넘어가려고 했다. 꼭 필요한 일만 최소한으로 하려고 한 적도 있다. 더 잘하려는 마음으로 의욕이 넘치던 때와는 달랐다.

이런 시기를 이겨내는 방법을 찾아봤다. 번 아웃 관련 내용을 검색도 해보고 관련 도서도 찾아서 읽었다. 같은 경험을 한 사람이 있는지 주위 사람들에게 물어보기도 했다. 도움이 되는 글과 말도 있지만 원하는 답을 명확하게 찾기는 어려웠다. 누군가가 이런 상황에서 어떻게 해야 할지 물어본다면 '편안하게 좀 쉬면 괜찮아질 거야.'라고 답할 수는 있다. 하지만, 현실은 매일 새롭게 할 일이 생긴다. 직장생활 하면 마음 편하게 쉬기 어렵다. 정해진 기간 내에 끝내고 나면 또 다른 일들이 텍사스의 소 떼처럼 밀려올 때도 있다. 몰려드는 일을 처리하기 위해 정신없이 달렸다. 생각할 시간이 필요했다. 잠시 멈춰야 했다. '뭔가 달라져야 한다.'라는 생각이 꿈틀거렸다. 다시 불타오르게 할 수 있을까?

이나모리 가즈오 작가가 쓴 도서『인생을 바라보는 안목』에서는 사람은 유형별로 스스로 불타오르는 사람(자연성)이 있고 누군가 불을 지피면 활활 타오르는 사람(가연성), 불타오르게 해도 불이 붙지 않는 사람(불연성)이 있다고 한다. 나는 불을 지펴주면 타오르는 사람(가연성)이다. 주위에서 잘한다고 칭찬해 주면 더 신나서 열심히 한다.

전옥표 작가가 쓴『리부팅』에서는 번 아웃을 '하얗게 불태웠다'라고 표현한다. 생각해 보면 배터리가 방전될 징조는 이미 있었다. 갑자기 방전되는 것은 아니다. 미리 '아! 지금 내가 에너지 소진이 많이 되어서 충전을 해야 할 시기가 왔구나.' 생각하고 준비를 미리 해야만 한다. 이미 방전되고 나서 다시 회복하려면 시간이 더 오래 걸린다.

살면서 의욕이 없고 멍해지는 때가 있다. 마치 세상을 다 산 것처럼 허무함이 느껴진다. 몸도 마음도 힘이 빠진다. 그 시기를 잘 이겨내는 것을 회복 탄력성이라고 한다. 김주환 작가는 『회복 탄력성』에서 역경과 고난을 도약의 발판으로 삼는 힘이라고 한다. 고무공을 꽉 움켜쥐었다가 펴면 다시 원위치가 되는 느낌이라고 할까? 마음에도 회복 탄력성이 필요하다. 그러기 위해서는 스스로 마음을 돌봐야 한다. 항상 열정과 의욕이 넘치게 살기는 힘들다. 자신만의 방법이 필요하다. 나는 영화를 좋아한다. 새로운 영화를 보면서 에너지를 얻는다. 영화도 좋지만 간접 경험을 할 수 있는 독서를 통해서 더 많이 회복한다. 무기력함에 빠질 때 비슷한 경험을 한 사람들의 책을 읽는다. 나보다 더 힘들게 살았던 사람들의 이야기는 많은 도움이 된다. 위로도 되고 열심히 살고 싶다는 마음도 든다.

다시 열정을 되찾고 일상으로 돌아왔다. 시간이 그렇게 오래 걸리지는 않았다. 나만의 방식으로 극복할 수 있었다. 잠깐 쉬면서 숨 고르기를 했다. 독서를 통해 극복하는 방법이 많은 도움이 됐다. 일상은 똑같이 흘러가고 여전히 바쁘다. 달라진 것은 마음이다. 어떻게 생각하느냐에 따라 달라진다. 생각을 바꾸는 연습을 계속하면 삶을 대하는 태도를 바꿀 수 있다.

오랜만에 날렵하고 깔끔한 디자인의 갈색 구두를 샀다. 발이 아프진 않을까 살짝 걱정했다. 가죽이 부드럽다. 오래전부터 신었던 것처럼 발이 편하다. 콧노래를 부르며 출근한다. 사람들이 다 내 구두만 보는 거 같다. 점심을 먹고 나오다가 계단에 발이 걸려서 넘어질 뻔했다. 구두 앞부분에 선명한 줄이 보인다. '아! 진짜 짜증 나네. 오늘 처음 신었는데. 화난다. 화나.' 이런 마음이 들면 종일 짜증이 난다. 찡그린 눈으로 자꾸 아래를 본다. 아무도 모르는데 혼자 온종일 구두 생각만 한다. 생각을 바꾸면 기분이 달라진다. '새 구두가 긁히긴 했지만 어디 몸을 안 다쳐서 다행이다.'

회사 업무를 할 때 변화된 상황이 생긴다. 더 힘들진 않을까? 하고 걱정한다. '이때까지 익숙하게 잘해왔는데 또 새롭게 해야하잖아? 아! 진짜 열 받는다.' 관점을 바꿔본다. '기존 방법은 익숙해졌지만 새로운 일은 좋은 기회가 될 거야. 힘들어도 뭔가 배울 수 있겠지. 나의 경험을 더하는 영양분으로 생각하자.' 일을 대하는 태도가 바뀐다. 마음도 부정적일 때보다 편하다.

거북이의 노래 중에 '빙고'라는 노래가 있다. 가사 중에 "모든게 마음먹기 달렸어. 어떤 게 행복한 삶인가요. 사는 게 힘이 들다, 하지만 쉽게만 살아가면 재미없어 빙고"가 있다. 생각의 전환이 필요할 때 듣는 노래다. 음악도 좋은 치료제가 된다. 나의 마음을 표현해 주는 노래를 들으면 우울할 때 위로된다. 살다가 한 번쯤 누구나 슬럼프를 겪는다. 문제를 만드는 것, 해결하는 것 둘 다 나 자신이다. 누가 대신 답을 찾아줄 순 없다. 여러 가지 방법 중에 나에게 맞는 방법을 찾는다. 음악, 그림, 달리기, 운동, 요가, 명상, 책, 잠자기, 노래하기, 여러 가지 방법이 있다. 이겨내는 여러 방법 중 나는 독서와 글쓰기가 가장 효과가 있었다.

오늘이 전부인 것처럼

하루하루 소중하게, 1분 1초도 허투루 쓰지 않으려고 힘썼다. 이렇게 치열하게 살면 누구나 방전될 수 있다. 중요한 것은, 휴대전화 배터리처럼 방전을 예상할 수 없다는 사실이다. 모두가 열심히 사는 세상, 에너지가 고갈되지 않도록 예방해야 한다. 첫째, 매일 5분이라도 자신을 돌아보는 시간을 가져야 한다. 둘째, 일하는 목적이 나와 가족을 위함임을 스스로 깨우쳐야 한다. 셋째, 한 달에 하루 이틀 정도라도 자신을 위한 시간을 가져야 한다. 먹고살기 바쁘다는 이유로 몰아붙이지만 말고, 주어진 몫의 삶을 묵묵히 살아가는 자신을 스스로 칭찬하고 격려했으면 좋겠다. 이 글이 독자들에게 자신의 배터리 잔량을 확인하는 기회가 되길 바라본다.

1-3.
내 꽃을 만날 날을 기다리며

오정희

무엇을 할지, 어떻게 해야 할지 막막했다. 나를 찾기 위해 고민하고 방황했다. 80년대 초 대학교는 크고 작은 데모가 수시로 있곤 했다. 간혹 휴강이 되기도 했지만, 화학 실험 수업은 좋았다. 있으면 빠지지 않고 참석했다. 취미로 영화 보기를 좋아했다. 어떤 날은 영화를 조조부터 보고 또 보는 날도 있었다. 종로 3가에 있던 영화관 오카방고는 내게 사막의 오아시스와도 같았다. 돈암동의 경사가 급한 계단을 올라가서 마주하는 2층 호프집 온달도 마찬가지였다. 영화 보기, 친구들과 만나서 술 마시기…. 말 그대로 나의 대학 생활은 특별하게 하고 싶은 일이 없었다. 어떤 사람이 되겠다는 목표도 없었다. 그냥 방황하는 주변인으로 시간을 보냈다.

대학 4학년, 교생실습을 하고 친구들은 취업 준비로 바빴다. 분주하게 움직이는 친구와 다르게 난 그때도 하고 싶은 일, 무엇을 해야 할지 목표도 뚜렷하지 않았다. 내가 원하는 것도 막연했다. 해결할 수 없는 사회적 문제, 불확실한 미래, 머릿속은 복잡했다. 그래도 나에게 맞는 삶의 방식은 찾고 싶었다.

졸업할 무렵 제2금융권에 취업했다. 명동으로 출퇴근하는 직장인이 되었다. 학교와는 또 다른 새로운 시작이었다. 신입사원의 눈에 직장인들의 모습은 별세상 사람들처럼 보였다. 그런 사람들과 함께한다는 것만으로도 은근한 자부심을 가질 수 있었다. 기쁨도 잠시, 철저한 자본주의 세계였다. 고객의 등급을 자산으로 판단했다. 돈이 서열정리를 해주는 모습을 봤다. 출퇴근 길에 마주하는 시위행렬과 전경들의 모습이 명동과 시청 거리에서 재연되었다. 대학교 생활이 다시 떠올랐다. 최루가스를 피해 문을 닫고 퇴근길을 걱정했다. 시위하는 사람, 막는 사람도 나처럼 걱정이 됐다. 나는 더운 여름날, 두꺼운 옷과 헬멧을 쓰고 있는 전경들도 안타까웠다. 그들이 원해서 하는 일도 아니다. 현실의 상황은 내 뜻과 다를 때도 있다. 나의 마음은 다시 학창 시절로 돌아간 듯했다. 뭔가 새로움을 느꼈던 기분이 가라앉았다. 여직원들과 꽃꽂이도 배우고, 취미활동도 같이 했다. 조금 달라졌다고 생각한 나는 예전 모습으로 돌아가고 있었다.

1989년, 임수경에 관한 기사로 한창 시끄러울 때였다. 민주화운동의 싹이 나고 있을 때였다. 여전히 공안정국의 그늘이 남아 있는 시기, 북한에 간 이십 대의 어린 여대생. 남은 가족은 어떻게 하라고 저렇게 무모한 행동 했을까 하는 생각을 할 즈음이었다. 오십 대 중반으로 보이는 여자가 영업장을 방문했다. 임수경의 어머님이라고 했다. 주위에서 수군거리는 소리가 들렸다. 서둘러 사장실로 들어가는 모습이 보였다. 매장의 다른 고객들과 왠지 달라 보였다. 힐끔 사장실로 눈이 갔다. 들어갈 때보다 편안하게 나오는 걸 봤다. 원하는 상담은 잘 받았는지 궁금했다. 그날 퇴근길엔 임수경 어머님의 모습이 자꾸 생각났다. 쑥덕거리는 사람을 피해서 쫓기는 듯 들어가던 장면이 눈에 아른거렸다. 당당하게 살아가는 삶에 대해 생각해 보게 되었다.

날씨는 잿빛 가득 우중충 비가 쏟아질 것 같았다. 발 디딜 틈 없는 명동길을 걷는 나와 사람들의 모습이 좀비처럼 느껴졌다. 명동성당 앞을 지나는데 촉촉한 멜로디에 발걸음이 나도 모르게 느려졌다. 앳돼 보이는 청년 두 명이 통기타를 치며 노래를 부르고 있었다. 그들 앞에 '수와 진'이라고 쓰인 종이가 보였다. 청명한 노랫소리는 성당의 불빛과 함께 귓가에 은은하게 들렸다. 걸음을 멈추고 노래하는 모습을 멍하니 한참 지켜봤다. 명동성당 뒤쪽을 돌아 삼일로 창고극장으로 발걸음을 옮겼다. 어둡고 컴컴한 극장 안은 허름했고 관객도 몇 명 없었다. 〈세일즈맨의 죽음〉이었나? 잘 생각나지 않지만, 배우들은 온 힘을 다해 공연했다. 연극을 보는 내 눈가는 알 수 없는 이유로 뜨거워지고 코끝이 찡해졌다. 늦은 밤 버스를 타고 집으로 가면서도 피곤한 줄 몰랐다. 계속 오늘 만난 사람들의 모습이 아른거렸다.

삶에 대한 기대와 희망을 다시 생각하게 되었다. 임수경 어머님, 수와 진, 연극배우 모두 열심히 살지만 힘들어 보였다. 그런

오늘이 전부인 것처럼

사람들을 보니 인생은 처한 환경에 상관없이 이겨내야 하는 게 아닐까? 그냥 지금, 이 순간을 벗어나고 싶다는 생각뿐이다. 마음과는 다르게 현실만 바라봤다. 여전히 속으로는 정의로움을 생각했다. 겉으로는 아무렇지 않아 했다. 내 마음을 그 당시엔 나도 알 수 없었다. 생각만 하고 말은 하지 않았다. 마음속의 정의와 현실은 여전히 부딪혔다. 소심한 속앓이는 직장노조 설립 문제로 어수선한 분위기에 지레 겁을 먹었다. 5년을 넘게 다닌 직장을 아무 대책도 없이 5월에 사표를 냈다. 도망치듯 사표를 내고 나오는데 하늘은 왜 그리도 푸르고 눈부신지 눈물이 날 것 같았다.

조정래의 『태백산맥』을 읽으면서, 지리산, 뱀사골, 노고단을 책 따라 답사해보기로 했다. 가방을 메고 버스를 타고 길을 물으며 걸었다. 햇살은 눈 부셨고 강물은 반짝이며 아름다웠고 만나는 사람들은 친절했다. 뱀사골의 흘러내리는 물줄기를 보고, 노고단의 가파른 길을 걸었다. 아름다운 강산, 가슴이 먹먹해졌다. 나의 가슴 한쪽에 자리 잡은 알 수 없는 덩어리가 무너져내렸다. 앞으로 어떻게 살아야 할지 오르고 또 오르면서 고민했다. 내 앞에 무엇이 놓이든 중요한 것은 계절이 바뀌고 물이 흘러가듯 그렇게 살아야 한다는 사실. 다시 무언가를 하고 싶은 생각이 들었다.

한참이 지난 지금, 그때를 생각하면 지금 나의 모습은 상상할 수 없다. 내가 좋아하는 것, 하고 싶은 것을 찾는다. 직장이 아닌 평생 직업이 될 만한 자격증을 따려고 공부한다. 퇴근 후의 시간도 바쁘게 쓰면서 늦은 시간까지 책을 보기도 한다. 앞으로 유망하다고 하니까 하기는 하는데 도대체 내가 지금 무엇을 하고 있는지 모를 때도 있었다. 대학생 때 숨지 말고, 직장 생활할 때 도망치지 않았다면 어땠을까 하는 생각을 해본다. 지나간 시간을 되돌아본다고 달라지는 것은 없지만, 가끔 생각해 본다.

벽제 시립 승화원 앞 버스정류장, 이른 아침 몸을 움직여 보아도 스멀스멀 스며드는 한기에 몸과 마음은 춥고 떨린다. 버스를 기다리며 내 입김과 화장장 굴뚝에서 나오는 연기를 바라본다. 주변을 둘러보니 출근하는 차들이 많아지고 있다. 차들도 주변 나무도 공간도 살아나고 있다. 비현실적인 공간에 나 홀로 존재하고 있다 깨어나는 것 같았다. 하얀 연기를 뿜으며 달리는 자동차들 사이로 먼동이 떠오르고 있다.

오늘은 불안하고 내일은 알 수 없어 흔들린다. 버스도, 내 마음도. 손잡이를 힘껏 잡아 본다. 살아오면서 휘청거렸던 나와 내 삶을 단단하게 움켜쥐듯이. 창밖으로 바람에 흔들리는 가로수가 보인다. 제법 부는 바람에 나뭇잎과 가지가 흔들린다. 나무는 꿈쩍도 하지 않는다. 뿌리, 뿌리가 있어서다. 이제 내 삶에도 뿌리를 내리고자 한다. 하고 싶은 일이 없을 수도 있고, 이루고 싶은 꿈이 희미할 수도 있다. 삶은 언제나 현재진행형이니까. 지금껏 흔들려도 꺾이지 않고 살아온 나를 격려한다. 흔들리면서도 꿋꿋하게 버텨준 인생 뿌리에도 감사한다. 흔들리지 않고 피는 꽃은 없다고 했다. 환하게 피어날 '내 삶의 꽃'을 기대해 본다.

오늘이 전부인 것처럼

1-4.
어느 날, 날개가 돋기 시작했다

이경숙

_____   _____

큰아이 세연이가 보이지 않는다. 방금 계단 쪽에서 아이 소리가 들렸는데…. 아래층 민아네 집에서 놀고 있나 싶었다. 매일 가서 노는 집이라 그런가 보다 하면서 민아네 집에 가봤다.

"한참 전에 갔어요. 집에 간 줄 알았는데, 안 왔어요?"

민아 엄마의 말에 가슴이 철렁했다. 서울에서 좀 떨어진 곳이라 동네 사람들이 거의 모든 아이를 알고 지내는 곳이다. 얼른 빌라 밖으로 나갔다. 주변에 낮은 주택이 줄지어 자리하고 있다. 마침 상현이 아줌마를 만났다.

"광하빌라 지하층 아줌마가 데리고 가던데."

옆 건물 지하에 가봤다. 유독 아이들을 예뻐하는 아주머니다. 우리 세연이에게 간식을 주면서 놀아주고 있었다. 아주머니는 미안한 표정을 지으며 말했다.

"에고, 내가 말을 하고 올 걸 그랬네."

이 동네로 이사한 지 1년도 안 되었는데 동네 사람 거의 모두를 알고 지낸다. 대부분 서울에서 이사 온 사람들이다. 원래 있던 동네에 1, 2년 전부터 빌라들이 들어서면서 동네가 커가고 있는 곳이다. 사람들도 친절하고 정이 많았다. 남편이 부동산 잡지 기자로 서울시 주택값에 대해 취재 다닐 때였다. 우리는 언제쯤이나 집을 살 수 있을까 하는 생각이 들었다고 했다. 며칠 동안 서울 근교를 취재하다가, 새로 짓는 빌라 가격이 싸서 가계약하고 왔다고 했다. 우리가 가진 돈은 별로 없지만 이 정도 가격이라면 부지런히 모으면 몇 년 안에 갚을 수 있을 것 같아서 계약했다고 한다. 다 팔려버리면 그나마도 우리 집이 안 될 것 같아서 가지고 있던 카드로 하고 왔다고 한다.

아주 작은 집이었다. 실평수 10평쯤 되는 집이다. 화장실 바로 옆에 싱크대가 붙어 있고, 주방 겸 거실에는 건조대를 펴면 움직일 공간이 부족했다. 화장실 바로 옆이 싱크대라 매일 두세 번은 화장실 청소를 했다. 주방과 화장실이 가까워 음식을 할 때 마음이 불편했다. 하얀 걸레도 깨끗하게, 아기 기저귀랑 같이 삶아 눈부시게 하였다. 안방과 작은방 창문은 까치발을 해야 열 수 있을 만큼 높은 곳에 있다. 주방 창문도 열고 맞은 편의 안방, 작은방 창문을 열면 시원한 바람이 내 몸을 통과하는 듯하다. 기분이 좋다. 좁은 집이지만 천장이 높아 답답함이 덜한 집이었다.

주말이면 아이들과 남편이랑 동네 뒤 야산에 가서 놀다 오기도 하고, 봄에는 이웃 엄마들이랑 쑥을 캐러 다니기도 했다. 답답할 땐 조금만 나가면 넓게 펼쳐진 비닐하우스 밭도 있다. 비닐하우스 안에서는 손놀림이 빠른 아낙네들이 작업하고 있다.

"근처 사는 동네 주민인데 혹시 채소를 살 수 있어요?"

하고 물으니 흔쾌히 그러라고 했다. 집에서 기른 채소 같았다. 무, 배추로 김치를 담그니 맛있게 담가주던 어머니 생각이 절로 났다.

바깥세상이 궁금했다. 아직 둘째가 아기여서 일을 하고 싶어도 할 수 없었다. 집 앞을 나가면 앞 동의 연립 아주머니들이 모여서 사포에 뭔가를 문지르고 있었다.

"뭐 하는 거예요?"

물었더니 나무로 된 장난감을 다듬는 부업이라고 했다. 나도 할 수 있는지 물어봤다. 아기가 있는데 먼지 날리면 좋지 않을 것 같다고 대답했다. 아기가 있어도 아직 어리니까 뭔가 하고 싶다고 말했더니, 알아봐 주겠다고 했다. 며칠 후, 나에게 맞는 부업이라며 작은 칩을 한 봉지 가져왔다. 전자제품에 들어가는 것인데 얇은 쇠붙이 같은 걸 순서대로 끼우면 된다면서 해보겠냐고 했다. 고맙다고 말하고 받았다. 좁은 거실에 앉아 작은 밥상을 펴놓고 끼우고 있었더니, 네 살짜리 세연이가 같이 해도 되냐고 묻는다. 한번 해보라고 했더니 제법 잘했다. 구부리고 앉아서 부지런히 해도 하루에 몇백 원이었다. 손이 빠른 민아 엄마는 몇천 원도 버는데 나는 세연이가 가끔 도와주어도 몇백 원밖에 벌지 못했다. 그래도 며칠을 하고 나서 한 번에 받으면 하루 반찬값은 되었다. 세연이 매일 학습지도 봐주면서 아기가 자는 동안

하는 일치고는 괜찮았다. 하지만 손이 느린 나는 뭔가 더 돈이 되는 일을 하고 싶었다. 아직 세연이가 유치원을 다니지 않아서 두 아이를 맡기고 일을 한다는 것이 무리였다. 그런데도 답답하기 그지없었다. 동네 엄마들이랑 시간을 보내는 것도 잠깐은 재미있지만, 매일 할 일은 아닌 것 같았다. 일상이 지루하니 무언가 새로운 일을 하고 싶었다.

대학 졸업하고 몇 달 동안 집에 있을 때가 떠올랐다. 시골 동네라 온 마을 사람들이 나를 안다. 집성촌이라 문밖에만 나가면 모두 친척이다. 더구나 우리는 항렬이 낮아서 만나는 사람 대부분이 어른이다. 나랑 나이가 비슷하거나 어려도 촌수는 나보다 위인 사람이 많았다. 이 동네에서는 여자가 대학을 나온 사람은 거의 없다. 바로 윗집에 한 명 있고 멀리 떨어진 곳에 한 명 있다고 했다. 두 사람 다 나보다 열 살 정도 나이 차이가 있는 사람들이다. 우리 동네는 대학에 들어가면 장학금도 주었는데 여자는 제외한다고 했다. 오빠와 나를 가르치느라 힘들어하는 아버지를 보고, 동네 사람들은

"딸내미 키워서 시집보내면 그만인데, 굳이 대학교까지 보낼 필요가 있어?"

하며 묻곤 했다. 주변 사람들 눈치 보면서 졸업했던 내가, 집에 있으려니 숨통이 막혔다. 농번기에는 아버지 어머니를 도와 농사일도 했다. 어설픈 손이라 도움이 되지는 못했지만, 집에 있으면서 모르는 척할 수 없었다. 탈출하고 싶었다. 어쩌다 읍내에 나가려고 나서면 다른 사람들이 나를 보고 손가락질하며 수군대

는 것 같았다. 두 번 나갈 일이 있어도 한 번 나갈까 말까 할 정도로 숨죽이며 보냈다.

그때에 비하면 사는 건 나아졌다. 하지만 난 여전히 집에만 있는 것이 답답하다. 젊었을 땐 일하느라, 아이들 돌보느라 정신없었다. 이제 나이 들어 삶을 돌아볼 여유가 생기니 그 시절 나의 소중했던 시간이 아깝게 느껴진다.

자유에 익숙하지 않은 내가 얼마나 자유로울 수 있을지는 모르겠다. 그럼에도 새장 밖으로 걸음을 떼 보려 한다. 글쓰기를 배운다. 사람들을 가르친다. 전문 코치 자격증도 취득했다. 더 배울 것을 찾고, 더 많은 사람을 만나고, 변화하는 문명과 기기들을 다뤄 본다. 하나씩 배우면서 느끼는 바가 크다. 나도 할 수 있다는 사실. 그리고 할 수 있는 게 많아질수록 더 자유로워진다는 사실. 지난 시간을 안타까워하고 후회하며 보내는 사람은 결코 자유로울 수 없다.

자유는 나를 찾는 행위다.
지난 시간 덕분에, 나는 이제 날아오르려 한다.
여기, 내가, 있다.

1-5.
어쩌다 곽미자

이선희

나의 이름은 곽미자였다. 열일곱 살의 어린 나이어서 회사에 취직할 수 없었다. 다른 사람 딸의 이름을 빌려서 입사하게 된 나의 이야기다. 부모님이 운영하시던 가게를 접기 전에 나를 먼저 서울로 보냈다. 중학교를 졸업하고 엄마 친구 덕분에 가방 만드는 회사에서 취직했다. 일하던 도중 발을 다치게 되었다. 부모님이 가게를 운영하다가 진 빚을 동네 분들에게 청산하고 올라오셨다. 드디어 한집에 살게 되었다.

우리 가족은 서울시 광진구 능동에 있는 어린이대공원 옆에 살았다. 집 옆에는 아름드리 느티나무가 있었다. 대공원으로 들어갈 수 있는 작은 구멍에 어린 친구들이 들락날락하는 것을 볼 수 있었다. 아침마다 펌프 물 퍼 올리는 소리는 삶의 아우성 같았다. 한 가구에 여러 집이 살고 있으니 서로 물 차지하기가 쉽지 않았다. 부지런하지 않으면 밥도 해 먹기 어려웠다. 새벽같이

오늘이 전부인 것처럼

일어나 쌀을 씻어서 풍로에 올리고, 연탄불에 된장찌개를 올려 놓는다. 찌개와 김치 한 가지만 놓고 여섯 식구가 옹기종기 모여 먹는 밥이지만, 꿀맛이었다. 혼자 기숙사에서 지냈던 나는 이 시간이 그리웠고, 가족과 함께 밥을 먹을 수 있어 더 이상 바랄 것이 없었다. 온 가족이 한방에 누우면 일어나서 밖으로 나가기도 쉽지 않았다. 방이 꽉 차서 틈이 없었으니 살금살금 다른 사람 다리를 넘어 지나가야 했다. 가족 모두가 어려운 시기였다. 그 상황을 모르는 척하고 있기에는 우리 집 형편이 좋지 않았다. 큰 딸인 내가 회사에 취직해야겠다고 마음먹었다. 돈을 벌어야 한다는 막연한 책임감이 있었다.

오랫동안 장사가 몸에 밴 나의 어머니는 대공원 앞에서 이미 행상을 시작했다. 이곳저곳에 나의 취직자리를 알아봤지만, 아직 어린 나이인 내가 다닐 곳은 마땅하지 않았다. 그때 마침 옆집에 사는 곽 씨 아저씨가 시계 만드는 회사를 알아봐 주었지만, 입사 조건이 19살이었다. 나는 중학교만 졸업한 나이라 당신의 딸인 곽미자로 들어갈 수 있게 등본까지 떼어 주었다. 회사에서는 곽미자로, 집에서는 이선희. 어쩌다가 두 개의 이름으로 살게 되었다. 남의 이름으로 회사 다니다 보니 내가 미자도 되었다가 선희도 되는 정체성 없는 나날이었다. 지금은 말도 안 되는 일이지만 그 시절에는 남의 등본으로 회사에 취직할 수도 있었다.

입사하니 검사과에 배정이 되었다. 검사과는 시계 부품을 맞추어 완성품이 되었을 때 품질을 검사해서 마무리하는 부서이다. 제법 괜찮은 부서였다. 일보다는 퇴근 후에 동료들과 신당동에서 떡볶이 사 먹고 쫄면 먹는 일에 관심이 더 많았다. 목적도 욕심도 없었다. 단지 가족을 돕고 싶다는 마음뿐이었다. 나이도 어리고 철도 없던 나에게 조언해 주는 사람은 하나도 없었다. 사람은 적극적인 삶을 살 수도 있고, 구경꾼 같은 삶을 살 수도 있는데 그때의 나는 구경꾼이었다. 대충 일하고 점심 먹고 자주 시계 보며 퇴근 시간 기다리고, 퇴근해서 동료와 어울리며 가끔 내 신세 한탄하는 것이 전부였다. 진짜 삶은 없었다. 목적 없는 하루하루를 보내고 있었다. 착한 제비가 물어다 주는 좋은 소식은 없었다. 저녁이면 동료들과 그 시절 유행하던 DJ가 있는 다방에 갔다. 〈어느 소녀에게 바친 사랑〉 팝송을 신청해서, 우울하고 고독한 여인 흉내를 내며 음악에 빠져들었다. 때로는 가평 남이섬, 청평 유원지에 놀러 가서 카세트를 틀어놓고, 함께 간 친구들과 춤을 추며 놀다 오기도 했다. 어린 나이에 남의 이름으로 취직해서 일하는 나에게 주는 보상이라는 핑계로 행해진 작은 일탈이었다.

그러던 어느 날 교복을 예쁘게 입고 지나가는 여학생이 눈에 들어왔다. 하얀 컬러 검은색 치마, 허리가 쏙 들어간 교복 상의. 입고 싶었다. 갑자기 학교에 다니고 싶었다. 간절하게 입고 싶은, 여고생 교복. 부모님 몰래 송파에 있는 한 고등학교에 서류를 내고 기다리니 합격이었다. 학교는 회사에서 버스 타고 40분 정도 걸리며, 도착해서 15분 걸어 들어가야 한다. 회사에서 끝나고 학교에 도착하면 이미 한 시간은 지나있었다. 새로운 생활이 재미는 있지만, 공부는 뒷전이었다. 친구들과 만나 웃고 수다 떠는 일이 즐거웠다. 교복에 갈래머리 딴것이면 충분했다. 인가 난 학교인지 고등공민학교인지 알아보지도 않았다. 교복에 꽂혀 무작정 다니고 싶다는 생각만으로 학교에 다녔다. 낮에는 회사 다니고 밤에는 학교 다니니 회사 일에 충실하기 어려웠다. 소풍 가거나 학교 행사로 빠져야 할 때는 회사에 휴가를 내달라고 부탁할 수밖에 없었다. 회사는 야간 학생이 결근하거나 빠지는 일을 달가워하지 않았다.

어느 날 사무실에서 내 이름을 불렀다.
"곽미자 씨 사무실로 오세요."
불길한 예감이 들었다. 내가 잘못한 일은 없는데 직감적으로 무엇인가 위급한 일인 것처럼 느껴져 부지런히 사무실로 향했다. 오늘부로 회사를 그만두라고 한다.
"내가 왜 나가야 하죠." 물으니.
"당신 이름 아니잖아요."
"남의 이름으로 회사 다녔으니 퇴사하세요!"
삶은 내가 원하는 방향으로 나아가지만은 않는다. 고장 난 기차처럼 전혀 생각하지 않은 방향으로 끌려가기도 한다. 가족과 함께 살며 취직해서 가난한 집안을 일으켜 보겠다는 소소한 책임감은 무너지고 있었다. 지금 생각해 보면 잘못한 일은 내 이름이 아닌 다른 사람 이름으로 회사 다닌 것이었다. 윤리적으로 옳지 않았던 행동을 부모님이 시키는 대로 했다. 무지한 일이었다. 지금은 뼈저리게 성찰한다. 그런데 그 순간은 억울하기만 했다.

이미 곽미자가 아닌 줄 알았을 텐데 '왜 미리 사직서 내라고 하지 않고 야간고등학교 들어가니, 그만두라고 하나!' 회사에 대한 불평불만이 가득했다.

이제는 알아차렸다. 내가 잘못 생각한 것 세 가지가 있다. 첫째, 아무리 살기 힘들고 시간이 걸려도 내 이름으로 회사에 들어갔어야 했다. 내 이름 두고 남의 이름으로 들어가서 대가를 치르게 되었다. 결국 회사에서 사직서 내라는 권고사직, 즉 보상받지 못하는 사직을 하게 되었다. 둘째, 다른 사람 이름으로 들어갔지만 한결같은 마음으로 성실하게 일하지 않았다. 불명예 사직을 받을만했다. 셋째, 학교 들어가는 일도 신중하게 잘 알아보고 간절하게 생각하며 독기를 품고 제대로 공부해야 했다. 그래야 검정고시를 치르고 정상적인 고등학생이 될 수 있었다. 교복 입고 싶다는 작은 소망만으로 생각 없이 선택한 행동이었다. 어쩌다 얻은 이름으로 치른 대가는 불명예스러운 사직으로 마무리되었다. 그때 학교를 잘 택해서 지원했더라면 나중에 고등학교 졸업장 때문에 1년 동안 서울까지 학교를 더 다니는 고생스러운 일은 하지 않았을 것이다. 젊다면 젊고 어리다면 어린 시절에 행해진 이 일은 부모님이 시키는 대로 흘러가는 대로 살았던, 생각이 깊지 못했던 나의 처신이었다.

살다 보면 '어쩔 수 없는 일'이 생기게 마련이다. 나한테는 그 시절 '곽미자'가 그랬다. 돈을 벌어야 했고, 취직해야 했었고, 나이를 속여야만 했다. 그것이 잘못인 줄 알면서도, '어쩔 수 없는'

상황이었다고 스스로 합리화했다. 인생에 노을이 지기 시작할 무렵에야 깨닫게 되었다. 세상에 '어쩔 수 없는' 일은 없다는 사실을. 모든 것은 선택이다. 더 나은 선택이 유일한 선택은 아니다. 더 나은 선택이 최선도 아니다. 덕분에 나는 톡톡히 대가를 치렀다. 곽미자는 내게 바른 선택이 무엇인지를 가르쳐 주었다. 남은 삶에서 선택의 순간을 맞게 된다면, 나는 기꺼이 '이선희'가 되려 한다.

1-6.
어른이 된다는 건

이영란

스물다섯, 어린 시절부터 꿈꿔오던 초등학교 선생님이 되었다. 첫 발령 나던 해, 5월 1일에 처음 선 본 남자와 그해 10월 31일에 결혼을 했다. 6개월 동안 결혼 준비하면서 연애를 한 셈이다. 햇병아리 사회인으로 홀로서기를 하자마자 아줌마가 됐다. 내 인생 통째로 맡길 수 있을 것 같았던 든든한 남편이었기에 그까짓 아줌마 되는 것쯤은 대수롭지 않았다. 꿈도 이루었고 이상형의 남편도 만났으니 내 앞날은 핑크빛 행복으로만 가득할 것 같았다.

연애 기간이 짧았으니 신혼이라도 좀 즐기면 좋았을 것을. 허니문 베이비로 큰딸을 임신했다. 임신 테스트기에 그어진 두 줄을 본 순간 이제 어떡하냐며 엉엉 울어버렸다. 임신한다고 당연히 어른이 되는 건 아니었다. 첫 발령에 결혼, 임신까지 갑작스러운 환경 변화 속에서 혼란스러웠다. 이십 대의 푸르른 청춘을 즐기지도 못하고 파도에 휩쓸려 허우적댔다.

산부인과 첫 검진 날, 쓰나미가 기다리고 있었다. 임신 확인과 함께 좌측 난소에 혹이 발견됐다. 다행히 악성 종양은 아니었지만, 그대로 둔다면 아기가 혹에 눌려 위험해질 수도 있는 상황이었다. 안정기에 들어서는 16주쯤 부분 마취를 하고 개복 수술을 해야만 했다. 임신하면 감기약조차도 안 먹는데 수술이 웬 말이냐고! 수술 후유증이 걱정되어 담당 의사에게 자꾸만 되물었다.

"선생님, 아기한테는 아무런 영향이 없는 거죠?

"임신 중에 맹장 수술도 해요. 난소 제거 수술도 마찬가지예요."

"그래도 마취할 텐데 태아에게 해롭지 않을까요?"

"어휴, 참! 임산부에게 쓸 수 있는 약만 쓰죠."

의심의 꼬리표는 수술 전날 동의서에 사인할 때까지도 계속됐다.

"선생님, 내일 수술인데 아기한테 해로운 건 아닌지 너무 걱정돼요."

"환자가 이렇게 불안해하시면 저도 수술 못 해요. 수술 동의서 못쓰시겠으면 다른 병원으로 가보세요."

의사는 화를 내며 병실을 나가버렸다. 이러지도 저러지도 못하고 한숨으로 밤을 새웠다.

하체만 마취했기 때문에 내 심장 소리와 태아의 심박 소리를 또렷이 들으며 수술대 위에 누웠다. 통증만 없었을 뿐 모든 과정을 온몸으로 느끼며 좌측 난소 제거 수술을 받았다. 개복 수술 후 마취가 풀리면서 엄청난 통증이 몰려왔지만, 진통제는 거부했다. 수술 시 마취제는 어쩔 수 없었지만, 태아에게 해로운 약물은 더는 주고 싶지 않았다. 의사는 임산부가 사용할 수 있는 진통제라고 했지만, 내 아이의 건강한 모습을 눈으로 확인하기 전까지는 안심할 수가 없었다. 수술 후 불안한 마음을 달래며 명상과 라마즈 호흡법을 수시로 연습했다. 수술 자국을 또 남기고 싶지 않아 꼭 자연 분만을 하고 싶었다. 출산 전날까지 두 손으로 배를 감싸고 걷기 운동을 했다. 출산 후 아이를 처음 품에 안으며 손가락, 발가락부터 세어봤다. 아직 펴지지도 않은 선홍빛 열 손가락을 만져보며 그제야 안도의 한숨을 내쉬었다.

결혼 후 큰 고비를 넘기며 남편과는 알콩달콩 신혼보다 끈끈한 전우애가 생겼다. 하나 남은 오른쪽 난소가 그나마 건강할 때 둘째를 임신해야겠다고 생각했다. 몸이 회복되자마자 21개월 터울로 바로 둘째를 낳았다. 아이도 둘이나 생겼으니 각자의 근무지까지 걸어서 출퇴근할 수 있는 곳으로 이사도 했다. 그제야 정신없이 달려온 결혼 생활에 느긋한 쉼표를 찍는가 싶었다. 부푼 꿈을 안고 내 집으로 이사한 지 3개월 만에 남편은 지도에도 없던 땅 새만금 간척지로 발령이 났다. 기약 없는 주말부부 생활이 시작됐다.

남편은 주말에만 잠깐 얼굴 볼 수 있었다. 산후조리 끝나자마자 출근과 동시에 둘째는 지방에 사는 시댁에 맡기고, 나는 세 살 된 큰딸과 함께 지냈다. 네 식구 한 집에 모여 사는 평범한 일

오늘이 전부인 것처럼

상이 우리에겐 간절한 소망이 되었다. 아침마다 내 손을 꼭 잡고 떨어지지 않으려고 우는 큰아이를 놀이방에 겨우 밀어 넣었다. 도망치듯 뒤돌아서 나도 훌쩍이며 출근했다. 지각을 면하려고 학교까지 전속력으로 달려가 숨을 헐떡거리며 교실에 들어섰다. 정신없이 1교시 수업을 마치고 쉬는 시간 연구실에서 한숨 돌리는데, 수업 시작 직전에 교실로 들어가는 걸 봤다며 부장교사가 충고했다. 내 사정을 전혀 알지 못하는 부장 교사는 소파에 기댄 채 날 선 목소리로 혼냈다. 나는 고개를 숙이고 한마디 변명도 못 한 채 폭풍 잔소리를 다 듣고 서 있었다. 나 왜 이러고 사는 거니? 내가 이런 일로 부장 교사에서 혼나는 게 맞는 거니? 학교에서 그나마 한숨 돌릴 수 있는 연구실도 마음 편치 않았다. 퇴근 후에도 온기가 채워지지 않았던 집에 들어서며 '내 쉴 곳은 작은 집 내 집뿐'이라는 노래 가사가 무색했다. 어디 한 곳 마음 둘 데가 없었다.

온종일 서른 명 넘는 아홉 살 개구쟁이들을 챙기고 퇴근하면 진이 빠졌다. 같은 말을 끊임없이 되풀이하는 초등교사의 삶은 목소리가 정상일 때가 거의 없었다. 학교가 공단지역에 있어서인지 수시로 목감기가 찾아왔고, 인후염으로 침 넘길 때마다 통증이 느껴졌다. 퇴근 후에는 놀이방에서 늘 콧물을 달고 살았던 큰딸을 유모차에 태워 약 떨어질 때마다 곧장 병원에 가는 게 일상이었다. 내 아이 예쁘다고 말해주고 싶어도 목소리가 안 나와 손잡고 걸으며 머리만 쓰다듬었다. 병원에 가득한 대기 환자들 사이에서 진료 순서를 기다리며 배에서는 꼬르륵 소리가 요란했다. 집으로 돌아가는 길 유모차 바퀴 끝에 걸린 긴 한숨이 계속 따라다녔다.

　누군가는 주말부부가 부럽다고 했다. 하지만 한창 아빠 손길이 필요한 두 아이를 돌보는 워킹맘에게는 기약 없는 기다림이었다. 결국 남편이 전직하면서 결혼 10년 만에 네 식구가 한 집에 모여 살게 됐다. 그런데 얼마 되지 않아 직장이 지방으로 또 이전했다. 이제는 절대 떨어져 살 수 없다며 직장 따라 지방으로 온 가족이 이사했다. 이사 후 새 보금자리에서 함께 지낸 6년 동안 네 식구 매일 얼굴 보며 일상의 행복을 켜켜이 쌓았다. 영원히 계속될 줄 알았다. 준비 없이 맞은 갑작스러운 남편의 죽음. 기다림은 끝내 그리움으로 남았다. 두 딸과 함께 다시 편안한 웃음을 찾기까지 딱 5년이 걸렸다. 인생의 파도타기는 끝날 때까지 끝난 게 아니다.

　'공부가 제일 쉬웠어요.'라는 말은 결혼 후 두 아이의 엄마가 되고 나서야 실감했다. 빼곡했던 계획표대로 공부하던 학창 시절. 내 삶을 주도적으로 이끌어가며 노력한 만큼 결과가 나왔다. 앞으로의 인생도 그렇게 계획대로 실천하면 원하는 결실로 가득 채워지는 줄 알았다. 결혼과 동시에 예상에서 빗나가는 일이 수시로 이어졌다. 산을 하나 넘으면 태산이 또 나타났다. 나 하나만 잘 챙기면 될 일이 아니었다. 가족이 생기면서 책임지고 감당해야 할 몫이 커졌다. 나이가 들면 자연히 어른이 되는 것은 아니다. 어른이 된다는 건 알에서 깨어나는 부화 과정을 견딜 때 새겨지는 나이테임을 이제야 깨닫는다. 누군가 젊은 시절로 다

　오늘이 전부인 것처럼

시 돌아간다면 몇 살로 가고 싶냐 물을 때마다 고개를 절레절레 흔든다. 치열하게 살아온 젊은 시절을 또 반복하고 싶지 않다. 그 어떤 산 앞에서도 도망치지 않고 꾸역꾸역 올랐다. 오늘 하루만 잘 버텨보자는 마음으로 또 한 발 내디뎠다. 여기까지 걸어온 내가 참 대견하고 기특하다. 앞으로 또 넘어야 할 산들이 까마득하지만 산 좀 넘어본 덕에 이젠 짱짱한 다리근육도 생겼다. 어디선가 기다리고 있을 파도타기도 이젠 두렵지 않다.

누군가에게 맡기려 했던 내 인생, 이제는 내가 나를 챙기며 산다. 스물다섯에 배우지 못했던 홀로서기, 이제야 제대로 알아가는 중이다. 어른이 되는 성장통은 지금도 계속되고 있다. 가슴 한쪽이 간지러운 걸 보면 오늘 또 하나의 나이테가 선명히 새겨지고 있나 보다. 오늘 하루, 딱 한 줄만 새기기로 했다.

1-7.
괜찮다, 괜찮다

이현주

───────────   ───────────

　　　　　나는 쓸개 빠진 여자다. 서른여덟 살, 둘째가 유치원에 다니면서 조금씩 여유가 생겼다. 일을 하고 싶었다. 마침 천안에 보험회사 콜센터가 오픈했다. 낯가림이 있는 나는 사람을 만나지 않고 보험을 판매한다는 것에 혹했다. 교육을 받으면 교육비를 준다는 것도 좋았다. 고민하지 않고 지원했다.

　결혼 전에는 미술학원, 어린이집에서 아이들에게 그림을 가르쳤다. 경력을 살려 취업하고 싶었지만, 서류도 통과하지 못했다. 시간이 갈수록 점점 자신이 없어졌다. 나중엔 취업이 된다고 해도 내가 과연 잘 적응할 수 있을까 걱정됐다. 집에만 있었던 시간이 길었던 만큼 적응도 어려울 것 같았다.

　'어차피 나이 들어서 학원 선생님을 하기는 좀 그렇겠지? 이번 기회에 직업을 좀 바꿔보자. 평생 할 수 있는 일을 찾아보는 거야.'

보험은 무조건 사람을 만나서 계약해야 하는 줄 알았다. 그런데 전화로 보험을 판다고? 친구를 만나 콜센터에 대해 신나게 떠들었다. 해 봐라, 괜찮다는 말을 듣고 싶었다. 그런데 놀랍게도 그 친구가 예전에 전화로 보험을 판매했었다고 했다. 실적이 좋을 때는 우수사원으로 동남아 여행까지 다녀왔다고 자랑했다. 돈도 벌고 여행도 한다니 귀가 쫑긋했다. 사무실에서 일하니 여름엔 시원하고 겨울엔 따뜻하고, 경력이나 학력도 필요 없으니 여자들 직업으로는 괜찮다고 했다. 무조건 해야겠다고 생각했다. 보험설계사를 하려면 자격증이 필요했다. 문제집을 통째로 달달 외웠다. 같이 등록하고 시험을 본 사람들 모두 합격했다. 사무실 근처에 있는 치킨집으로 우르르 몰려가 시원하게 맥주 한 잔씩 했다. 앞으로 잘해보자며 서로 응원했다. 새로운 일 새로운 사람들, 설렜다.

보험 상품을 공부해 보니 사는 데 꼭 필요한 내용이었다. 좋은 상품을 사람들에게 소개한다는 자부심도 생겼다. 무엇보다 계약하면 급여를 더 많이 받을 수 있어서 좋았다.

'아이들이 사 달라는 거 다 사주고, 맛있는 것도 먹이고, 같이 여행도 가야지.'

매일 수백 통의 전화를 걸었다. 상품 안내에 동의한 고객에게 전화했지만, 거절이 많았다. 통화가 연결돼도 상품을 설명하기 전에 전화를 뚝- 끊었다. 설명을 잘 들어주는 고객을 만나는 건 드물었다. 한 시간 이상 통화해도, 약속을 잡고 전화해도 계약은 어려웠다. 목소리만으로 타인의 신뢰를 얻어야 했다. 그런데 힘들게 설명해놓고도 가입하도록 설득할 자신이 없었다. 계약 없이 일주일, 이 주일 지나가는 것은 다반사였다. 힘이 빠지고 짜증도 났다. 나만 안 되고, 나만 못하는 것 같았다. 계약하는 사람들이 부러워 질투가 났다. 그래도 사람들 앞에서는 아무렇지 않은 척, 괜찮은 척했다.

저녁 늦게 집에 도착하면 파김치가 됐다. 눈에 거슬리는 집안일들. 설거지는 왜 안 했느냐, 저 쓰레기 좀 버리지, 피곤해 죽겠는데 아무도 도와주지 않는다며 불만을 쏟아냈다. 계약이 안 되는 게 가족들 때문인 것 같았다. 남편은 어이없다는 듯 쳐다봤고, 아이들은 슬금슬금 내 눈치를 봤다. 점점 더 일하기 싫어졌다. 마음이 이러니 계약이 잘 될 리가 없었다. 심해지는 두통에 수시로 약을 먹었고, 소화제를 달고 살았다. 하루하루 버티는 날이 계속됐다.

안 좋은 일은 한꺼번에 닥쳤다. 늦가을 회사에서 단체로 건강검진을 받았다. 별일 없겠지. 건강은 자신 있었다. 그런데 쓸개에는 담석이, 간에는 물혹이 잔뜩 발견됐다. 큰 병원에 가서 정밀 검사를 받아보는 게 좋겠다고 해서 종합병원에 갔다. 담당 의사는 이런 일 흔하다는 듯 무표정으로 담담하게 말했다. 그동안 소화는 잘됐냐고 물었다. 이 정도면 많이 아팠을 텐데 안 아팠다고 하니 신기해했다. 다행히 지금은 통증이 없지만, 갑자기 죽을 만큼 아플 수도 있다고 하며 그때는 수술이 더 힘들어진다고 했다. 그 얘기를 듣자 몇 해 전, 친정 아빠가 심한 복통으로 응급실에 실려 가 담석 수술 받은 일이 생각났다. 아픈 걸 잘 참는 아빠

였지만 너무 아파서 이러다 죽나 보다 싶었다고 했다. 무서워서 손발이 저렸다. 어차피 해야 할 수술이라면 아프기 전에 하는 게 낫다는 의사의 말에 수술 날짜를 잡았다. 의사는 요즘 쓸개 제거 수술은 비키니를 입을 수 있을 정도로 흉터가 작으니 걱정 안 해도 된다고 웃으며 말했다. 비키니도 없는데 무슨. 긴장을 풀어주려는 농담에도 웃지 못했다. 어려운 수술은 아니니 괜찮을 거라는 설명에 그저 고개만 끄덕였다. 아이들은 친정에 맡겼다. 남편은 직장 일로 같이 있어 주지 못한다고 무척 미안해 했다. 괜찮다고 말은 했지만, 서운한 마음이 드는 건 어쩔 수 없었다. 환자복으로 갈아입으니 정말 환자가 됐다. 필요한 검사를 하고 입원실 침대에 누웠다. 오만가지 생각이 들었다.

'그래, 요즘 일하기 싫었는데 잘됐다. 좀 쉬라는 뜻인가 봐.' 애써 마음을 다독였다.

수술 당일 침대에 누워 이동했다. 복도 천장에 매달린 형광등을 쳐다보는데 아이들이 보고 싶었다. 덜컥 겁이 났다. 어려운 수술이 아니라고 해도 죽는 사람이 있을 수도 있고, 혹시라도 내가 그 사람이 될 수도 있는 거잖아……. 자꾸 안 좋은 생각이 들었다. 긴장으로 손이 축축해졌다. 꽉 다문 턱이 아팠다. 수술실로 들어가자 찬 기운에 온몸이 덜덜 떨렸다. 마취 주사를 놓는다는 의사의 말을 들으며 그대로 잠들었다.

눈을 뜨니 입원실이었다. 가장 먼저 아이들이 보였다. 안도의 숨을 내쉬었다. 내 몸에 달린 여러 가닥의 줄이 낯설었다. 울먹이며 나를 바라보는 아들에게 '엄마 괜찮아'라고 말했다. 목소리가 가뭄에 갈라지는 논바닥처럼 쩍쩍 갈라졌다. 마른침을 삼켰다. 여덟 살 딸은 매달린 주사기가 신기한지 이리저리 눈을 굴렸다.

그때 의사가 내 몸에서 나온 담석을 동그란 플라스틱 통에 넣어서 가져왔다. 초록빛의 동글동글한 돌이 하나, 둘, 셋…… 열한 개나 있었다. 반짝이는 눈으로 유심히 플라스틱 통을 살펴보던 딸이 "엄마는 왜 돌을 먹었어?"라고 물었다. 병실에 작은 웃음소리가 퍼졌다. 그제야 나도 웃음이 나왔다. 정말 고생했어, 수고했다고 말하며 남편이 내 손을 잡고 머리를 쓰다듬어 주었다. 순간 명치를 꽉 막았던 무언가가 쑤욱 내려가는 느낌이 들었다. 눈물이 핑 돌았다.

저녁을 먹기 전, 남편은 아이들을 데리고 집으로 갔다. 6인실 병실이 썰렁했다. 간간이 들리는 TV 소리. 핸드폰도 재미없었다. 눈을 감았다. 작은 노랫소리가 들렸다.

'지나간 것은 지나간 대로 그런 의미가 있죠. 우리 다 함께 노래합시다. 후회 없이 꿈을 꾸었다 말해요.'

나만 힘들고 지친다고 생각했다. 남편과 아이들이 다 미웠다. 위로받고 싶고 인정받고 싶었다. 끝없는 타인과의 비교, 부러움과 질투로 과한 욕심을 부렸다. 가족을 위해 일한다고 위세를 떨고 싶었나 보다. 이런저런 생각 끝에 남편이 떠올랐다. 가족을 위해 묵묵히 일하는 남편은 아무런 불만이 없었을까. 코끝이 시큰거렸다. 이기적인 나 때문에 많이 힘들었겠구나. 다정한 말 한

마디를 못 했다. 내가 듣고 싶었던 말을 남편도 듣고 싶었을 텐데. 퇴원해 집에 가면 남편이 좋아하는 냉이된장국이라도 끓여 줘야겠고 생각했다. 지난 시간을 돌아보니 생각처럼 마냥 헛되이 보낸 것만은 아니었다. 노래 가사처럼 지나간 것은 지나간 대로 분명 의미가 있다. 그때로 돌아가 나를 만난다면 그대로도 괜찮다고, 잘하고 있다고 다정하게 안아줘야지.

1-8.
아줌마의 로망, 그림 같은 카페

허영이

남편과 함께 길을 걷고 있었다. 얼굴과 등에 땀이 흘러 끈적거렸다. 열대야가 닷새째 계속되고 있었다.

"커피숍 하고 싶다."

중얼거리듯 남편이 말했다. 빨간 신호등 앞에 멈춰서 멍하니 길 건너를 바라보고 있을 때였다. 못 알아들은 척 아무 대꾸도 하지 않았다. 신호등이 바뀌었다. 둘 다 앞만 바라보고 가만히 서 있었다. 길 건널 마음은 이미 없어진 상태였다. 근처 카페에 자리를 잡았다. 무표정하게 남편을 바라봤다. 남편은 얼음 가득 담긴 아메리카노 잔만 만지작거렸다. 이미 바리스타 학원에 등록하고 자격증을 딴 후였다. 라테 아트와 로스팅 방법도 배우는 중이라고 했다. 머릿속은 터질 것 같은데 말이 나오지 않았다. 안 된다고 단호하게 말해야 하는데 한마디도 할 수 없었다. 집에 가서 쉬고 싶었다. 천장만 바라봤다.

오늘이 전부인 것처럼

마흔아홉 살. 멀쩡하게 다니던 직장을 그만두고 새로운 일을 하겠다며 남편은 서울로 갔다. 처음부터 커피숍에 관심을 가졌던 건 아니다. 지인과 함께하려던 일은 지지부진했고, 마음은 초조해졌다. 그때 바리스타 학원이 눈에 들어왔다. 남편은 오래전부터 커피를 즐겨 마셨다. 분위기 좋고 맛있다는 집은 일부러 찾아가기도 했다. 자연스럽게 관련 책도 많이 봤다. 학원에서 만난 젊은 친구와 커피숍을 함께 하자는 얘기가 나왔다. 그 말을 어떻게 꺼내야 하나 혼자 오랫동안 고민하다가 그날 툭 던진 것이다. 커피 산업이 폭발적으로 늘어나던 10년 전이었다.

그 무렵 나는 불면증에 시달리고 있었다. 새벽녘이 되어서야 잠드는 날이 많았다. 아침에는 눈뜨기가 힘들었다. 지치고 피곤하고 무기력했다. 퇴근하고 집에 가면 기진맥진해서 쓰러졌다. 자고 싶어 눈을 감아도 잠이 오지 않았다. 잠을 못 자는 일은 처음 겪는 일이었다. 그런 내 모습이 낯설었다. 빨리 세월이 갔으면 좋겠다는 마음뿐이었다.

남편의 일방적인 통보 이후 나는 점점 말이 없어졌다. 혼자 생각에 파묻혀 살았다. 며칠을 생각해도 다른 길이 떠오르지 않았다. 하고 싶은 대로 하라고 했다. 될 대로 되라는 심정이었다. 진지하게 대화할 여력이 없었다. 말한다고 달라질 일이 있을 것 같지도 않았다. 세상에 나 홀로인 것 같았다. 남편도 기댈 곳이 없었을 것이다. 잘 해낼 수 있다고 큰소리는 쳤지만 얼마나 두렵고 암담했을까. 그때는 남편의 마음을 헤아릴 여유가 내겐 없었다.

당장 돈이 필요했다. 대출을 받았다. 원금 상환은 나중이고,

이자만 낼 수 있으면 좋겠다고 생각했다. 우리가 살던 아파트 주변을 중심으로 카페 하기 적당한 장소를 찾기 시작했다. 작은 공원 옆 새로 지은 상가건물 1층에 임대 문의가 붙어있었다. 고민 끝에 그곳으로 결정했다. 카페 러디빈(Ruddy bean). '싱싱하고 붉은빛 도는 커피'라는 뜻으로 '러디빈'이라고 이름 지었다. 인테리어를 하고 간판을 달았다. 에스프레소 머신과 로스팅 기계도 설치했다. 그해 겨울 드디어 카페를 오픈했다.

남편은 아침 8시부터 영업을 시작했다. 처음에는 손님이 들어오면 오히려 당황했다. "어서 오세요."라고 인사하는데 내 귀에도 소리가 잘 들리지 않았다. 시간이 지나면서 점차 익숙해시고 손님을 대하는 데도 여유가 생겼다. 출근길에 커피를 사러 들르는 사람이 늘어났다. 동네 꼬마 손님도 핫초코를 마시겠다고 할머니 손을 잡고 왔다. 카페라테에 그려준 하트 덕분에 기분 좋은 하루를 보냈다고 감사 인사도 받았다. 우리 부부는 손님들 말 한마디에 기분이 따라 움직였다. 손님 표정이 어두워도, 음료를 남겨도 신경 쓰였다. 매일 밤 11시에 마감했다. 그렇게 하루하루가 지나갔다. 오픈 이후 하루도 쉬지 않았다.

커피가 신선하고 맛있다는 소문이 났다. 다양한 종류의 핸드드립 커피는 러디빈의 자랑이었다. 우리 카페를 좋아하는 사람이 많아졌다. 분위기 좋다고 멀리서 찾아오기도 했다. 한 번 왔던 손님은 다른 사람들을 데리고 또 왔다. 커피, 책, 음악, 미술 등 다양한 분야의 이야기를 남편은 손님들과 즐겨 나누었다. 카페는 동네 사랑방이 되었다. 연수원과 학교, 작은 카페 등에서 커피 강의 및 컨설팅 의뢰도 들어왔다.

항상 좋은 일만 있었던 건 아니다. 같이 동업했던 젊은 친구는 석 달이 채 안 되어 다시 서울로 갔다. 남편 혼자서 로스팅과 카페 운영을 맡아야 했다. 남편은 힘에 부쳤지만 닥치는 대로 해결하며 꾸려나갔다. 카페라는 곳이 커피를 마시러 오는 손님만 있는 곳인 줄 알았던 내 생각과는 달랐다. 술 마시고 와서 쓰러져 자는 손님 때문에 경찰을 부르기도 했다. 말도 안 되는 물건을 가지고 와서 사달라고 떼쓰는 사람도 있었다. 밖에 놔둔 의자와 테이블이 없어지기도 했다. 그런 일은 그저 흔한 일상이었다. 어려움도 많았지만 잘 꾸려가는 남편이 고마웠다. 시간이 지날수록 남편 얼굴이 밝아지고 생기가 났다. 나도 잠을 자는 시간이 조금씩 늘어갔다. 아침에 눈을 뜨는 게 수월해졌다. 점점 기운이 났다.

가게가 북적거렸다. 하루 15시간씩 남편 혼자서 꾸려갈 수 없었다. 아르바이트를 썼다. 매출이 많아졌지만 지출도 덩달아 늘어났다. 대출 원금 갚을 생각은 애써 외면했다. 이자만 제때 낼 수 있어도 감사하다고 스스로 위로했다. 아침이면 카페에 들러 커피와 베이글을 들고 출근했다. 나도 점점 커피 맛을 알아갔다. 퇴근은 카페로 했다. 바쁠 때는 설거지와 청소를 하고, 음료를 만들었다. 부드러운 음악 소리와 달콤한 커피 향기는 덤이다.

그날도 퇴근 후 여느 날과 다름없이 카페 문을 밀고 들어섰다. 남편이 딱딱하게 굳은 표정으로 앉아 있었다. 건물주 부부의 뒷모습이 보였다.

'아! 벌써 2년이 지났구나.'

임대료를 올려달라고 했다. 한참을 사정해서 계약을 연장했다. 한숨이 나왔다.

많은 사람이 나만의 카페를 꿈꾼다. 잔잔한 음악, 책, 커피향기, 빵 굽는 냄새, 나만의 공간. 남편 덕분에 매일 카페에 앉아 커피를 마실 수 있는 나를 부러워한다. 다들 돈 욕심은 없단다. 직원 월급 주고 본인 용돈 정도만 벌면 된다고. 그게 얼마나 많은 노력을 해야 꾸려갈 수 있는 일인지 설명하기 어렵다. 해보기 전에는 나도 그랬다.

카페에 앉아 온종일 책을 보고 싶으면 손님이 되어야 한다. 만 원짜리 한 장이면 누릴 수 있다. 내 것을 관리하려면 많은 시간과 비용을 들여야 한다. 소유하려는 욕심을 내려놓으면 삶은 훨씬 풍요롭다. 소유할 것인지 누릴 것인지 선택해야 한다. 카페는 로망이 아니다.

흘러가는 대로 살았다. 가끔은 덜컥 저지르고 후회했다. 때로는 머뭇거리다가 놓쳤다. 다른 선택을 했다면 지금과는 다르게 살고 있겠지만 어떤 게 잘한 일인지는 알 수 없다. 지금은 내 선택에 책임을 지고 좋은 결과를 만들기 위해 최선을 다할 뿐이다. 인생은 뒤로 돌아갈 수 없다. 내일은 또 어떤 일이 기다릴지 알 수 없다. 오늘만 존재한다. 오늘도 내가 지금 할 수 있는 일에 집중하면서 살고자 한다.

오늘이 전부인 것처럼

1-9.
남들도 다 그렇게 산다

황혜민

잠든 지 2시간. 오늘도 어김없이 벌떡 일어나 앉는다. 여전히 감긴 눈을 찡그린 채 허공에다 팔을 휘두르며 울기 시작한다. 지난 6년 동안 서진이는 매일 밤 자다 깨서 운다. 짜증을 내며 소리 지를 때도 있고, 칭얼거리며 알 수 없는 말을 할 때도 있다. 신생아 시절을 지나 통잠을 잔다는 시기에도 긴 잠을 잔 적이 거의 없다. 나쁜 꿈을 꾸는 건가 싶어 아이를 토닥이기도 하고 낮에 좋지 않은 일이 있었나 곱씹으며 달래보기도 했다. 그만하라고 소리도 지르고 엉덩이를 때려 보기도 했지만 소용없었다. 자그마치 6년 동안 밤마다 일어나 우는 아이를 다독일 여유가 그날의 나에겐 더 이상 남아있지 않았다. 녀석보다 더 큰 소리로 화를 내며 제발 잠 좀 자자며 소리쳤다. 밤마다 악을 쓰는 게 나인지 서진인지 알 수 없었다.

한바탕 녀석과 싸움을 벌이고 나니 잠이 달아났다. 그런 나와 달리 다시 깊은 잠에 빠진 서진이의 얼굴은 평온하기만 하다. 아무 일 없었다는 듯 다시 잠든 녀석을 보고 있자니 괘씸하고 얄미워 보이기까지 한다. 내 자식이지만 밉다. 아니 또다시 깰까 봐 무서웠다. 녀석을 등지고 누웠다. 매일 밤 이게 뭐 하는 짓인가. 내 삶이 언제까지 이렇게….라는 끝맺지 못한 말을 혼자 삭히며 오지 않는 잠을 청했다.

동향집이라 아침 해가 요란하다. 암막 커튼을 두 겹으로 달든가 안 되겠다는 말로 또 아침을 시작한다. 아이가 깰 때마다 나 역시 자다 깨기를 반복하느라 아침부터 기진맥진이다. 오늘따라 몸이 물먹은 솜처럼 축축하다. 잠깐, 몸이 무거운 게 아니라 축축하다고? 등을 돌려 이불을 젖혔다. 손바닥으로 요를 더듬으니 아직 뜨뜻하다. 거실에 나가보니 완전 범죄를 위해 속옷까지 갈아입은 녀석이 아무렇지 않은 척 소파에 앉아있다. 6년간 쌓였던 수면 부족과 짜증이 한꺼번에 터졌다.

"내가 언제까지 이렇게 살아야 하는 건데!"

머리를 헝클어뜨린 채 주먹을 쥐고 바락바락 악다구니를 쓰며 소리를 질렀다. 내가 얼마나 무서운 엄마인지 오늘은 기필코 보여주겠다고 다짐이라도 한 듯 아이에게 온갖 말을 퍼부었다. 아직 나의 분노를 다 뱉어내지도 않았는데 서진이는 벌써 울기 시작했다. 평소 같으면 아이에게 화를 내는 나를 자책하며 '엄마가 미안해, 괜찮아.'라고 했겠지만, 그날따라 나는 전혀 괜찮지 않았다. 6년이라는 시간을 이렇게라도 보상받아야겠다는 삐딱한 마음뿐이었다.

오늘이 전부인 것처럼

아이에게 한바탕 모진 말을 퍼부은 후 여전히 씩씩거리며 축축해진 이불 커버를 벗겼다. 하필 세탁기에도 들어가지 않는 제일 두꺼운 겨울 이불이었다. 오줌을 흠뻑 적신 죄 없는 이불을 욕조에 처박듯이 던져 넣었다.

생각해 보니 이게 다 엄마 때문인 것 같다. 아빠 정년퇴직 전에 결혼하라는 엄마의 성화에 마음의 준비가 안 됐는데 결혼을 빨리해 버린 탓이다. 결혼했으니 애도 낳아야지 하는 한 마디에 애 낳고 이렇게 사는 건가 싶다. 안 되겠다. 엄마한테 당장 전화를 걸어 하소연이라도 해야겠다. 서진이에게 못다 푼 화를 이번에는 엄마에게 넘길 요량으로 휴대전화를 집어 들었다. 이런 나의 마음을 전혀 모른 채 전화를 받은 엄마는 흔들림 없이 언제나처럼 똑같이 말했다.

"남들도 다 그렇게 산다."

그러니까 말이다. 남들 다 그렇게 산다는 엄마의 한마디에 나만 또 유난인가 싶다. 남들은 이걸 어떻게 견디며 사는지, 삶이 엉망이라고 느끼진 않는지 아무나 붙잡고 물어보고 싶었다. 그래도 남의 집 애들은 자다가 깨진 않겠지. 나만 어렵고 힘든 숙제를 껴안은 듯 또다시 화가 치민다. 일주일만 녀석이랑 같이 자 보면 엄마도 그런 말은 못 할 거라고 끝까지 툴툴대며 전화를 끊었다.

잠을 제대로 자지 못하니 뭘 해도 멍하다. 딸 서윤이가 책을 읽어 달라며 나를 두 번이나 불렀다고 했다. 화장실에 던져 놓은 이불을 쳐다보느라 세 번째 부른 '엄마' 소리에 그때야 고개를 돌렸다. 나의 고함에 주눅이 든 서진이는 들썩이는 어깨를 간신히 누르며 여전히 내 눈치를 보는 중이다. 아침 먹고 쌓아 둔 그릇과 진흙투성이가 된 아이들의 운동화까지 모두 나만 기다리는 것 같다. 왜 나만 찾느냐며 또다시 소리칠 뻔한 걸 간신히 참아 넘겼다.

엄마는 나에게 결혼도 하고 아들, 딸도 있는데 뭐가 걱정이냐고 늘 말했다. 엄마의 의무가 나의 책임이 되어 버렸다는 생각에 내 선택으로 이룬 것들임에도 엄마 탓을 했다.

서진이가 자다가 소리를 지르며 깨는 것도, 서윤이가 끊임없이 나를 찾는 것도 이젠 버거웠다. 힘들다 힘들다 하니 몸도 마음도 내 말에 힘을 실어주는 것 같았다. 어제가 오늘 같고 오늘이 내일 같은 똑같은 시간 속에서 '행복이란 무엇일까?' 하는 고상한 생각은 사치였다. 그저 하루하루를 버티듯 보냈다. 시간이 훌쩍 지나서 아이들이 나를 찾지 않는 시간이 오기만을 바랐다. 그보다 먼저 부디 오늘 밤만이라도 깨지 않고 아침까지 잠들 수 있게 해달라는 작고 작은 소원을 빌며 하루를 마무리했다.

희미한 불빛이 어리는 방안, 평온한 표정으로 잠든 아이들의 얼굴을 바라본다. 예쁘다, 사랑스럽다는 생각 대신 내일 아침에는 11시까지 자주면 좋겠다는 마음이 앞섰다. 잠든 녀석의 머리를 쓰다듬으려다 괜한 짓에 깰까 봐 올렸던 손을 얼른 내렸다. 미안함이 스친다. 그 마음이 아이들을 향한 것인지 나를 향한 것인지 알 수 없어 나도 모르게 고개를 돌렸다.

'남들도 다 그렇게 산다. 남들도 다 그렇게.' 혼잣말을 중얼거

오늘이 전부인 것처럼

리며 몰래 방을 나왔다. 온종일 욕조에 처박아 두었던 이불을 박박 밟았다. 걷어 올린 바지를 잡느라 흐르는 눈물을 닦을 수 없었다.

남들 다 그렇게 산다는 말에 나를 끼워 넣었다. 더하거나 모자람 없이 남들 하는 만큼만 하자는 생각으로 버텼다. 지금에 와서 생각한다. 착한 딸, 좋은 엄마, 훌륭한 아내 같은 역할에 대한 책임보다 '나'를 먼저 채우는 삶 살았으면 어땠을까. 남들 '다 그렇게' 산다는 의미가 그 모든 역할을 잘해야 한다는 뜻은 아니라고 이불을 밟으며 하염없이 울었던 그날의 나에게 슬쩍 다가가 귀띔해주고 싶다.

엄마이자, 아내이자, 딸이라는 이름을 가지게 된 것만으로도 이미 충분히 해낸 것이라고. 다른 역할을 해내느라 정작 '나'를 위해서는 애쓰지 못한 시간이라 미안하다고. 그 시절의 나에게 늦은 사과 인사 전해본다.

1-10.
사람들을 좋아해서 큰일

윤희진

조울증이다. 의사가 병원에 입원은 하지 않아도 된다 했다. 외래진료로 복용하고 있는 약의 용량과 횟수만 늘리자 했다. 감사하다.

ENFP. 사람들을 알고 싶어 함, 잘 흥분하고 별남, 공감능력이 뛰어남, 충동적 의사결정, 감성적임…….

흔히 말하는 MBTI 성격 유형 16개 중 나의 성격 유형과 특징은 ENFP이다. MBTI 외에도 나는 사람들의 유형을 알 수 있는 여러 검사들을 해 봤다. DISC 유형 검사는 인간의 행동을 네 가지로 유형화하고 실제 사회생활, 직장 내 관계에 있어서 어떤 행동과 역할을 담당하는지를 파악할 수 있는 검사이다. 검사결과 사교형(Influence)이 나왔다. 사교형은 낙관적이고, 다정다감한 유형으로 밝은 분위기를 만드는 사람이다. 주변 사람들에게 활

오늘이 전부인 것처럼

력을 주고 칭찬과 격려를 잘한다. 실수에도 쉽게 낙심하거나 타인을 비난하지 않고 빨리 회복한다.

사람들을 좋아하는 성격 탓에, 어떤 모임에 참여하더라도 먼저 가서 인사를 건네고 친해지려 한다. 2018년 방문학습지 교사를 그만두었다. 결정적인 퇴사 이유는 사람들 관계에서 오는 '벽' 때문이었다. 평소 친하게 지내던 선생님이 많은 사람들 앞에서 나에게 대놓고 면박을 주었다. 꼭 그렇게 해야만 했을까? 조용히 불러서 말씀하실 수도 있었을 텐데……. 도망치듯 회사를 그만두고, 며칠 쉬었다. 그런데 혼자 있는 성격이 되지 못하다 보니 나는 다시 구직란을 뚫어지게 보았다. 코칭 전문 교육 회사가 눈에 띄었다. 곧바로 컴퓨터를 켜고 회사 홈페이지를 검색했다. 이 회사는 인재양성 제도라고 해서 리더십교육과 직무역량 교육 시스템이 잘 갖춰져 있다. 특히, 바인 아카데미라고 해서 피닉스리더십 세미나, 7Habits, 액션스피치리더십 등 교육이 눈에 띄었다. 주저하지 않고 이력서와 지원서를 제출했다. '코칭교육부'로 지원했다. 학생이나 학부모에게 문의가 오면 각 코치에게 수업을 연결해주는 역할을 했다. 본사에 출근했는데, 직원들을 위한 편의시설도 잘 되어 있었다. 영화관, 수면실, 1대 1 상담실, 소그룹 회의실, 직원 휴식 공간 및 놀이터 등. 업무를 하다 졸리면 수면실에 가서 이불을 덮고 잠깐 잠을 청해도 된다니 놀라웠다.

여느 날처럼 회사에 출근했다. 전날 오픈채팅방 사람들과 새벽까지 이야기를 해서 출근하자마자 잠이 쏟아졌다. 그래서 수면실로 갔다. 잠깐 누워 있다가 사무실로 간다는 것이 2시간 넘게 자버렸다.

지금은 자기계발을 위한 오픈채팅방이 많지만, 그 당시에는 또래 사람들 방에 들어가서 수다를 떠는 공간이었다. 자기계발을 하기 전에 알게 된 것이 오픈채팅방이다. 그곳에서 만난 사람들은 내가 이전에 경험한 사람들과는 조금 다른 차원의 사람들이다. 친구들을 좋아해서 술자리를 갖고, 친목도모를 위한 모이는 '벙(번개모임)'이 종종 있다. 나도 모 오픈채팅방에서 활동하다가 영등포에서 열리는 벙에 참가했었다. 그때는 코로나도 없던 시절이어서 새벽 3시까지 영업하는 술집도 많았다. 저녁 6시에 시작된 모임은 새벽 3시가 되어서야 끝났다. 1차로는 밥을 먹었고, 2차는 노래방, 3차는 룸으로 나눠져 있는 술집에 갔다. 술을 즐기지 않던 나는 안주킬러였다. 물론 맥주 한 잔 정도는 마실 줄 알았기에 한 잔은 채워두었다. 모임이 끝났다. 새벽이라 버스와 지하철은 끊겼다. 모임 참가자 중 한 명이 나를 택시에 태워 보내주었다. 집에 도착하니 시간은 벌써 새벽 4시를 가리키고 있었다. 기독교 집안에서 태어났지만, 우리 집은 술고래였던 할아버지의 영향으로 명절이 되면 어른들이 반주 정도는 하는 집이었다. 하지만 결혼 후에는 술이라고는 1년에 한두 번 교회에서 성찬식 때 마시는 포도주가 전부였다. 말이 포도주이지 숙성 포도주스이다. 술을 마셔본 적 없었다. 내 돈 주고 사 먹지도 않는다. 그저 사람들이 좋아서 모임에 참석했다. '벙'은 내 생전 처음으로 한 일탈이었다.

이후로도 나는 오픈채팅방에서 이야기를 주고받으며 늦게 잠들었다. 굳이 모임에 가지 않더라도, 오픈채팅방에서 사람들과 톡을 주고받는 것이 스트레스가 풀려서 좋았다. 그들의 대화에 끼어들어도 좋고, 그냥 눈팅만으로도 괜찮았다. 일상의 단조로움과 힘듦을 잠시 내려놓을 수 있는 창구였다. 시간 가는 줄 모르고 현실을 잊을 수 있는 그런 공간 말이다. 그런데 그렇게 매일 새벽까지 오픈채팅방에서 수다를 떨고 지내다 보니 잠을 적게 자는 바람에, 신경성 두통이 왔다. 그러다가 결국은 양극성 장애, 즉 조울증이 재발되었다.

처음 조울증 진단을 받았던 때는 첫째 낳고 100일 만이었다. 병원에 3개월 동안 입원했다. 매 끼니 후 열 알 넘게 약을 먹었다. 충동적인 행동이 나오면 보호사 손에 이끌려 진정제를 맞기도 했고 침대에 묶이기도 했다. 젖떼기 전 아기를 집에 놔두고 온 터라 유방통증도 심했다. 그때를 생각하면 지금도 몸서리친다. 100일 동안 병원에서 치료받고 나온 탓에 훌쩍 자란 딸의 모습이 예쁘지만 서먹하기도 했었다. 환자에서 엄마로 돌아왔지만, 현실 적응이 쉽지는 않았다. 끝날 줄 알았던 조울증이 둘째 아이를 낳고 2년 만에 다시 찾아왔다. 다시 병원에 입원했다. 모유 수유 중이었기 때문에 입원 후 며칠간은 젖몸살 때문에 힘들었다. 어떻게든 이번에는 일찍 나가야겠다는 생각으로 치료에 힘썼다. 처음보다는 기간이 짧은 33일간 병원에 있다가 퇴원했다.

조울증은 또 나에게 왔다. 두 번이나 입원했고 8년이 지났기 때문에 재발될 줄은 아무도 몰랐다. 감사하게도 이번에는 약물 치료만 해보자고 의사가 말했다. 2주에 한 번 병원에 갔다. 매일 아침과 저녁, 아홉 알씩 먹어야 했다. 낫고 싶었기에 의사와 남편 말을 따랐다.

병원에 다니고 약물치료를 하면서, 그동안 시간만 흘러 보냈던 지난날이 떠올라 더 괴로웠다. 새벽 3시까지 의미 없는 이야기를 하며 웃고 떠들며 허비했던 시간이 아깝게 느껴졌다. 그 시간에 차라리 책을 읽고 글을 썼다면 얼마나 좋았을까.

때때로 나는 살 수 있는 시간이 영원할 것처럼 허투루 시간을 보냈다. 오늘 자다가 죽을지도 모르는 유한한 존재라는 사실을 잊고. 새벽잠을 자지 않으면서 뚫어지게 오픈채팅방 수다를 쳐다보고 있었던 날들. 스치듯 지나가 버리는 사람들을 만나느라 돈과 시간을 허비했던 2018년을 되돌릴 수 있으면 좋겠다. 그러나 지나간 시간은 다시 돌아오지 않는다. 생각대로 살지 않으면 사는 대로 생각하게 된다. 흘러가는 대로 살지 말아야지. 오늘이 내가 살아갈 날의 마지막 날인 것처럼 알차게, 후회 없이 살아야겠다.

오늘이 전부인 것처럼

2장

오늘,
지금의 소중함을 깨닫게 된 순간

2-1.
초심

백란현

교실 정리로 분주하다. 작년에는 학년 말 방학 덕분에 일주일 쉬었다. 그 기간 동안 교실을 정리하면서 여유를 부릴 수 있었으나 이번에는 신학기 준비 날짜가 촉박하다. 학년 말 교실 정리와 옮기는 일에 사용할 시간이 부족하다.

학생들과 함께 교실을 치우기로 했다. 학기 초부터 준비하라는 개인용 미니 빗자루가 일 년 내내 없는 친구도 있다. 몇몇 친구들은 교실에 비치되어 있는 빗자루만 잡은 채 교실을 빙글빙글 돈다. 교탁 앞에 앉아있는 하윤이는 자기 자리 먼지를 교탁 아래로 밀어 넣다가 나한테 딱 걸렸다. 바닥 얼룩을 닦은 휴지는 책장 속 책과 책 사이에 끼워 두었다. 폐지를 모아둔 박스에는 테이프도 들어 있었고 교실 바닥을 쓸어 담은 종이 조각과 먼지도 쌓여 있었다.

차근차근 마무리해야 한다. 아이들에게 청소도 제대로 못한다고 화낼 시간조차 없다. 개인 물건을 매일 조금씩 하굣길에 집으로 보냈고 책상과 의자 바닥에 붙어 있는 먼지도 일일이 없애도록 지도했다. 책상 서랍과 사물함 속에 있던 버릴 종이도 모두 주워 버렸다. 새로 배정받은 교실에 들어갈 때는 다소 먼지가 있어도 기꺼이 내가 정리한다. 사용하던 교실을 비워줄 때는 일 년간 살았던 모습보다 더 깨끗하게 해주고 나가는 게 나의 교직 생활에서의 습관이었다.

코로나 이후 학생들에게 청소 지도를 소홀히 했나 싶다. 청소에 있어서는 교사인 내 말을 따라주는 학생들이 점점 줄어드는 것 같다. 무엇이 잘못되었을까. 요즘 아이들이 청소할 줄 모르는 걸까. 내가 정리 정돈 하는 습관을 갖고 있지 않아서 그럴까. 교탁에 널브러진 서류와 교과서, 읽어주던 그림책까지 난장판인 모습을 아이들이 일 년간 보고 살아서 그럴까. 내가 학기 초부터 생활지도를 잘못한 것이라고 결론 내린다. 20년 경력이 무색할 지경이다.

2월 종업식 전까지 챙겨야 할 일도 많다. 학생들 반 편성, 진급 처리, 공문서 인계, 새 학기 교과서 배부, 통지표 작성까지 어느 하나 금방 해결되지 않는다. 정성을 쏟아야 한다. 실수가 있어서는 안 된다. 원하는 학교 발령도 나지 않아서 그런지 학년 말 마무리와 신학기 준비가 작년보다 더 지루하게 느껴진다. 신학기 설렘이 사라졌다. 높은 연차에 비해 가라앉아버린 내 마음 때문에 스스로 당황스럽다. 교사로서의 '소명' 대신 급한 순서에 따라 처리해야 할 일거리만 잔뜩 눈에 보인다.

종업식 오후 교무실에서 나를 찾는다. 5학년 기간제 교사가 학교에 왔다고 했다. 한 해 동안 동료로 함께 할 선생님이다 이사를 하고 보니 2000년에 태어난 신규교사라고 한다. 시작을 앞둔 선생님에게 교사이자 작가의 모습을 보여주고 싶다는 마음이 생겼다. 신규 선생님이 내가 사용했던 교실로 들어온다는 사실도 알았다.

"혹시 시간 되시면 2월 20일 새 학년 준비하는 날 학교 오실 수 있으십니까? 1년 농사할 교실이니 잡초도 뽑고 농사 준비를 해야 할 것 같아서. 강제성은 없습니다. 선생님은 3월 2일이 정식 출근입니다."

내가 잡초를 뽑아야겠다 생각했다. 교무실에서 교실로 돌아온 후 내 눈에 보이는 먼지마다 더 쓸고 닦았다. 칠판에 보드마카도 잘 나오는 것 위주로 정리했다. 신규교사가 첫날 교실 상태 때문에 당황하는 일은 없어야겠다는 마음이 들었다.

"5학년 부장이 꼼꼼합니다. 선생님도 배울 수 있는 기회가 될 겁니다."

교감 선생님은 하얀 도화지 같은 선생님에게 백 부장이 잘 가이드 해주라고 부탁했다. 일주일 내내 청소 지도와 원하는 학교에 발령 나지 않은 것에 대한 실망, 몰려 있는 업무 등으로 마음이 유쾌하지 않았는데 교대 갓 졸업한 후배 선생님을 만나고 나니 신학기에 대한 설렘이 되살아났다.

신규를 만난 덕분에 2004년 나의 신규 시절도 떠올린다. 20년 전으로 되돌아가야 해서 기억이 선명하지는 않지만 학생들을 향한 애정이 각별했다. 김해 발령 소식을 접하고 교육청에 신규교사 선서를 하러 갔었고 같은 학교 발령받은 여덟 명의 선생님들과 처음으로 교무실에 들렀던 날. 고민 많아 보였던 교감 선생님 얼굴이 떠오른다. 문서 처리가 느려 열 평 자취방에 컴퓨터와 프린터도 설치했었다. 교실마다 프린터가 없었던 시기, 집에서 학습지도 인쇄해서 출근했었다. 인쇄하러 왔다 갔다 하는 시간을 줄여 교실 아이들에게 집중하려는 마음이 컸다. 학급 교육과정은 어떻게 세워야 하는지 막막했을 때 독서에 관심을 가지게 되었고 아이들의 책을 사 모으기 시작했다. 내 책은 곧 학생들 책이 되었다. 1년간 정든 4학년 첫 제자들과 헤어진다 생각하니 눈물이 났었다. 5학년으로 올라가는 아이들과 함께 나도 5학년을 지원했었다. 지금 생각해 보면 대단한 결심이었다. 해마다 아이들에게는 새로운 담임교사를 만날 수 있게 해주어야 한다고 생각한다. 첫 제자를 따라 나도 진급(?)했던 초임 시절, 열정만큼은 연차로 대신할 수 없었다.

아마도 첫 제자에 대한 사랑이 각별했던 이유는, 임용고시를 준비하면서 그려본 나의 교직 생활이 있었기 때문일 것이다. 공부는 끝이 없었다. 잠자는 시간 빼고 교대 4학년들이 사용하는 도서실에 살았다시피 했다. 공부에 지칠 때마다 나의 교사상을 떠올리곤 했다. 희망을 품었다. 재수해서 들어간 교대였다. 전 과목 F를 받은 학교에 돌아가지 않아도 되어서 안심했었다.

교대 생활 만만치 않았다. 밤 세워 과제 하고 발표 준비를 했다. 상대평가 학점으로 인해 근소한 점수 차이로 C나 D를 받았

오늘이 전부인 것처럼

다. 나의 성적증명서에는 알파벳이 골고루 들어가 있다. 임용고시 합격과 발령은 내 인생에서 최고의 성공 목표였을 터다.

재수했던 시절보다는 교대 생활이, 임용고시 준비하던 기간보다는 발령받아 교사로 출발했던 순간이 인생에서 한 발자국 앞서 있는 시기였다.

지금, 현재 20년 차 교직 생활에 접어든 나는 왜 그렇게 학교 이동 실패로 힘들어했을까. 내가 서 있는 곳에 가르칠 학생이 있다는 점만으로도 복이다. 현재에 집중해야 한다. 새 학년 출발을 앞두고 초심을 떠올리게 한 신규교사. 나의 첫 제자보다 여섯 살이나 어린 선생님이 우리 학년에 배정된 것만으로도 오늘 나는 크게 배웠다. 현재 삶에 스스로 잡음 넣지 말고 지금 내가 해야 할 일에 집중해야겠다.

아이들 가르치며 신규교사도 챙기는 일이 나를 챙기는 일이다. 지금 여기에서 5학년 부장으로 출발한다.

교직뿐만 아니라 무슨 일에 종사하더라도 '처음'은 있기 마련이다. 그날 좌충우돌했던 경험을 떠올린다면 오늘 삶은 과거보다 성장한 결과임을 알 수 있다. 신규교사를 통해 교단에 처음 섰던 시절을 회상한 것과 같이 '시작'을 기억할 수 있다면 오늘 하루도 소중했다고 기억할 내용이 많다는 것을 잊지 말았으면 좋겠다.

2-2.
변화는 나를 키우는 힘

서영식

몇 년 전, 일이 많아서 자주 밤도 새고 바쁜 시기가 있었다. 새벽 2시, 뱃속을 여러 명이 몰려와서 뾰족한 바늘 끝으로 콕콕 찔러 대는 거 같았다. 정신이 하나도 없었다. 갑자기 복통이 왔다. 아내가 부축을 해줘서 겨우 응급실에 갔다. 분주한 발소리, 삐삐! 날카로운 신호음, 고통이 느껴지는 소리. 나보다 더 긴급한 환자들이 많았다. 누워서 생각한다. 이렇게 아플 땐 아무것도 소용이 없다. 당장 몸이 아프면 아무런 생각이 나지 않는다. 빨리 이 고통이 없어졌으면 하는 마음뿐…. 급성 장염이라고 했다. 치료받고 일주일 동안 고생했다.

직장동료 K의 맹장 수술한 이야기를 들었다. 배가 찢어질 듯이 아팠다고 한다. 몸이 아파서 병원에 입원했던 L의 얘기도 들었다. L의 말로는 혼자 중환자실에 있으니 마음이 차분해졌다고 한다. 세상을 초탈한 느낌도 들었다고 했다. '아파서 아무것도

　　　　　　　　오늘이 전부인 것처럼

못 하게 되진 않을까?' 생각과 걱정도 많았다. 다행히 L은 회복되어 다시 일상으로 돌아왔다. 건강을 되찾을 수 있음에 감사했다. L을 보고 나는 제2의 인생을 산다는 마음이 들었다. 정신없이 쫓기듯 살다가 여유를 가지게 되고, 주위에 있는 사람들, 특히 가족의 소중함을 많이 느낀다. 살다 보면 아플 때가 있다. 요즘은 코로나에 걸려서 많이 아팠다는 얘기도 듣는다. 무엇보다 건강이 제일이라고 생각한다. 몸의 건강만큼이나 마음의 건강도 중요하다. 마음 아픔은 치유하기가 쉽지 않다. 상처받은 마음은 회복되기 쉽지 않다고 한다. 상처가 아물어도 흔적이 남는다. 누군가로부터 가시가 돋친 말을 듣게 되면 마음에 상처가 생긴다. 다음에 그 사람을 만나면 아닌척해도 상처받은 부위가 느껴진다.

올해로 직장생활을 23년째 하고 있다. 2001년 창원공장에 입사해서 정신없이 현장을 뛰어다녔다. 혁신 프로젝트를 맡아 밤샘도 많이 했다. 2010년 본사 해외 영업 부문 사내공모(회사 내 직무 희망자를 공개 모집함)에 지원했다. 용기를 냈고 서울에 왔다. 직장생활 10년째, 새로운 도전을 해보고 싶었다. 안정적인 삶, 새로운 경험 사이에서 많이 고민했다. 결정하기 전, 종이를 한 장 놓고 반으로 나누었다. 좋은 점, 안 좋은 점을 썼다. 장점이 열 개, 단점이 일곱 개였다. 장점은 새로운 기회가 된다. 더 많은 것을 보고 배울 수 있다. 가장 큰 단점은 집을 구하기 힘들다. 창원에서 집을 샀다. 서울에서는 창원 집을 팔아도 전셋값도 안 된다. 매일 눈을 뜨면 선택의 연속이다. 점심은 뭘 먹을지, 메일을 보낼지 전화로 할지, 하고 싶은 말을 할지 말지, 선택하고 나면 더 좋은 결과가 보이기도 한다. 이미 일어난 일이라 돌이킬 순 없다. 선택과 결정의 주인은 나 자신이다. 결정하고 마음에 새겨놓은 한마디가 있다.

'나의 선택은 내가 결정한 것. 절대 후회하지 말자!'

새로운 도전과 변화는 쉽지 않다. 히스이 고타로 작가가 쓴 『하루 한 줄 행복』에 보면 찰스 다윈은 "가장 강한 자가 살아남는 것이 아니고 가상 현명한 자가 더 오래 사는 것도 아니다. 유일하게 살아남을 수 있는 자는 변화할 수 있는 자다."라고 했다. 인생은 변화의 연속이다. 끊임없이 세상은 변하고 있다.

반면, 본능적으로 안정을 취하고 싶어 한다. 익숙한 게 편하기 때문이다. 늘 똑같은 길로 출퇴근한다. 사무실에서 매일 보는 동료와 일한다. 다람쥐 쳇바퀴 돌 듯 일상을 반복한다. 컴퓨터를 교체해서 새로 받게 되면 불편하다. 기존에 세팅해 놓은 것을 다시 바꿔야 한다. 새로운 옷이나 가전제품은 좋아한다. 환경이 바뀌면 적응하기 힘들다. 생활에 익숙한 것이 바뀌면 불편함부터 느낀다. 이런 변화를 즐기는 사람을 주위에서 찾기가 쉽진 않다.

스스로 변화해서 자기혁신을 통해 성공한 사람들을 본다. 자이언트 북 컨설팅 책 쓰기 수업과 저자특강을 듣는다. 참여하는 작가들은 현실의 편안함에 만족하지 않는다. 새로운 변화에 도전한다. 성장하고 성공한 사례를 본다. 자극을 많이 받는다. 과거엔 편안하게 살려고만 했다. 퇴근해서 TV나 스마트폰을 보다가 잠들었다. 특별하게 한 일이 없다. 주말에는 밀린 잠을 실컷 잔다. 몸과 마음은 편하다. 지나고 나면 뭔가 허전하고 남는 게 없다. 작가들의 변화된 모습을 보고 실천하면서 나도 달라졌다. 글쓰기, 책 쓰기, 독서 모임, 라이팅 코치 수업을 꾸준히 배우고 있다. 글쓰기 수업을 함께 하면서 삶의 에너지가 차오르는 것을 느낀다. 미지근한 물에 개구리를 넣고 서서히 끓이면 뜨거워져도 빠져나오지 못하고 죽는다. 개구리 두 마리가 우유 통에 빠졌다. 첫 번째는 어차피 나는 끝이야. 포기했다. 두 번째는 어떻게든 살아나려고 힘을 썼다. 계속 바닥을 휘젓고 빠져나오기 위해 움직였다. 우유가 치즈가 되어서 살아남았다.

변화는 막연한 두려움의 대상이 되기도 한다. 예전엔 무서웠다. 실패에 대한 걱정도 많았다. 책 쓰기 강의를 듣고 글쓰기를 하면서 변했다. 2022년 12월 28일, 첫 번째 책이 세상에 나왔다. 공저로 쓴 『글쓰기를 시작합니다』를 출간하고 '나도 할 수 있다'라는 자신감이 생겼다. 밋밋한 일상이 아니라 매 순간 재미있어졌다. 움츠러들지 않고 당당해졌다. '당신은 생각보다 강하다'라는 말을 좋아한다. 더 강해질 것이라고 믿는다. 새롭게 도전한다. 더 나은 삶을 위해 배운다. 매주 토요일 아침 일곱 시에 책 쓰기 수업을 듣는다. 새로운 자극을 받고, 글을 쓴다. 정신이 번쩍 든다. 열심히 살고 더 잘사는 방법을 배운다. 자기 계발 도서를 좋아한다. 집에 있는 책들도 온통 자기 계발 관련 도서로 가득하다. 문제는 실천이다. 아무리 책을 많이 읽어도 실천하지 않으면 소용이 없다. 먼저 생각부터 바꿔야 한다. 어떤 사람이 매일 "복권 일등에 당첨되도록 해주세요."라고 신에게 빌었다고 한다. 마침내 신을 만날 기회가 되어서 "왜 내 기도를 들어주지 않나요?" 하고 따졌다. 신이 말하길 "네가 복권을 사야 당첨이 되지. 사지 않는데 내가 어떻게 할 방법이 있겠냐?"라고 했다고 한다. 가만히 있는데 뭔가 이루어질 순 없다. 행동으로 옮겨야 한다.

군대를 제대하고 막노동을 한 경험이 있다. 새벽 다섯 시, 해가 뜨기도 전 줄을 서서 기다린다. 이름을 부른다. 같이 일할 사람들과 정해진 곳으로 간다. 뭘 하는지는 모른다. 도착해서 하는 일은 각양각색이다. 아파트 현장에서 나보다 큰 철근을 나른다. 주택가에서 시멘트를 섞은 통을 들고 왔다 갔다 한다. 등에 벽돌을 지고 계단을 오른다. 일이 힘들수록 시간은 더 늦게 흘러간다. 새벽에 나와서 그런 것만은 아니다. 체감하는 시간은 오후 2시 같은데 아직 오전 10시가 되지 않았다. 하루 일이 정해져 있다. 쉬고 싶어도 쉴 수가 없다. 도망가고 싶은 충동을 수없이 느낀다. 하루 일이 끝난다. '오늘도 수고 많았다. 잘했다.'라고 칭찬한다. 다른 한편에선 '내일은 어떻게 일어나지? 그냥 쉴까?' 하는 소리가 들린다. 그만하고 싶은 마음과 '이겨내야지.'라는 생각이 매일 싸운다. 힘든 경험은 당시에는 고통스럽다. 이겨내면 다른 어려운 일을 극복할 수 있도록 나를 더 강하게 만든다.

사람들은 자기보다 높은 수준의 사람을 부러워하기도 한다. 더 나은 삶을 향해 노력한다. 눈높이를 낮추면 더 힘들게 사는 사람들도 있다는 걸 알게 된다. 때로는 더 어려운 사람들도 생각한다. 같은 업무를 하는 사람들의 모임에 참석한 적이 있다. 우

오늘이 전부인 것처럼

리보다 훨씬 편하게 일하는 회사 얘기를 듣는다. 외부 컨설팅하는 회사가 일을 다 한다. 특별히 할 일이 없다고 하다 우리는 하나씩 다 직접 만들고 '노가다'가 많은데 다 해준다니…. 또 다른 회사 사람 이야기를 듣는다. 훨씬 일이 많다. 혼자 다 하고 있다. 불평불만으로 입이 삐쭉 나올 만도 한데 해맑게 얘기한다. '아! 우리보다 더 힘들게 일하면서도 즐겁게 사는 사람도 있구나. 더 편한 사람도 있겠지만 더 힘들게 일하는 사람도 있네.' 하고 위로받는다.

살면서 '지금 이대로 시간이 멈췄으면 좋겠다.'라고 할 때도 있다. 반대로 이 순간이 어서 지나가기만을 바라기도 한다. 예전엔 힘든 일이 있으면 시간이 흘러가기만 바랐다. 시간에 끌려가는 삶이었다. 월급날만 기다리며 빨리 시간이 흘렀으면 할 때도 있었다. 이제는 어려운 일이 있어도 성장을 위한 시간으로 생각한다. 더 단단해지기 위한 과정으로 여긴다. 헛되이 시간을 보내지 않고 하루를 소중하게 생각한다. 오늘 나의 선택과 결과가 미래를 만들어 간다. 변화를 두려워하지 않고 시간의 고삐를 꽉 쥐고 있다.

2-3.
함께 하는 우리, 마음먹기 나름

오정희

요즘은 계약직, 기간제 근로자들이 많다. 십 오 년 전만 해도 많지 않았다. 돈이 필요했고 일을 찾았다. 초등학교 2학년 아들, 병설 유치원에 다니는 딸. 모두 학교에 가고 혼자남은 아침 시간, 컴퓨터를 켜고 구인 광고를 살폈다. 새 학기가 시작된 3월이었다. 중학교에서 과학 기간제 교사를 모집하는 광고를 보게 되었다. 과학 기간제 교사를 시작하게 되었다. 직장생활 경험은 있지만, 학교생활이 나에게 맞을지 염려되었다. 교생실습을 나갔을 때 학교는 나와 맞지 않는다고 생각했었다. 지금은 맞고 안 맞고, 좋아하고 잘하고는 문제가 되지 않았다. 학교생활을 시작했다.

처음부터 중2 담임을 맡았다. 업무의 근무 환경은 낯설고 하는 일도 익숙하지 않아 어설펐다. 새롭게 배우는 것에 대한 두려움은 없었다. 조금은 적응하는 시간이 있었으면 했다. 하루하루

오늘이 전부인 것처럼

가 정신없이 바쁘게 흘렀다. 월급만 아니면 그만두고 싶어질 정도였다. 차라리 수업은 할 만했다. 사춘기 학생의 지도와 동료 교사와의 관계가 쉽지 않았다. 나이 많은 신입에 대한 편견이 느껴졌다. 잠깐 머물다 갈 사람이라는 생각을 하는 몇몇 사람의 시선은 차가웠다. 학생들은 아무리 관심을 두고 말을 하려 해도 들으려 하지 않았다. 그냥 견뎠다. 그렇게 시간이 지나면서 버티고 이겨내는 내가 보였다. 사람은 변화를 갈망한다지만 나에게 있어 지금의 변화는 주위 시선을 의식하지 않고 묵묵히 내 일에 최선을 다하는 것이었다.

처음, 힘들었던 시기가 지나고 세 번째 G 중학교에서 나름대로 적응하고 있을 무렵이다. "오쌤, 잠깐 과학실로 와봐"라며 과학부장이 말을 건넨다. 이곳에서의 생활은 '함께'라는 느낌을 주었다. 수업을 나누고 묻는 일이 좋았다. 한 학기 계약이라는 것이 아쉬울 정도였다. 서로 의견을 묻고, 무엇이 필요한지 챙기며, 배려하는 모습에서 많은 것을 배웠다. 부장은 방과 후 활동에도 굉장히 열정적이었다. 학생들을 직접 지도했다. 아침엔 끼니를 거르고 온 학생들이 있을까 봐 간식을 항상 준비해 와 함께 먹으며 시작했다. 경험 없는 내게도 방과 후 학부모 대상 강의를 부탁했다. 새롭게 뭔가 할 수 있는 용기가 생겼다. 생각하지 못한 선물을 받았다. EM(친환경 유용 미생물)으로 가정용 주방 세제와 비누 만들기를 강의했다. 일상생활에서의 환경에 관심을 두게 되었다. '서로에 대한 관심과 기회 제공이라는 것이 이런 것인가?' 하는 생각을 해 봤다. 그동안 다른 곳에서 힘들었던 시간을 보상받은 기분이 들었다.

과학실 문을 열고 들어가니 깜깜했다. 내가 잘못 왔나? 하는 생각을 하고 돌아서 나가려고 하는데 작은 불빛이 보였다. 대여섯 명의 과학 선생님들이 케이크를 들고나오며 노래를 부른다. 처음 경험하는 풍경에 조금은 민망하고 울컥해졌다. 나를 같은 구성원으로 생각하고 챙겨주는 좋은 사람들이었다. 오래 함께 하지 못하는 아쉬움이 진하게 남았다.

이젠 마음의 준비가 되어 있고 경험도 있다. 다른 곳에서 다시 시작된 중학교 생활은 적응도 잘했다. 사람들과의 관계도 원만하게 지냈다. 나의 태도도 달라졌다. 좀 더 적극적인 태도, 여유와 자신감이 생겼다. 실력이라고 하기에는 좀 부족하지만, 이심전심 나의 진심이 통했던 것일까? 계약이 끝날 무렵 전화 한 통이 걸려 왔다.

"여기 양주에 있는 Y고등학교 교장입니다. 잠깐 볼 수 있을까요?"

심장이 쿵쾅거렸다. 어떻게 말을 해야 할지 생각나지 않았다. 내가 전화를 받다니? 차도 없는데 의정부에서 양주로 퇴근 전에 도착하기는 힘들었다. 그런 사정을 얘기했다. 편한 시간 정하면 기다릴 테니 걱정하지 말고 들러달란다. 이제 겨우 중학교에 적응했는데 고등학교라니, 살짝 겁이 나면서도 설레었다. 또 학기가 끝나가고 있었다. 알고 보니 나도 모르게 과학부장이 소개했단다. 살아가면서 나의 다음을 걱정하며 애써주는 사람이 있다는 것은 고마운 일이다. 세상엔 좋은 사람도 많다. '나도 누군가에게 그런 사람이 되어야겠다'라는 마음이 들었다.

파주에서 양주로 대중교통을 이용한 출퇴근은 시가이 오래 걸렸지만, 새로운 시작은 즐거웠다. 야간자율학습이 있는 날은 막차를 타고 귀가했다. 잠시 눈을 붙이고 새벽 첫차를 타고 출근하는 날이었지만 기분은 달랐다. 피곤할 만한데도 그 시간이 좋았다. 담임하는 반 학생도 과학과 동료 교사도 좋았다. 서로가 배려해 주는 모습에 더 잘하고 싶은 마음이 들었다.

처음 교장 선생님을 만났을 때 난 핑계를 댔다. 고등학생들을 잘 가르칠 자신이 없고, 집이 멀어서 힘들 것 같다고 했다. 교장 선생님은 아이들이 착하고 열심히 하니 선생님은 수업 준비만 잘해주시면 된다고, 너무 걱정하지 말라며 친절하게 교통편까지 알려줬다.

2010년대에는 지자체마다 자율형 공립고등학교가 만들어지고 학생들은 자공고생이라는 자부심이 한참일 때였다. 그렇게 시작된 고등학생들과의 생활은 즐거웠다. 교장 선생님 말씀대로 나는 수업 준비만 잘하면 되었다. 아이들은 알아서 잘해줬다. 공부해야 할 것은 많았지만 학생들과 즐겁게 웃는 시간이 많아졌다. 아직은 주5일 근무가 아니라 토요일과 주말에도 과학 활동이 이루어졌지만, 괜찮았다. 주말에는 가끔 유치원생 딸과 함께 학교에 가기도 했다. 약간은 겁을 먹고 시작했지만, 함께 하는 사람의 소중함과 나의 지금 모습 그대로도 사랑할 수 있게 해주었다. 생각이 긍정적으로 바뀌었다.

나는 오늘도 프리랜서 교사로 화학 수업 첫 시간 오리엔테이선을 한다. 원소에 관한 이야기로 시작한다. '샘이 가장 좋아하는 원소는 몇 번일까?' 한번 맞춰보라고. 물, 공기, 산소 등과 같은 '물질'들을 얘기한다. 원소가 아닌. 그래도 괜찮다고 했다. '지금부터 시작해도 괜찮다', '여러분들의 호기심에 노력을 더하면 잘할 수 있다.' 화학(Chemistry)이란 두 글자를 영어로 칠판에 쓰면서 "화학은 노력이다(Chem is try)."라며 지금부터 시작해도 늦지 않다고 말한다. 실험을 계획하고 수행할 때 모둠원들과의 협력이 중요하다. 혼자만의 100점은 완전한 100점이 될 수 없다는 얘기도 하면서 함께 잘해 보자는 말로 첫 시간을 시작했다.

내가 '지금, 여기'까지 올 수 있었던 것은 친절하고 다정하게 손 내밀어주는 사람들이 있어서다. 이제 나도 누군가의 삶에 손을 내밀어 나눌 수 있는 사람이길 희망해 본다. "왜 내가 이래야 해?"라며 불평했던 시간, 타인의 시선에 힘들었던 시간도 마음먹기 나름이다. 지나고 나니 조금은 더 단단해진 내가 보인다. 의미 없는 날은 없다고, 오늘 하루도 나는 꽤 괜찮은 해피엔딩을 꿈꾼다. 내가 만드는 내일은 지금보다 조금 더 나은 날이기를 기대한다. 함께 하는 사람들의 소중함을 느낀다.

2-4.
공부 가르칠 때도 운동할 때처럼

이경숙

_____

"어! 팔이 왜 이러지?"

거실 바닥을 닦다가 주저앉았다. 팔이 뻣뻣해지더니 그대로
멈춰버렸다. 바로 전까지 청소기를 밀고 걸레로 바닥을 닦았는
데. 거실 중간쯤에서 팔이 움직이질 않는다. 팔을 뻗어 안쪽에서
바깥쪽으로, 바깥쪽에서 안쪽으로 걸레질하고 있었다. 팔이 움
직이지 않아서 그냥 주저앉아야만 했다. 어떻게 하면 팔이 괜찮
아질까? 그때 거실 작은 책꽂이에 있는 책이 생각났다. 며칠 전
남편이 친구 사무실에 갔다가 두 권이 있길래 한 권을 얻어왔다
며 건네주었던 책이다. 너무 좋은 책이라 두 권을 가지고 있더
라면서. 책장을 넘겨보며 무슨 말도 안 되는 책이라고 생각했었
다. 이렇게 간단한 방법으로 몸이 좋아진다면 세상에 아픈 사람
이 아무도 없겠다는 생각이 들었다. 여기저기 넘겨보고는 무협

지 같은 책이라고 웃으며 꽂아두었던 책이다. 내 팔이 움직이지 않게 되니 갑자기 그 책에서 보았던 내용이 떠올랐다. 한 번 따라 해봐야겠다는 생각이 들었다.

『건강 도인술』이라는 책이다. 펼쳐 보았다. 책장을 넘기니 어깨가 아플 때 푸는 방법이라고 쓰여있었다. 너무 간단했다. 아픈 어깨 같은 쪽 손가락을 엄지손가락부터 수도꼭지 비틀 듯이 30번 비트는 것이다. 손가락 끝에서부터 손가락 뿌리 부분으로 옮겨가는 방식으로 다섯 손가락에 자극을 준다. 마지막으로 그 손바닥을 지압해준다고 나와 있다(p136). 갓난아기가 있어서 병원에 다니기도 쉽지 않아 궁여지책으로 해봤다. '어! 움직일 수 있네!' 신기하게도 어깨와 팔을 움직이기가 수월해졌다.

아이 낳고 한 달도 안 됐는데 몸이 많이 부었다. 만삭 때 몸무게보다 더 나갔다. 병원에 갔더니 심장 판막이 샌다고 했다. 병원 심장내과 대기실에 앉아 내 차례를 기다리며 주위를 둘러보았다. 나만 젊은 사람이었다. 모두, 노인들뿐이었다. 젊은 내가 노인분들 사이에 앉아있어야 하는 신세라니. 의사 선생님은 보름쯤 후에, 검사하고 다시 보자고 한다. 검사가 밀려 있어 기다려야 했다. 아이가 넷인데 혹시 수술이라도 하자고 하면 우리 아이들을 어떻게 해야 하나 하는 마음이 올라왔다. 그렇게 병원에 다녀온 바로 다음 날의 일이었다.

아이 넷을 돌보느라 내 시간이 없단 생각에 늘 불안했다. 무엇을 해야 할지 몰랐다. 셋째 낳기 전에 공부하던 방송대의 영어학을 공부하기엔 시간이 없을 것 같았다. 마지막 학기 논문만 작성하면 되는 상황인데도 손을 대지 못하고 있었다. 나름 장학금도 받으며 하던 공부였는데 대충하고 싶지 않다는 욕심 때문이었다. 매일 바쁘고, 아침에 눈 떴나 싶은데 밤이 되는 거 같아, 저녁 시간이 되면 왠지 모를 허탈감이 들었다. 그 무렵에 『건강 도인술』 책을 만나게 됐다. 아이들을 재우고 나면 처음부터 읽으며 책에 나오는 동작을 따라 했다.

조용한 밤에 책을 보며 혼자 운동했다. 다음날이면 컨디션이 좋아진 듯했다. 이삼일 해보고 나서는 낮에도 아이가 자거나 셋째 아이가 혼자 놀고 있을 때 간단한 동작을 해봤다. 아침에 눈을 떴을 때는 바로 일어나지 않고 누운 채로 할 수 있는 심장에 좋은 행법과 간에 좋은 행법을 했다. 큰아이 낳을 때 B형 간염이 있다는 얘기를 들었다. 간에 신경을 써야 한다고 생각은 하면서도 신경 쓰지 못했다. 그 책에 나오는 것처럼 간 부위와 반대편을 쓸어주기도 했다. 며칠 해보며 몸이 좋아지는 걸 확연히 느낄 수 있었다. 식구들이 자는 밤에 혼자 거실에서 '불로좌공'이라고 하는 24가지 공법을 따라 했다. 늘 잔병치레만 하던 사람이라 몸이 아픈 것이 정상이라고 생각하며 살았는데, 몸이 가벼워지기 시작했다.

욕심이 생겼다. 심장 판막에 관한 검사를 할 때 꼭, '정상'이라는 말이 듣고 싶어졌다. 네 아이를 위해서 엄마가 할 수 있는 일이 이것뿐이라고 생각하며 매달렸다. 퇴근해온 남편은 농담처럼 말했다. 절실한 마음으로 운동하는 내 모습이 종교에 빠진 것

처럼 보인다면서

"어이 신도, 오늘은 어떤 운동을 했나?"

씩, 한번 웃어주었다. 한 동작씩 추가해서 할 때마다 좋아지는 것이 느껴졌다. '느끼는 것으로 알 수 있어서 수지침을 개발한 유태우 선생도 수지 혈 자리를 알아낸 거였을까?' 하는 생각이 들었다. 그렇게 보름 가까이 내가 할 수 있는 만큼 최선을 다했다. 생각보다 보름이 길었다. 검사 결과, '정상'이라고 했다. 원래 가끔 심장이 급하게 뛰다가 나아진 적도 있었고, 갑자기 심하게 달리면 5미터도 못 가서 토할 듯이 힘들었던 적이 많았다. 나는 원래 그런 사람이라고 여기며 살았다. '정상'이라는 결과를 보니 내가 해냈다는 생각이 들어 기분 좋았다. 담당 의사는 심장이 급하게 뛸 때 검사해보면 다른 결과가 나올 수도 있다고 했다. 하지만 그런 순간이 딱 정해져 있지 않은데, 언제 그걸 검사할 수 있을까 생각하며 병원을 나왔다.

내 몸을 챙기는 일이 우리 가족을 위한 일이라 생각하며 틈날 때마다 그 책을 붙들고 살았다. 책이 너덜너덜해졌다. 아이들에게도 남편에게도 좋은 방법이라며 가르쳐 주기도 했다. 어느 날, 고개를 돌리다가 순간적으로 이상한 소리가 들리는 것 같았다. 대나무밭에서나 들릴 법한 댓잎 부딪히는 소리였다. 원래 운동은 책으로 하는 것이 아니라는 말을 들은 적이 있다. 뭔가 잘못된 게 아닌가 싶었다. '어떡하지? 아직 아기가 어려서 나는 자유

롭지 못한데….'

책 뒤를 봤다. 출판사 전화번호가 있었다. 무작정 전화를 걸었다. 『건강 도인술』독자인데 그 책을 읽으면서 운동을 따라 했다. 그런데 이상한 경험을 하게 되었다고 말했다. 혹시 이 책에 관한 운동을 가르쳐주는 사람이 있는지 물어보았다. 있다고 한다. 전화번호를 달라고 했다. 한참을 찾는 듯하더니 불러주었다. K 체육관이라고 했다. 거기에 전화를 걸어 자초지종을 얘기했다. 그리고, 아기가 있어 나가서 배우기는 어려우니 전화로 설명해줄 수 있느냐고 물어보았다. 전화 받은 선생님은, 마치 그림을 그리듯이 설명해주었다. 전화를 끊고 나서 내가 잘못했던 부분을 고쳐서 해보았다. 잘되지 않을 때는 열흘 정도 쉬었다가 다시 했다. 몇 번을 그런 식으로 쉬었다가 다시 하며 건강을 돌보았다. 선생님이 가르쳐 준 것을 통해 깨닫게 되었다. 가르친다는 것은 상대방이 알아들을 수 있도록 세심하고도 차분하게 해야 한다는 것을. 붓끝으로 섬세하게 한 획 한 획 그림을 그리듯이.

몸이 좋아지자 나도 뭔가를 할 수 있을 것 같았다. 형편이 어렵기도 했지만, 내가 좋아하는 일을 하고 싶었다. '가르치는 일'이다. 영어 학습지 회사의 관리 교사가 되었다. 영어 파닉스를 가르칠 때, 아이들이 잘 안되는 발음이 있다. 특히 F나 V 발음, 단어 끝의 L 발음 등이다. 그런 발음을 어떻게 설명해주면 아이들이 제대로 잘할 수 있을까? 고민했다. 바로 운동 선생님의 방법을 영어 발음학습에 적용해 보았다. 하나하나 발음 원리를 가르쳐 주었다. 단어를 발음할 때 어려워하면 음절 단위로 끊어서 따라 하게 했다. 문장을 어려워하면 한 단어씩 또는 한 덩어리씩 끊어서 읽혔다. 특히 어려워하는 부분은 집중적으로 더 자세히 가르쳤다. 하루도 거르지 않고 조금씩이라도 하게 했다. 본사에서 주최하는 듣기 대회나, 말하기 대회에 나갈 때는 거의 나에게 공부한 학생이 절반을 차지했다. 센터에 관리 선생님이 열다섯 명 이상이었는데도 20여 명의 학생을 뽑을 때, 열 명 이상이 나의 학생이었던 비결이었다. 운동 선생님의 가르침 덕분에 학생들에게 잘 전달할 수 있었다. 운동도 공부도 서로 통한다는 나만의 방법을 깨달을 수 있어서 감사했다.

하루하루 꾸준히 실천한 운동 덕분에 학생들에게도 하나씩 해내는 것의 소중함을 알게 하고 싶었다. 작은 것들이 모여서 큰 것이 된다는 것을. 어려운 발음 한 번 더 해보고, 문장 한 번 더 읽어보라고 격려했다. 반복적으로 실행하는 지금이 미래를 위한 소중한 시간이라고.

오늘이 전부인 것처럼

2-5.
하나뿐인 남편의 숨은 사랑

이선희

　　영원히 극복할 대상은 나, 그리고 가족이다. 가장 가깝지만 가장 멀어질 수 있는 존재가 가족이다. 사람의 마음은 날씨보다 더 변덕스럽다. 같은 폭풍우 속에 있어도 각자 다르게 느끼고 있다. 나와 남편의 사랑은 어떤 사랑일까? 참사랑은 삶에서 나온다고 한다. 남편과 결혼한 지 36주년이다. 손톱에 때가 낀 남자, 바지가 구겨져 같이 있고 싶지 않은 사람. 그런 사람이 남편이었다. 엄마와 남편의 누나가 중매를 서게 되어 만나게 된 운명이다. 내가 다른 사람과 선보는데 남편의 누나가

　"저 사람과 선봐서, 안되면 우리 동생과 한 번 봐요!"

　이렇게 맺어진 인연으로 지금까지 살고 있다. 나의 엄마는 이 사람이 기술자라서 절대 밥 굶기지 않을 거라고 강조했고, 남편 누님은 장녀이면서 야무지게 직장 생활해서 가족 돕는 처자니 결혼하라고. 이렇게 두 분의 노력으로 맺어진 우리 부부다.

남편이 총각 시절 모은 돈이 합쳐 오백만 원이었다. 당시, 철없는 나는 그 돈에서 예물은 꼭 해야 한다고 강조했다. 남편이 모은 300만 원으로 예물과 한복, 예복 등을 준비했다. 200만 원으로 청주시 흥덕구 강내면 자화전자 옆에 전세로 살림집을 구했다. 그때 남편에게는 함께 모셔야 할 시어머님이 계셨다. 나는 어릴 때 할머니가 없었다. 아버지 고향은 평양이다. 남한에는 가족이 한 분도 없다. 나는 할머니가 있는 사람들이 부러웠다. 시어머니를 모신다는 것에 대한 예비 지식이 전혀 없었다. 가난한 집 8남매의 장남이라는 남편과 결혼 전에 알게 된 사연이 있다. 형은 친척 집에 양자로 보냈고 남편은 둘째다. 청첩장이 나오고 난 뒤에야 어머님이 '형님이 계시니 예복 따로 준비해라.' 하신 덕에 알게 되었다. 작은 신호지만 위력적이다. 신혼 초부터 시작된 양쪽 가족의 분위기는 가을하늘처럼 청명하지 않았다. 복잡한 감정이 머물기 시작한 것은 핏줄 섞이지 않은 사람들이 함께 동거하면서 생기는 문제들이다.

어머님은 젊어서 시아버지 돌아가신 후, 혼자 자식들 키우며 오랜 세월을 고생으로 사신 분이다. 한솥밥을 먹는다고 다 가족은 아니다. 처음부터 어머니는 며느리인 내가 마음에 들지 않았다. 나중에 안 사실이지만 두 가지 이유가 있었다. 나의 예물과 혼수에 대해 남편이 어머님과 의논하지 않은 일, 또 한 가지는 아들이 야무져서 월급을 어머니께 맡기지 않은 것이다. 돈이 필요하다고 하시면 그때그때 드렸다. 아들에게 돈 달라고 하기 쉽지 않았을 것이다. 그런데 며느리가 들어오자 월급 전체를 맡겼다. 그리고 아들의 얼마 남지 않은 돈을 의논하지도 않고 예물 사는 것으로 몽땅 써버린 며느리가, 예쁘지 않았을 것이다. 이렇게 작게 싹 튼 미움의 강은 어느 날 크게 터져 나왔다.

시어머님이 딸이 여섯이라 자주 딸네 집에 다녀 오셨다. 그때도 춘천 고모 댁에 다녀오셨다. 당신이 감춰두었던 보따리를 풀어보셨다. 어떤 것은 썩고 어떤 것은 없어졌다면서 보따리 안에 있던 것을 길에다 쭉 널어놓으셨다. 어머님은 평생 농사지으셨던 분이다. 씨앗이나 콩 등 무엇이든 모으는 것을 좋아하신다. 그런데 보따리를 풀어보니 일부는 썩고 일부는 없어졌다. 마음에 차지 않으셨다. 지나가는 동네 사람을 붙잡고 며느리를 흉보셨다. 시골 동네라 소문이 금방 귀에 들어온다. 남편이 그 동네 회사에 근무했기에 며느리 험담은 좋지 않았다. 가족의 이야기를 아무렇지 않게 하시는 어머님을 보자 속이 상했다. 큰아들 원기를 업고 철둑길로 나가 남편을 기다렸다. 왜 그렇게 시간은 더디 가던지, 철둑길 너머의 집에서는 저녁밥 짓는 연기가 꼬물꼬물 피어오른다. 뿡 소리를 내며 홀로 철길을 달리고 있는 기차는 지금 내 모습이다. 남편이 허겁지겁 뛰어온다.

"여보, 어머니가 여러 가지 보따리를 풀어놓고 지나가는 동네 사람들에게 내 흉을 막 보시네. 창피해서 어떻게 얼굴 들고 다녀."

남편에게 친정으로 간다고 했다. 그랬더니 남편은

"돈 없잖아. 내일 월급날이니 월급 타면 돈 가지고 가."

이 말에 속정이 느껴져 떠나지 못했다. 남편은 그 밤에 어머

니께

　"엄마가 이 동네 사람들에게 우리 식구 이야기하고 다니면 나 사우디라도 갈래요."

　아들의 한마디 말에 충격받은 어머니는 다음날 없어지셨다. 남편과 나는 왼 종일 찾아다녔다. 저녁 늦게 들어오신 어머니는 집에 돌아오자마자 그 겨울에 찬물을 자신에게 마구 퍼부었다. 처음 본 그 광경이 낯설고 무서웠다. 이후로 다시는 어머니께 말대꾸하거나 옳은 소리 하지 않기로 했다. 우리는 그렇게 함께 살아내고 있었다. 이것이 결혼생활이며 현실이었다. 암담하고 두려웠지만, 시간이 흐르면서 미운 정 고운 정으로 가족이 되어가고 있었다. 어머님과도 보이지 않는 정이 쌓이기 시작했다. 어느 날 어머님과 제사 준비를 위해 부침질을 했다. 그때 어머님의 젊은 시절 이야기를 들었다. 친정 부모님에게도 사랑받지 못하였고 남편에게도 따뜻한 위로를 받지 못했던 이야기였다. 그 계기로 어머님이 조금은 이해가 되었다.

　남편은 아버지를 일찍 여의었다. 다섯 살에 돌아가셨으니, 부모님이 행복하게 사는 모습을 본 적이 없다. 하나뿐인 나의 사람은, 그래서인지 표현에 서툴다. 상대가 잘하는 일은 그냥 지나가고 혹여 실수라도 하면 바로 지적하는 사람이다. '고마워. 미안해!' 이런 표현은 잘못한다. 아쉬울 때가 많다. 일도, 여행도 자기 방식으로 하고 싶어 한다. 내가 남편에게 바라는 모습은 상대의 장점에 집중해 주고, '그렇구나. 애썼어. 수고했어!'라고 말해주는 한결같은 사람이다.

　오늘이 전부인 것처럼

언제부터인지, 돈 들지 않는 예쁜 말을 내가 먼저 하겠다고 생각을 바꾸었다. 세상에 모든 일은 나부터 시작이다. 공부하고 책 읽은 내가 마음의 여유가 있다. 남편은 늘 생존이 먼저다. 관점을 바꿔 남편을 보았더니 측은지심이 생긴다. 휴일마다 일하는 남편을 위해 점심을 만들어 회사에 가지고 갔다. 가족을 위해 애쓰는 사람에 대한 고마움의 표현이다. 무한정으로 회사를 사랑하는 것도 가족을 지키기 위해서다. 남편만의 보이지 않는 숨은 사랑이다. 나의 남편처럼 숨은 사랑을 하는 남편들이 많다. 상대가 원하는 사랑이 아닌 자기 방식의 사랑, 표현하는 사랑이 아닌 덤덤한 사랑이다. 자기 몸보다 일과 가족을 생각하느라 지금도 회사에서 숙식하며 일주일에 한 번 집에 들어온다. 그런 모습이 안타깝다. 초창기 회사경영이야 충분히 이해되지만 67세인 남편에게는 좋아서만 하는 일이 아닌, 가족을 위한 처절한 생존의 몸부림이다. 가족은 서로 위하며, 더 나은 삶을 가꾸도록 도와주는 사람이다. 많은 사랑 중에 보이는 사랑도 소중하지만 보이지 않는, 숨어있는 사랑도 눈여겨봐야 한다. 지금까지 남편이 회사경영을 잘해서 사업가 아내인데도 돈 한 번 빌리러 다닌 적이 없었다.

제대로 배우지 않고 결혼했다. 남편 만나서 지금까지 공부하고 강의하며 산다. 지금 내가 하는 이 일을 적극적으로 찬성해주지는 않지만, 그래도 용인해 준 덕분에 일과 삶을 하나로 살 수 있다. 친절하고 다정한 남편, 자상하게 내 이야기 잘 들어주는 사람이라면 이렇게 적극적으로 강사의 삶을 살아내지 못했을 것이다. 내 인생의 8할, 꿈을 이룰 수 있게 동기부여 해준 사람이 남편이다. 남편의 까칠하며 약간의 이기적인 방식 덕분에 자극과 동기가 되어 여기까지 올 수 있었다. 나는 애증과 측은지심으로 남편과 이 결혼생활을 유지하고 있다. 이것 역시 숨은 사랑이다. 지금 오늘의 소중함은, 하나뿐인 남편의 희생적인 일 사랑 덕분이다. 내가 가정을 챙기고 함께 또는 따로, 좋아하는 일을 하며 살도록 양보한 사랑이다. 사랑은 나의 이기심을 조금 내려놓고, 있는 그대로 상대의 모습을 인정해 주는 일이다.

오늘이 전부인 것처럼

2-6.
주어진 몫의 삶에 충실하다

이영란

_____   _____

　　매일 아침 5시에 일어나야 했다. 평생 고3인 것 같았다. 서둘러 씻었다. 아침밥은 건너뛰고 출근하기 바빴다. 거울 앞에 앉아 화장 한번 느긋하게 해본 적 없었다. 집에다 핸드폰을 놓고 와서 몇 번씩이나 현관문을 들락거렸다. 그렇게 숨 쉴 틈 없이 직장 생활을 하다가, 방학이 되면 더 바빴다. 두 아이를 돌보는 육아와 살림은 직장 생활 못지않게 힘들었다. 내 밥보다 아이들 밥이 먼저였고, 내 옷과 화장보다 아이들 챙기는 게 우선이었다. 이십 대를 누가 한창 꽃필 나이라고 했단 말인가.

　　오랜만에 만난 친구 K.

　　"어때? 근사하지? 나 이번에 남자친구랑 유럽 여행 다녀왔잖아!"

　　한껏 들뜬 목소리를 들으며 그녀가 타고 온 빨간색 스포츠카를 물끄러미 바라보았다.

배움에 대한 목마름이 간절했던 시절, 같은 학년에서 원서를 끼고 돌아다니며 대학원 과제로 바쁘다고 투정 부리는 골드미스 L 선생님을 만났다. 같이 차 한잔하자고 몇 달 전부터 말했는데, 나는 계속 이런저런 핑계를 대며 거절하고 있었다. 퇴근 후에는 밀린 집안일을 해야 했고, 아이들을 돌봐야 했다. 차 한잔 마실 여유가 나에겐 없었다. L은 퇴근 후에 '두 번째 삶'을 누리고 있었다. 술도 마시고, 친구들과 클럽에도 가고, 대학원 공부도 하고, 때론 밤 산행도 다녔다. 거침없는 그녀의 자유로움이 마냥 부러웠다.

나도 '나를 채우는 배움'이 하고 싶었다. 뭔가 돌파구를 찾고 싶었다. 이대로 아이만 키우다가 20대를 보내고 싶진 않았다. 때마침 해외 영어연수 기회가 있어 도전했다. 그간 영어 공부에 손을 놓고 있었지만 내 실력 어디 갔겠냐 싶어 벼락치기로 대충 출제 유형만 훑어보고 시험을 봤다. 그때는 사범대에서 영어를 전공했던 임용준비생들이 초등교사 임용으로 넘어오면서 실력 있는 영어 전공자들이 많아졌다. 의욕만 앞섰던 무모한 도전은 결국 탈락이었다. 그제야 내가 얼마나 뒤처져 있는지 깨달았다. 자존심이 바닥을 쳤고 도대체 내가 왜 떨어졌는지 분해서 잠도 안 왔다. 점수를 확인하고 나서야 제대로 실력을 키워야겠다며 입술을 깨물었다.

큰딸 초등학교 1학년 첫 기말고사 때, 전 과목 100점 맞기 대작전에 들어갔다. 당시 1학년도 국어, 수학, 바른생활, 슬기로운 생활, 즐거운 생활 총 다섯 과목이나 시험을 봤다. 아이가 보는 시험인데 내가 더 긴장됐다. 한 달 전부터 총정리 문제집을 날짜 별로 분류해 매일 저녁 시험공부를 했다. 큰딸이 문제집을 푸는 동안 나는 그 옆에서 대학원 입학시험을 준비했다. 교육대학원 에서 가장 경쟁률이 치열했던 초등영어교육과 입학시험 준비. 원서를 통째로 번역해서 읽어야 했고, 전공 서적 서너 권을 요약 정리해서 머리에 차곡차곡 집어넣어야 했다. '너는 올백을 맞고 엄마는 합격하자'라며 머리에 띠 두르고 파이팅을 외쳤다. 식탁 에 둘러앉아 여덟 살 큰딸은 생애 첫 기말고사를 앞두고 고시 공 부하듯 문제집을 풀었다. 유치원 다니던 여섯 살 둘째도 공부한 다고 언니 옆자리에서 그림을 그렸다. 나도 더 늦기 전에 대학원 에 다녀보겠다고 원서를 펼쳤다. 오랜만에 하는 영어 공부는 떠 듬떠듬 읽히지도 않았고, 일일이 사전 뒤적거리는 단어 조합 퍼 즐이었다. 그런데도 원서 한 권을 정독하며 노트에 나만의 해석 본을 차근차근 완성해갔다. 아이들은 뭔지 모르지만 어렵게 공 부하는 엄마가 낯설었을지도 모른다. 두 딸은 이제껏 밥해주고, 청소하고, 빨래해주던 엄마와는 전혀 다른 모습의 엄마를 만나 고 있었다.

"엄마, 그거 많이 어려운 거예요? 내가 도와줄까요?"

이제 막 영어학원에 다니기 시작한 큰딸이 뭐라도 도와주고 싶었는지 안타까운 눈빛을 건넸다.

"엄마, 나도 유치원에서 영어 배워떠."

덩달아 둘째도 거들었다. 전등 아래 옹기종기 모여 서로를 챙 겨주던 식탁 풍경을 잊을 수가 없다. 합격 여부를 떠나 간절히 채우고 싶었던 '배움'의 시간이었기에 지금, 이 순간이 그저 소중하고 감사했다.

기말고사를 보던 날, 큰딸은 아침에 열이 나서 해열제를 먹고 이마에 쿨파스 붙이고 등교했다. 엄마와의 약속대로 올백을 맞고 오겠다고 고집부리며 학교에 갔다. 아프면 바로 조퇴하고 오라고 당부했지만 다섯 과목 시험을 끝까지 다 보고 나왔다. 생애 처음 올백 시험지를 받아왔다.

대학원 입학시험은 1차 전공 필기시험, 2차는 즉석에서 원서를 해석하는 최종 면접시험을 봤다. 사전 없이 암호 해독을 하느라 당황하며 더듬거렸다.

"공부 좀 더하고 내년에 다시 오시죠."

"교수님! 저 우리 딸이랑 약속해서 꼭 합격해야 해요, 대학원 열심히 다니면서 실력을 키울 테니 제발 붙여주세요."

교수님 바짓가랑이 붙잡는 심정으로 간절하게 호소했다. 목마른 자는 반드시 우물을 파고야 만다. 합격 후 계절제 수업을 듣던 4년 동안 숙제하는 딸들 옆에서 나도 과제를 했다. 평소에는 우리 반 아이들 챙기느라 정작 내 아이들과는 체험학습조차 한 번을 못 갔다. 방학마저 보름 이상 대학원에 다니느라 아이들과 함께 즐기는 방학은 없었다. 그렇게 여덟 번의 방학이 지나갔다. 졸업논문이 우수논문으로 선정되어 초등영어교육학회에서 지도교수님과 공동 발표를 하게 되었다. 그동안 공부할 수 있게 도와준 남편과 두 딸을 초대해 엄마의 빛나는 모습을 당당하게 보여주었다. 대학원 입학시험 준비하며 밝혔던 식탁 전등 불빛은 학회 발표회장 중앙 무대에서 스포트라이트가 되어 눈부시게 돌아왔다.

　초등영어교육과 대학원을 졸업하고 실력을 갖추니, 영어연수 강사로 활동할 기회가 생겼다. 교육대학교에서 임용고시 대상자 3차 영어 수업 시연 강의도 하게 되었다. 교육 실천사례 연구대회에 출품해 인성 지도, 생활지도, 학급경영, 진로지도, 교수-학습자료 개발 등 다양한 분야에서 연구 수상 실적이 쌓였다. 수업에 대한 창의성을 인정받아 대통령과 정부 주요 인사들이 총출동한 2014년 지역 희망 박람회에서 세종시를 대표해 디지털 스마트 수업 시연을 했다. 교사로서의 삶 중 가장 화려한 조명을 받았던 순간이었다. 2022년에는 23년간의 초등교사의 삶을 되돌아보며 학급 경영서를 출간했고, 2023년에는 제대로 작가의 삶을 경험하고자 연구년을 수행하고 있다. 배움의 열정은 아직도 뜨겁다. 제2의 인생 로드맵, 다시 제대로 그려가는 중이다.

　K의 스포츠카, 그리고 L의 자유를 부러워했던 시절 내 머릿속에는 늘 '내일'과 '언젠가'와 '다음'만 가득했었다. 나도 나를 채우는 삶을 누리고 싶었다. 하지만 오늘과 지금, 주어진 내 몫의 삶에 충실하면 그것이 곧 행복이란 걸 배움과 도전과 성취를 통해 깨달을 수 있었다. 나답게 도전하는 지금, 다시 가슴이 뛴다.

2-7.
당연한 건 없다

이현주

"됐어요!"

"그만 하세요!"

"전 괜찮으니까 다음에 할게요!"

이런 말을 들을 때마다 힘이 쭉 빠졌다. 점심시간이 되어도 입맛이 없어 굶기 일쑤였고, 심란한 마음 때문에 밤에 잠도 잘 못 잤다.

아침 7시면 사무실에 도착했다. 밤 9시가 넘어서야 퇴근했다. 우수사원으로 선정되기도 했고, 급여도 꽤 많이 받았다. 일한 만큼 수당을 버는 직업. 보험설계사는 내게 최고의 직업이었다. 거절만 뺀다면.

퇴원 후 하루하루 다가오는 출근 날을 생각하니 슬슬 걱정됐다. 이 핑계, 저 핑계를 대다가 건강을 회복해야 한다는 이유로 퇴사했다. 홀가분했다. 엄마가 집에 있다고 아이들도 좋아했다. 매일 학교로 마중 나갔다. 나를 보자마자 학교에서 있었던 일을 쫑알쫑알 얘기하는 딸과 사춘기에 접어든 아들을 챙겼다. 마음이 편하니 태도도 달라졌다. 일하기 전으로 돌아간 느낌이었다. 아이들과 함께하는 시간이 많아지니 자연스레 대화할 기회도 많아졌다. 모든 것이 '정상'으로 돌아왔다고 느끼던 어느 날, 딸이 내게 물었다.

"엄마, 엄마는 그때 왜 그렇게 나한테 화를 많이 냈어?"

송곳이 가슴을 쿡 찌르는 듯했다.

시간이 지나니 돈이 아쉬웠다. 다시 일하고 싶었다. 교차로 구인광고를 찾아봤다. 워크넷(고용노동부 고용정보시스템)에도 자주 접속했다. 그런데 자신 있게 할 수 있는 일이 없었다. 그러던 중 남편이 취업성공패키지라는 프로그램을 알려줬다. 어떤 내용인지 궁금해 전화했다. 통화 연결음에 괜히 긴장됐다. 취업지원센터로 직접 방문하면 좀 더 자세한 설명을 들을 수 있다고 했다. 다음 날 아이들을 학교에 보내자마자 집을 나섰다. 천안 터미널 오거리의 4층 건물, 계단을 올라가는데 심장이 두근거렸다. 상담사를 만났다. 취업을 어디로, 어떻게 해야 할지 모르는 사람들을 도와주었다. 필요하다면 다양한 자격증 공부도 할 수 있었다. 바로 신청했다. 일주일 후 방문했을 때, 담당자를 통해 워크넷에서 직업에 대한 흥미나 적성을 알아보는 검사를 안내받았다. 검사 결과에 따라 적성에 맞는 곳에 취업하면 스트레스도 덜 받고, 평생 직업을 찾을 수 있다기에 솔깃했다. 일주일 후 결과를 확인할 수 있었다. 나는 사회형에 점수가 높았다. 사회형은 상담이나 봉사, 교육 등 사람과 관련된 일이 적성에 잘 맞는다고 했다. 어떤 직업이 있는지, 어떤 일을 하는지 찾아봤다. '직업상담사'라는 직업이 눈에 띄었다. 알고 보니 나와 상담을 하는 담당자가 바로 직업상담사였다. 내가 도움을 받은 것처럼 다른 사람을 도와줄 수 있다니 하고 싶었다. 상담사에게 이야기하자 직업상담사는 시험이 어려워서 합격하기 힘들다고 했다. 그 말이 마치 '너는 못 해.'라는 의미로 들렸다. 오기가 생겼다. 꼭 하고 싶었다. 상담사는 떨떠름한 표정으로 신청서를 내밀었다. 그 자리에서 바로 등록했다.

교육을 받고 시험을 보기까지 꼬박 일 년이 걸렸다. 스무 명이 넘는 사람들과 같이 공부했다. 시험은 다섯 과목으로 합격 점수는 60점 이상이었다. 한 과목이라도 60점 이하를 받으면 불합격이었다. 취업에 필요한 컴퓨터 공부도 시작했다. 남편에게 집안일 좀 도와달라고 부탁했다. 남편과 아이들은 힘껏 응원해 줬다. 설레는 마음으로 교재를 펼쳤다. 낯선 용어에 가득한 영어 이름까지 읽기도 어려웠다. 무조건 한 번에 붙자고 생각하며 집안 곳곳에 메모지를 붙였다. 설거지하다가 읽고, 청소하면서도 읽었다. 틈만 나면 읽고 또 읽었다. 가족이 모두 잠든 밤에는 작은 상에 스탠드를 켰다. 이해는 잘 안 됐지만, 재미있었다. 외출할 때면 핸드폰에 문제와 답을 녹음해서 들었다. 떨어져도 어쩔 수 없다고 스스로 다독였지만 무조건 붙고 싶었다. 2015년 3월 천안공전(현 공주대학교 천안공과대학)에서 시험을 봤다. 세상 사람을 다 모아놓은 듯했다. 두 손을 맞잡고 내가 아는 것만 시험에 나오길 기도했다.

합격 발표 날. 홈페이지에 접속할 때의 떨림이 아직도 생생하다. 86점으로 당당히 합격했다. 실기시험은 한층 더 어려웠다. 강사는 모나미 볼펜 10개를 다 쓰면 합격할 수 있다고 웃으며 말했다. 집에 있는 볼펜을 죄다 끌어모았다. 시험을 보기 한 달 전에는 아침 10시에 도서관에 가서 저녁 9시까지 한자리에 죽치고 앉아 있었다. 딱 한 달만 미친 듯이 해보자 결심했다. 학교에 다닐 때 이렇게 공부했으면 서울대도 갔겠다 싶었다. 아이들에게는 공부하는 엄마의 모습도 보여주고, 합격도 하고, 혼자 상상하니 뿌듯했다. 친구들에게 공부한다고 자랑했더니 도서관 근처를 지날 때면 일부러 들러서 응원해 주었다. 고마웠다. 점심으로 컵라면을 먹고 자리에 앉았다. 눈꺼풀이 슬슬 내려앉았다. 정신을 차리려고 밖으로 나왔다. 자판기에서 커피 한 잔을 뽑았다. 커피 향은 좋았고, 4월의 햇살은 달콤했다. 가슴에 따뜻한 기운이 몽글몽글 차올랐다.

최종결과를 확인하는 날. 화면에 '합격'이라는 두 글자를 봤을 때 미친 듯 소리를 질렀다. 나 합격했어! 너무 좋은데 눈물이 났다. 가족들도 다 같이 흥분하며 소리를 질렀다. 아이들을 꼭 안았다. 아들이 활짝 웃으며 엄지손가락을 치켜들었다. 좋아하는 가족을 보니 어깨가 으쓱했다. 나도 한다면 하는 사람이구나. 공부를 하면서 처음 느낀 성취감이었다.

2015년, 인생의 새봄이 왔다고 생각했다. 상담사는 진심으로 축하해 주었다. 취업을 할 수 있도록 적극적으로 도와주었다. 덕분에 바로 취업을 했다. 새로운 일을 시작하니 또 다른 어려움이 생겼다. 하지만 전보다 긍정적으로 생각했고 동료들과도 잘 어울렸다. 그 후로 몇 번의 이직을 했고, 지금은 또 다른 일을 하고 있다.

모든 것을 당연하다고 생각했다. 늘 옆에 있는 가족의 사랑과 관심을 받기만 했다. 감사함을 몰랐다. 하지만 크고 작은 일들을 경험하면서 세상에 어떤 것도 당연한 건 없다는 걸 알게 됐다. 언제나 내 옆에 든든한 가족이 있다는 것에, 그리고 평범한 일상들에 감사했다. 감사하니 행복했다.

아직도 누군가의 거절을 완전히 받아들이지는 못한다. 그러나 예전에 비하면 한결 편안해졌다. 거절을 받는다는 것도 내가 열심히 일했다는 증거니까. 그 시절, 거절이 두려웠던 가장 큰 이유는, 계약을 체결하지 못할 거라는 걱정과 두려움 때문이었다. 내 생각이 저 멀리 있었다. 이제는 멀리 보지 않는다. 지금, 이 순간도 내게는 소중한 삶의 일부이니까. 지금이라는 순간에 집중하다 보니 마음에 여유가 생겼다. 일도 더 잘 되고 불안하거나 초조한 마음도 사라졌다. 덕분에 친구들도 얼굴 좋아졌다고 말한다. 딸이 내게 묻는다.
"엄마, 엄마는 요즘 왜 그렇게 많이 웃어?"

2-8.
꽃길 걷다가 벌에 쏘였다

허영이

─────────────   ─────────────

"땅 사서 집 짓고 싶다!"

나도 모르게 툭 튀어나왔다. 생각조차 해본 적 없는 일이다. 입 밖으로 나온 말은 묘한 힘이 있다. 예전부터 그런 마음이 있었던 것 같은 착각을 불러일으킨다. 일단 어떻게든 저질러볼까. 어림없는 일이라고 애써 생각을 지웠지만 미련이 쉽게 사라지지 않았다. 근처 부동산 사무실 앞에 붙어 있는 매물을 흘끔흘끔 살펴봤다. 턱없이 비쌌다. 그제야 현실이 보였다. 이룰 수 없는 꿈이라고 생각하면서도 손은 인터넷에서 부동산을 검색하고 있었다. 분명 근처 시세가 어떤지 살펴보는 중이었는데, 정신을 차려보면 이름도 알 수 없는 지역 땅을 클릭하고 있었다. 시간이 그렇게 흘러가고 있었다. 정신을 차려야 했다.

그날은 유난히 바람이 많이 불고 추웠다. 좋은 땅이 나온 게 있다고 남편이 말했다. 차를 타고 시내를 벗어나 20분 정도 시골길을 달려 도착한 곳은 허허벌판이었다. 숲, 바다, 호수 등 그어떤 전망도 없었다. 바람이 몹시 부는 그곳에서 나는 어릴 적봤던 소설 속 폭풍의 언덕을 떠올렸다. 농담으로 치부하려 했는데 남편은 진지했다. 며칠 뒤 다시 또 그곳에 가봤다. 그때서야비로소 근처에 있는 집도 눈에 들어왔다. 그 논은 허허벌판이 아니라 마을 끝자락에 붙어 있었다. 처음보다는 좀 괜찮은 곳 같아보이기도 했다. 남편은 시원하게 탁 트인 이곳에 있으면 가슴이뻥 뚫리는 것 같다고 했다. 이곳에 카페를 지어도 손님은 올 거리는 남편의 말이 약간 그럴듯하게 들렸다. 땅을 담보로 농협에서 대출도 가능했다. 나머지는 살고 있는 아파트 담보대출로 해결이 될 것 같았다.

대지가 아니었기에 매매계약 전에 처리할 일이 많았다. 건축허가를 받고 용도변경도 해야 했다. 서둘러 설계도면 제출하고건축허가 받고 계약했다. 꿈이 아니라 현실이 된 것이다. 우리땅이 생겼다. 집만 지으면 된다. 봄바람이 불고 있었다. 황량했던 벌판은 봄기운과 함께 생기가 돌았다.

설계 도면이 얼마나 중요한지 집 지어본 적 없는 그때는 알지못했다. 서둘러 설계하느라 우리 실정과 맞지 않는 부분이 많았다. 수정해 달라고 요구했다. 시간이 오래 걸렸다. 집짓기는 시작부터 삐걱거렸다. 설계 변경은 간단한 일이 아니다. 처음 시작할 때부터 서로 충분히 의사소통해야 했다.

설계도를 수정하면서 시공사를 구하기 시작했다. 빠르게 지을 수 있는 철골조에, 외장재도 진회색 칼라강판으로 시공하기로 했다. 몇몇 업체에서 대략적인 견적을 받았다. 생각보다 비싸서 난감했다. 인터넷 검색하다가 전원주택 짓는 네이버 카페를 발견했다. 시공 사례가 많이 있었다. 사무실로 찾아가 시공사 대표를 만나 상담했다. 상황을 듣고 난 후 우리 실정에 꼭 맞는 견적을 뽑아 주었다. 멀지만 찾아오길 잘했다는 생각으로 계약했다. 계약서를 품에 꼭 안고 집으로 돌아왔다. 뜨거운 여름날이었다. 선선한 바람이 불기 시작할 무렵 공사를 시작했다.

현장 감독은 따로 있었다. 공사를 시작하고 처음에는 대표를 자주 볼 수 있었다. 시간이 지나면서 점점 얼굴 보기 힘들었다. 계약이 많아 바쁘다고 했다. 건물은 계획대로 잘 올라가는 것 같았다. 중도금 낼 날짜가 돌아올 때마다 꼬박꼬박 입금했다. 계획대로라면 겨울이 오기 전에 공사가 끝나서 입주할 수 있었다. 시간이 참 더디 가는 것 같았다.

2층 계단을 시공했는데 경사가 심했다. 위험해 보였다. 걱정되어 대표에게 와서 보라고 연락했다. 현장에 오지는 않고 전화로 걱정하지 말라는 말만 했다. 철 계단으로 했으니 튼튼하다는 걸 강조했다. 나무로 마감을 다시 할 거니까 괜찮다고 했다. 내려오다가 미끄러질까 봐 신경 쓰여 여러 번 오르내려 봤다. 익숙해지니 그런대로 괜찮을 것 같다는 생각도 들었다.

현장 감독은 땅이 질척거려서 마당에 자갈을 까는 게 좋겠다고 했다. 금액을 입금하라는 계좌로 보냈다. 트럭으로 자갈을 싣고 와서 마당에 깔았다. 비가 와도 물이 잘 빠져서 다니기 좋았다.

데크 공사도 함께하는 게 좋겠다고 했다. 아직 해야 할 공사가 많이 남았는데, 데크 얘기를 하는 게 좀 이상했다. 그래도 전문가의 말이니 믿었다. 공사 기간이 점점 길어지고 있었다. 마을 주민들이 무슨 공사를 이렇게 오래 하느냐고 한마디씩 했다. 마음이 불편했다. 모르는 사람이 찾아와 자갈 값을 달라고 했다. 분명 자갈 공사 전에 입금했는데 이제 와서 돈을 달라고 해서 영문을 알 수 없었다. 현장소장이 남편에게 다른 사람 계좌번호를 준 것이다. 이게 시작이었다.

알고 보니 현장 감독은 회사에 소속된 직원이 아니라 하청 업체 사장이었다. 우리와 계약했던 회사는 갑자기 밀려든 공사로 신바람이 났다. 대표는 자신을 대신해 건축 현장을 맡아줄 사람을 구해서 그냥 믿고 맡겼다. 믿고 싶었을 것이다. 믿고 싶은 것과 믿을 수 있는 것은 다르다. 나도 남편도 마찬가지다. 이상하다고 생각하면서도 방심하고 그냥 넘어갔다. 설마 하는 사이에 일이 엉망이 되었다.

현장 감독은 일할 마음도 능력도 없는 사람이었다. 몇만 원 이익 보려고, 다른 사람이 몇백만 원 손해 보는 걸 개의치 않았다. 당장 위기를 모면하기에만 급급했다. 우리는 건축 대금을 거의 지불했고, 잔금만 남아있었다. 추가로 들어간 데크 값 등을 계산하면 이미 예상 건축비를 초과했다. 앞으로 해야 할 공사는 많이 남았는데, 현장감독에게 돈은 다 흘러 들어가고 시공사에는 자금이 없었다. 한 달 뒤에 들어올 돈이 있으니 그때까지 공사를 멈추고 기다려달라고 했다. 남편은 화를 이기지 못해 다 죽어 버

오늘이 전부인 것처럼

리겠다고 소리쳤다. 옆에 있던 아령을 들고 대표에게 달려들었다. 간신히 뜯어말렸다. 손이 덜덜 떨렸다. 가슴은 터질 듯이 쿵쿵거렸다. 아무 생각도 나지 않았다.

왜 나에게 이런 일이 생기는지 억울하고 속상했다. 열심히 산 것밖에 없는데. 세상과 나를 향하여 욕을 하고 원망도 했다. 진정되는 데는 시간이 필요했다. 세상에서 일어나는 일은 좋은 일이든 나쁜 일이든 나에게도 일어날 수 있는 일이다. 나만 피해서 가는 일은 없다. 누구의 잘못으로 일어난 일인지 따지는 것은 나중 일이다. 꽃길을 걷다 보면 벌에 쏘이기도 한다. 응급조치 먼저 하는 게 순서다. 벌 때문에 목숨을 잃을 수는 없다. 내 앞에 놓인 문제를 해결할 방법을 찾아야 한다. 오늘을 잘 살아내는 일이 지금 내가 해야 할 일이다. 나를 쏜 벌을 찾아내서 응징하는 일은 그다음 문제다.

2-9.
발가락이 아파서 다행이다

황혜민

오늘 아침에는 아이들에게 또 뭘 먹여야 하나. 냉장고에 계란이 남아있었던가. 매일 아침 반복되는 일상에 계란이 있나 없나 하는 하찮은 생각을 하며 주방으로 걸어갔다. 걸음마다 밟히는 장난감을 발로 툭툭 밀어내며 냉장고로 향했다. 큰 애가 일곱 살, 둘째가 네 살 때였으니 한창 거실에 장난감이 뒹굴고 다닐 때였다. 어젯밤 치워 놓고 잔 거실이 오늘 아침 또다시 엉망이 된 꼴을 보며 나도 모르게 한숨을 내쉬었다. 전화벨 소리가 울렸다.

"경진이 어제저녁에…… 떠났대."

한 손으로 냉장고 문을 활짝 열고, 다른 한 손으로는 휴대전화를 받은 채 그대로 멈췄다. 갑자기 느껴지는 한기와 떨림이 냉장고의 냉기 탓인지 경진이의 소식 때문인지 알 수 없었다. 삐이삐이 하는 경보음에 정신을 차리고 얼른 냉장고 문을 닫았다. 식탁

오늘이 전부인 것처럼

의자를 끌어내 털썩 앉았다. 경진이와 친한 서희는 이미 한 차례 운 듯 깊게 잠겨 떨리는 목소리로 부고 소식을 전했다. 나는 못 들은 것도 아니면서 뭐? 뭐라고? 같은 말만 되풀이했다.

학교 다닐 때 경진이는 우리 과에서 제일 예뻤다. 가지런한 치열과 새초롬하고 날렵하게 솟은 콧등, 너무 크지도 작지도 않은 눈과 적당히 볼록하고 넓은 이마. 거기에 웃을 때마다 돋보이던 보조개까지. 예쁘다는 기준이 사람마다 다르지만 내가 생각하는 미의 기준에 우리 과 미모 탑은 경진이었다. 졸업 후 결혼도 빨리하고 아들, 딸 낳고 잘산다는 소식까지 들었다. 일곱 살 아들과 다섯 살 딸을 둔 올해 나이 서른여섯, 대학 동기 이경진. 내가 아는 경진이 이야기는 딱 여기까지였다. 드라마였다면 '예쁜 경진이는 알콩달콩 행복하게 살았습니다'로 끝났을 텐데 삶은 드라마가 아니었다.

서희를 만났다. 경진이 장례식 동안 자리를 지키고 장지까지 다녀온 후라 수척해 보였다. 경진이 잘 보내주고 왔냐는 나의 물음에 고개만 끄덕였다. 침을 삼키는 건지 눈물을 삼키는 건지 서희의 목젖이 미세하게 자주 꿈틀댔다. 뜨거운 커피가 식을 때까지 서로 아무 말도 하지 않고 컵만 만지작거렸다. 커피 한 모금을 크게 넘긴 서희가 천천히 입을 뗐다. 폐암이라고 했다. 허리가 너무 아파 병원에 갔더니 이미 암세포가 온몸에 퍼져 손을 쓸 수 없었다고 했다. 믿기지 않는 서른여섯 살 친구의 죽음 앞에 더 믿을 수 없는 죽음의 이유였다. 희망이 없다는 걸 알면서도 끝까지 항암치료를 받았다는 서희의 말에 부고 소식을 들었을 때도 나오지 않던 눈물이 왈칵 쏟아졌다. 살고 싶다고, 살 수만 있다면 뭐든 하겠다는 경진이의 의지가 전해지는 것 같았다. 마지막 순간까지 삶에 대한 미련과 의지에 눈조차 감지 못했다는 이야기를 들으며 아무런 말도 못 하고 눈물만 꾹꾹 닦았다.

당장 그날 아침까지도 반복되는 일상에 지쳐 있었다. 언제쯤 이 지긋지긋한 일상이 끝날까 생각하며 도망치듯 서희를 만나러 간 날이었다. 그토록 지겨운 반찬 걱정과 밤마다 깨서 우는 아이를 달래는 일조차 경진이에게는 살고 싶은 하루였다니. 아, 어쩌면 좋을까. 그녀가 그토록 바라던 일상을 나는 이렇게 엉망으로 흘려보내고 있었다. 하루를 한숨으로 시작하고 짜증으로 채워 밤마다 화로 뱉었다. 그녀가 살고 싶어 마지막까지 놓지 못하던 시간을 이렇게 보내는 나는 차마 얼굴을 들 수 없어 눈물만 흘렸다.

친한 친구를 잃은 슬픔에 우는 서희와 달리 나는 미안해서 울었다. 그저 살아있기만을 바란 친구의 소원을 가치 없이 만들어 버린 것 같아 한참을 울었다. 어쩌면 남겨진 경진이 아이들에 대한 마음이 엄마라는 이름의 내게 옮겨붙어 그렇게 눈물이 난 건지도 모르겠다.

죽음을 논하기엔 이른 나이라고 생각했다. 아니 생각하는 것조차 무서워 애써 피했다. 아직 나에게는 해당 사항이 아닌 일이라 여겼다. 반복되는 시간을 버티며 언제까지나 이런 날이 계속될 것이라 착각했다. 그래, 그랬을 것이다. 그러니 하루하루를 그렇게 내버려 뒀을 것이다. 내가 엉망으로 채우며 살아가는 그 시간이 친구에게는 간절한 일분일초였다. 마지막 순간까지 지켜보며 눈에 담고 싶었던 세상이었을 것이다. 더 이상 한숨과 짜증과 분노로 채워서는 안 되었다.

한동안 아침에 눈 뜨면 가만히 천장만 바라봤다. 하얀 천장 가운데 달린 네모난 등을 초점 없이 바라보다 문득 이런 생각들을 떠올렸다. '이렇게 아침마다 눈 뜰 수 있다는 것만으로도 이미 감사한 일이겠지? 감은 눈을 뜰 수 없을까 봐 경진이는 결국 눈을 감지 못한 거겠지?' 눈을 뜬다는 행위가 살아 있다는 의미이자 더 이상 당연하지 않은 일이라는 것을 깨달을 때마다 경진이 생각이 났다. 감사함의 반대말은 당연함이 아닐까 하는 생각과 함께 갑작스러운 친구의 죽음이 내 삶을 돌아보게 했다. 소중한 시간을 그렇게 흘려보내면 안 된다는 깨달음을 남겼다. 살아있다는 건 당연함이 아니라 특권이었다.

남들도 '다 그렇게' 산다고 해서 그렇게 살았다. 어제와 같은 오늘, 오늘과 같을 내일. 그저 버티고 때우는 마음으로 살았다. 나도 남들처럼 '살고' 싶다고 말한 경진이의 말에서 산다는 의미를 생각해본다.

산다는 건, 버티고 때워야 할 시간이 아니라 기어코 살아내며 채워 나가야 하는 시간 아닐까. 어떻게 채울지에 대한 고민과 걱정까지 당장 하고 싶진 않다. 대신 분명한 건 어제까지 채운 나의 시간은 분명 그토록 살고 싶던 내 친구가 바라던 삶은 아니었을 것이다.

거실에 널브러진 장난감을 피하려다 넘어질 뻔했다. 피한다
는 것이 오히려 의자 다리에 찧어 금세 엄지발가락에 멍이 들었
다. 소파에 걸터앉아 장난감에 찧은 엄지발가락을 쳐다본다. 멍
이 점점 진하게 변해갔다. 아프구나. 아픔을 느낄 수 있구나. 문
득 다행이란 생각이 들었다. 나는 여전히 아픔을 느낄 수 있고,
흐트러진 장난감을 치우라고 소리를 지를 내 아이들 곁에, 이렇
게 살아 있구나. 짜증과 분노가 저만치 밀려나고, 그 빈 자리에
감사와 내 아이들의 웃음소리가 들어왔다.

오늘이 전부인 것처럼

2-10.
내일 죽을 것처럼 오늘을 산다면

윤희진

"김형환 교수님과 면담 일정 안내 때문에 전화 드렸습니다."

전화가 오기 며칠 전 한 오픈채팅방에서 1인 기업인들을 양성하고, 교육하는 김형환 교수가 올린 글을 보았다. '일대일 상담 무료신청 선착순 3명!' 재빨리 줄을 섰다. 그리고 받은 전화였기에 반가웠다.

코칭전문 교육 회사를 다니다 그만 두고 몇 달간 쉰 후에 보험 대리점에 취업했다. 그곳은 여러 보험회사 상품을 취급하는 회사였다. 그런데 막상 영업을 시작하려니 겁이 났다. 2011년 학습지 교사를 한 이래 늘 관리하는 일에 익숙했기 때문이다. 보험 회사다 보니 계약을 해야만 다음 달에 수수료를 받을 수 있었다. 학습지 회사 퇴사 후 한 생명보험회사에 입사했는데 입문 교육

2개월이 거의 끝나갈 무렵 도망치듯 그만둔 적이 있었다. 이 길은 내 길이 아닌가 보다 생각하고 있던 2019년 여름, 김형환 교수와 일대일 면담 약속이 잡혔다. 1시간가량 대화했다. 멘토 코칭을 받는 듯한 기분이었다. 그동안 어떻게 살아왔고, 어떤 삶을 살고 싶은지에 대해 속 시원히 털어놓을 수 있게 질문을 받았다. 이후에 강하람 실장으로부터 〈1인 기업 & CEO 실전경영전략 스쿨〉 안내를 받았다. 1인 기업을 시작하거나 CEO들을 대상으로 5주간 진행되는 프로그램이다. 적지 않은 금액이지만 나눠서 낼 수 있도록 배려해 주었고, 평생 재수강이 가능해서 덜컥 등록했다. 이 과정을 듣기 전에는 1인 기업이라는 말도 몰랐고, 지식과 경험으로 수익을 내는 메신저 사업도 알지 못했다. 1주 차에는 1인 기업의 성공기초 브랜드 비전에 대해서, 2주 차에는 1인 기업의 성공조건인 성과형 경영, 3주 차에는 1인 기업의 성공엔진 차별화 전략에 대해, 4주 차에는 1인 기업의 성공기회인 계획형 실행에 관해, 5주 차에는 1인 기업의 성공스킬인 주도적 역량에 대해 배우는 시간으로 커리큘럼이 구성되어 있었다.

1주 차 수업이다. 나만의 세 가지 가치를 세우는 시간이다. 존재가치, 핵심가치, 미래가치가 무엇인지 알아보고, 사명에 대해 생각하고 적어보았다.

"나 윤희진은 삶의 목적을 모르는 사람들에게 내가 가진 지식과 경험을 바탕으로 그들의 잠재력을 발현하는 것을 돕기 위해 존재한다."

인생에서 'Why'라는 물음을 해 보지 않고 살았던 나로서는 이

오늘이 전부인 것처럼

문장을 쓰기까지 쉽지 않았다. 내가 삶을 살아가는 목적이 무엇인지 명확히 알 때 어떻게 살아야 하는지도 나온다. 핵심가치를 적어보는 시간도 가졌다. 핵심가치란 내 삶과 행동의 기준이 되는 가치를 말한다. 매일 어제보다 나은 오늘을 살 수 있기를 희망하며 '성장'을, 그 어떤 것보다 행복한 삶을 추구하기에 '행복'이라고, 나눠주는 삶이야말로 가치 있는 삶이라고 생각해서 '나눔'이라 썼다.

5년 내에 가장 바람직한 모습을 시각화해서 써 보는 비전선언문을 작성했다.

"47세 윤희진의 비전은 자기계발 분야에서 경청, 공감능력을 활용하여 월 수익 3천만 원 사업을 하는 것이다."

사명서와 비전서를 2주 동안 계속 작성하는 과제가 있었다. 계속 생각하고 쓰면서 바뀔 수도 있고 더 간단명료해진다고 강의 시간에 들었다.

내년이 47세가 되는 해이다. 5년 전 수업 들었던 순간에는 진심이었고 비전도 보았다. 그런데 수업 이후 삶에 곧바로 적용하지 않아, 이뤄내지 못했다. 무언가를 도전하는 건 좋아하지만 늘 마무리를 잘 하지 못해서.

〈1인 기업 & CEO 실전경영전략스쿨〉 5주 과정을 통해 자신의 삶을 경영하는 방법을 배우게 되었다. 여러 1인 기업가 선배들과 인터뷰를 하면서 매일 치열하게 사는 모습을 보게 되었다. 나도 1인 기업을 운영하고 싶다는 부푼 꿈을 안게 되었다. 하지만 당시, 고등학교에 진학하는 딸도 있고, 생활비를 내가 벌어

보태야 하기에 취업을 하게 되었다. 그래서 1인 기업가가 되는 건 멀어졌다.

수료하자마자 나는 바로 중등 인터넷강의 학습을 전문으로 하는 회사에 취직했다. 주 1회 회원들에게 유선으로 코칭하고 월 1회 회원 어머니들과 회원의 학습 상황을 상담하는 역할을 했다. 재택이었기에 방문학습지 할 때보다 시간 부분에서 훨씬 근무 환경이 좋았다. 오후 3시부터 9시까지 아이들 유선 상담 및 코칭을 하면 되었기에 오전 시간은 자기계발도 할 수 있고, 개인 시간도 가질 수 있어 좋았다. 격주 금요일 오전에는 줌으로 전체 교육과 조별 미팅을 했다. 본사에는 한 달에 한 번만 출근해서 교육을 받았다. 2020년부터 코로나19로 회사들도 재택업무가 시작될 무렵이었다. 그래서 코로나 기간인 3년간 재택담임교사로 활동한 것이 다행이라 생각한다.

1인 기업에 대한 미련은 남아 있어서 책을 함께 읽고, 나눔하는 독서모임을 운영해보기도 했다. 많은 인원이 모집되지는 않았지만, 코로나 시절 줌 회의도 직접 개설해서 무엇이든 시도해본 시간이었다. 학생들에게 학습 계획을 세워서 공부하는 방법도 알려주는 셀프 스터디 플래너 모임도 기획했다. 9시에 학습 상담이 끝나면 오픈채팅방에서 진행되는 유익한 강의도 많이 들었다. 독서모임을 몇 회 운영해보지 않았지만, 회원도 모집해보고, 좋은 책을 선정해서 읽을 수 있었다. 낭독하고 느낀 점과 실천할 점을 나누는 게 전부였지만, 직접 모은 회원들을 알아가는 시간이 귀하고 소중했다. 재택 담임교사를 하면서 2021년에는 코칭 입문교육도 받게 되고, 한국코치협회 인증코치 자격도 취득할 수 있었다. 지금도 라이프 코칭을 계속 이어가고 있다. 또한 메신저 스쿨 대표 박현근 코치와 함께 『억대 연봉 메신저, 그 시작의 기술』도 출간했다. 이어 '목적이 이끄는 책읽기 모임(목책모)' 서성미 코치와 함께 두 번째 『삶을 읽다, 마음을 나누다』도 냈다. 2021년은 시간을 헛되이 보내지 않기 위해 무던히 애를 썼던 한 해였다.

자기계발을 위한 공부는 미래를 위함이라고 생각하는 사람이 많다. 앞으로 더 나은 삶을 위해, 더 잘 살기 위해, 더 성장하고 발전하기 위해서. 이번에 1인 기업 관련 다양한 공부를 하는 과정에서 깨달은 바가 있다. 모든 학습과 도전은 내일이 아니라 오늘, 지금을 위함이란 사실이다. 공부하는 과정에서 행복했다. 배우고 익히는 순간들이 즐거웠다. 책을 출간하는 기쁨도 말할 나위 없지만, 쓰는 내내 나를 돌아볼 수 있었다는 사실이 더 벅찼다. 인생도 공부와 마찬가지다. 목적지를 정하는 것은 마땅하지만, 그 곳을 향해 나아가는 모든 걸음의 '지금'에서 감사와 만족을 느낄 수 있어야 한다. 이 글을 쓰는 지금도, 나는 행복하다.

3장

지금을 산다는 것의 의미

3-1.
바쁠수록 먼저 쓰기

백란현

教사 작가. 나에게 주어진 역할이다. 교사로서 업무를 챙긴다. 작가로서 쓰는 일도 놓치지 않는다. 글로 남겨진 나의 이야기는 교사로 내일을 충실히 살아가는 계기가 된다. 교사 그리고 작가. 교사로 경험한 일이 내 글의 소재가 된다. 작가로서 글을 쓰기 위하여 교사의 삶도 밀도 있게 해낸다. 집중하는 시간 자체를 즐겼고 결과도 낼 줄 안다. '교사 작가' 바쁠수록 책 먼저 쓰는 내가 좋다. 책 쓰기. 오늘도 놓치지 않았다. 쓰는 행위는 오늘을 살아가는 방법이다.

2021년 10월 첫 번째 저서 초고를 다 채웠다. 18년간 독서교육 관련 경험을 담았다. 퇴근하자마자 노트북부터 열었다. 잠자는 시간까지 줄여 매일 글을 썼다. 처음 진행했던 초고, 퇴고, 투고, 계약, 퇴고, 탈고, 출간 과정을 모두 거쳤다. 한 권의 책이 탄생하는 과정을 직접 경험하고 나니 사고 싶은 책이 있을 경우에는 가급적 중고보다는 새 책을 사야겠다고 생각했다. 정확히 1년 전, 밤새워 PDF 원고를 읽고 검토했다. 표지가 나온 순간도 잊을 수 없다. 작가로서 처음 받아 본 책 표지 시안은 교사로서 받았던 상장 같았다.

두 번째 개인 저서 초고를 완성했다. 2022년 10월 3일부터 11월 9일까지 38일 걸렸다. 학교에서는 교사로 일하고 퇴근해서는 작가로 노트북을 켠다. 첫 책을 쓸 때에는 결과물을 하루라도 빨리 만져보고 싶었다. 두 번째 책은 세 자매 육아하면서 직장 다녔던 삶을 매일 써나갔다. 한 꼭지씩 완성하는 과정을 통해 내가 매일 글 쓰는 작가가 맞구나 생각했다. 글 한 편을 채우는 시간과 쓰고 난 후 완성했다는 만족이 다음 글을 쓰는 데 에너지가 되었다.

'작가'로 살겠다는 마음을 처음 가진 계기는 추가 수익을 얻을 수 있을까 하는 생각 때문이었다. 책 쓰는 법도 몰랐지만 교사들이 집필하는 것을 보고 나도 저서 있는 교사가 되고 싶었다. 마음이 조급했다. 책 쓰기 정규과정을 신청했고 출간도 빨리하고 싶었다. 2년간 매주 책 쓰기 강의를 들으면서 출간보다 매일 쓰는 행위에 집중해야겠다고 생각했다. 이때 쓴 글이 두 번째 초고였다. 매일 한 꼭지씩 완성했고 전체 40꼭지를 다 채웠다. 한 꼭지에 몰입할 때와 초고 완성 후의 벅찬 마음이 곧 행복이었다.

설날 연휴에는 전자책을 완성했다. 목차에 맞게 초보 시리즈를 쓰기 시작했다. 초보라도 당당하게 살아가는 내용으로 열 꼭지를 완성했다. 오타를 고치고 글을 다듬었다. 꼭지가 끝나는 곳마다 관련 사진도 넣었다. 전자책을 완성하여 PDF 파일을 유페이퍼에 등록하는 순간 희열을 느꼈다. 승인 메일 받은 순간, 전자책 자랑하고 싶어서 안달이 났었다. 한 가지 일에 몰입했던 기간과 출간의 성과 덕분에 작가로서 행복을 느낄 수 있다. 전자책을 낸 지 한 달 지났을 때 ISBN 승인을 받았고 예스24와 알라딘 서점에서도 검색이 되었다. 바쁜 일상이지만 새로운 경험을 해나가는 과정도 책 먼저 썼기 때문에 가능했다.

학생들에게도 나처럼 글 쓰는 과정과 출간의 기쁨을 느끼게 해주고 싶었다. 3월 2일 시업식에서 처음 반 학생들을 만난 날, 네이버에서 내 이름을 검색하여 보여주었다. 교사, 작가라는 직업이 표기되어 있었다. 선생님은 '작가'라고 소개했다. 그리고 나의 제자들도 작가가 되었으면 좋겠다고 시를 쓸 수 있도록 동기부여를 했다. 1년간 매주 쓴 시를 모았다. 제목과 목차를 정했고 목차에 맞게 학생들이 쓴 시를 스캔했다.

2023년 2월 3일 금요일 밤부터 학급 시집 원고를 만들기 시작했다. 학생들 시와 그림을 이미지로 저장하여 한글 원고 양식 안에 넣었다. 꼬리말 편집 요령을 몰라서 여러 번 수정작업을 했다. 이틀 후 완성하여 부크크 사이트에 승인 요청을 했다. 낮은 해상도 때문에 표지는 두 번이나 반려되었다. 표지를 선명하게 만든 이후 부크크 시집 '도서 승인' 이메일을 받았을 때 학생들 책이 출간된다는 마음에 소리 질렀다.

2년 동안 학생 작가들을 배출한 기분은 편집으로 인해 주말을 반납한 시간이 아깝지 않을 정도이다. 아이들 종업식 전날 실물 책이 도착하여 아이들 앞에 선보일 수 있었다.

종업식 날 아침 독서 시간에 내가 만든 시집을 읽는 아이들이 사랑스럽다. 나만 작가가 되는 것이 아니라 내가 맡은 학생들도 공저자로서 이름을 알리게 되었다. 네이버에서 학생들과 쓴 시집『열두 살, 오늘도 밝음』을 조회하니 네이버 신간 도서로 검색도 되었다. 초보 작가를 돕는 행위가 이러한 마음일까.

'밝음'이란 단어를 꼭 넣고 싶도록 만들었던 선영이가 떠오른다. 종업식 하는 날 선영이에게 책 한 권을 선물로 주었다. 네 덕분에 제목을 지었다고. '하루를 살아가는 힘'이 부제인데 너의 밝은 미소 덕분에 선생님은 힘을 낸다고 6학년 올라가서도 건강하고 밝게 지내라고 인사했다.

바쁘다. 세 자매 키우는 엄마다. 초·중·고 다니고 있는 세 딸을 돌봐야 하고 학교에서는 5학년 학생들을 챙겨야 한다. 바쁠수록 글과 책을 먼저 쓰는 작가가 되어야겠다는 마음뿐이다. 교사에 대한 비중과 작가로서의 삶을 동일하게 여기고 있다. 나의 프로필에 맞게 살아가고자, 학교에서는 교사로, 집에서는 작가로 산다.

블로그에 '글 쓰는 白作' 공간을 만들고 짧은 글이라도 매일 쓰고 있다. 꼼꼼함이 사라진 내 모습에 대하여 글을 쓴 적 있었다. 내 글을 읽은 이웃은, 언니에게 토닥이며 위로받는 느낌이라고 댓글을 남겼다. 댓글을 보는 순간 소름 돋았다. 글 쓰는 삶에 대

오늘이 전부인 것처럼

한 가치이자 매력이라 생각했다.

코로나 이후 3년 만에 대면으로 열린 교육과정 설명회에서도 학부모에게 함께 글 쓰자고 제안했다. 나로 인해 읽고 쓰는 삶, 나와 인연이 있는 사람들에게 전달되길 바란다.

오늘, 지금, 쓰는 삶에 우선순위를 둔다. 나는 '오늘'을 쓰는 '작가'다!

3-2.
현재는 미래의 나를 위한 약속

서영식

———————————————   ———————————————

　　　　　하루를 보내는 시간의 의미를 생각하게 만든
영화가 있다. 〈엣지 오브 투모로우(Edge of Tomorrow)〉톰 크루즈
주연의 외계인과 맞서 싸우는 공상과학 영화다. 외계인을 통해
남자 주인공은 특별한 능력이 생긴다. 매일 같은 장소에서 죽었
다가 다시 살아난다. 일어나면 똑같은 상황과 장면이 반복된다.
영화에서 케이지(영화 속 주인공)는 전투 경험이 없다. 같은 방법
으로 시도하다가 실패하고 계속 죽는다. 결국은 시행착오를 극
복하고 해결방안을 찾아낸다. 매일 똑같은 하루가 계속된다면
어떻게 할까? 생각해 봤다. 현실에서는 한 번만 살 수 있다. 당
장 내일 죽게 된다면 어떤 마음으로 하루를 보낼까? 시간은 반복
할 수 없다. 일 초, 일 분은 지나가면 끝이다. 되돌리지 못한다.
인간과 다른 동물의 차이는 시간을 인지할 수 있다는 점이다. 사
람은 시간을 의식하고 어떻게 쓸지 생각하면서 산다.

　　　　　　　　　　　　　　　　오늘이 전부인 것처럼

『영원히 살 것처럼 배우고 내일 죽을 것처럼 살아라』는 M. 토게이거 작가가 쓴 책이다. 평생 배움을 통해 최선을 다하는 삶의 지혜를 알려준다. 누군가는 뭐 그렇게 아등바등 사냐고도 한다. 인생은 각본이 없는 드라마고 주인공은 나 자신이다. 주도적으로 인생을 꽉 움켜쥐고 제대로 살아가야 한다. 똑같은 기회가 주어졌을 때 대충 하는 사람과 고민하고 계획을 세워서 해내는 사람이 있다. 다 끝나고 나서 결과의 성취감과 수준은 차이가 난다.

모든 사람에게 시간의 양은 똑같다. 어떻게 보내느냐에 따라서 삶의 질이 달라진다. 책 쓰기 수업에 참여하는 작가들을 보면 열심히 살고 있다. 하루를 알차게 보낸다. 새벽 기상, 독서, 자기계발, 글쓰기, 공부…. 배울 점이 많다. 책 쓰기 수업에 참여하게 되면서 나 역시 더 잘 살려고 노력한다. 회사 업무도 더 잘할 수 있도록 방법을 찾는다.

무언가를 배우기가 좋은 세상이다. 마음만 먹으면 뭐든지 배울 수 있다. 내가 원하는 것을 찾으면 된다. 유튜브를 보고 독학으로 국가 드론 자격증을 취득한 중학생도 있다. 환갑이 지나 그림을 배워서 전시회를 여는 사람도 있다. 은퇴 후 새로운 삶을 찾은 이야기도 들었다. 온종일 영어 공부만 열심히 했다고 한다. 재취업을 했다. 평생 하지 않았던 무역업무로 제2의 인생을 산다고 한다. 올해 102세가 되신 김형석 교수는 "인생에서 제일 좋고 행복한 나이는 60에서 75세까지이고, 성장하는 동안은 늙지 않는다"라고 한다. 뭔가를 배우는데 늦은 시기는 없다. 언제든

지 배우려고 하면 배울 수 있다. 이왕이면 내가 좋아하고 행복한 일을 찾을 수 있어야 하지 않을까?

요즘 재미있는 것이 많다. 재미가 있으면 누가 시키지 않아도 열심히 한다. 목표나 목적이 없이 그냥 재미만 찾기도 한다. 내가 무엇을 할지 목적을 분명히 해야 한다. 나는 독서와 글쓰기가 재미있다. 누가 시켜서 하는 게 아니다. 내가 좋으니까 읽고 쓰기를 한다. 글쓰기를 좋아한다는 걸 몰랐다. 계속 쓰다 보니 점점 재미가 있다. 독서는 원래 좋아했다. 어디서든 책을 읽고 있으면 마음이 편안하고 새로운 내용을 통해 성장함을 느낀다. 독서를 통해 얻은 지식은 말을 하거나 행동할 때 의식하지 못하게 밖으로 나온다. 내가 이런 말을 하다니…. 이런 행동을…. 깜짝 놀란다.

사람마다 좋아하는 건 다양하다. 낚시, 요리, 골프 등등 좋아하고 재미있는 것을 하는 사람들의 모습을 보면 다들 행복해한다. 세상에서 제일 무서운 사람이 즐기는 사람이라고도 한다. 좋아하는 걸 하면 시간 가는 줄 모른다.

식당에서 맛있는 음식을 먹으면 가족이 생각난다. 다음에 같이 와서 꼭 먹어야지. 내가 먹어서 맛난 음식은 가족과 함께 또 먹으러 간다. 많이 먹는 편은 아니다. 점심을 맛있게 먹으면 오후 내내 즐겁다. 집에서 가끔 요리한다. 인터넷에 있는 조리법을 꼭 지켜서 한다. 먹고 싶은 음식 재료를 준비해서 후다닥 만든다. 아내, 아들, 딸에게 먹을 만하냐고 물어본다. 다행히 맛있다고 얘기한다. 가끔은 싱겁다고도 하는데 그래도 맛은 괜찮다고 한다. 나이가 들수록 좋은 얘기만 듣고 싶어진다. 진심 어린

오늘이 전부인 것처럼

충고를 듣기도 쉽지 않다. 부족함을 느끼고 알기 위해 책을 많이 읽는다. 책을 통해 불완전함을 채울 수 있다.

발표 울렁증이 있었다. 중요한 발표를 할 일이 있으면 심장이 두근대는 소리가 귓가에 들리고 얼굴은 빨갛게 달아올랐다. 나도 모르게 말은 점점 빨라졌다. 극복하기 위해 발표 관련 도서를 많이 읽고 실행했다. 복식호흡 하는 법, 발표하기 전에 가슴과 어깨를 활짝 펴서 원더우먼 자세를 취하기, 천천히 끊어서 말하는 연습. 책에서 얻은 지식을 바탕으로 연습하다 보니 좋아졌다. 여전히 발표하기 전에 떨리긴 하지만 예전만큼 긴장을 많이 하지는 않는다. 결국은 발표 울렁증을 연습과 노력으로 이겨낼 수 있었다. 바위에 물방울이 한 방울 떨어지면 표시가 잘 나지 않는다. 수십 년 동안 같은 곳에 떨어지면 바위에 구멍을 뚫는다. 꾸준한 연습과 노력이 중요하다. 새로운 것을 배우고 싶다. 책 쓰기 코치, 그림, 악기연주 등등 배우고 싶은 게 많다. 내가 배운 걸 도움이 필요한 사람들에게 가르쳐주고 싶다.

자신이 잘 알고 있는지 궁금할 때는 직접 모르는 사람에게 설명해 주는 게 도움이 된다. 설명하다 보면 내가 뭘 모르고 있고 부족한지 알 수 있다. 업무를 하면서 항상 하는 말이다. 남을 가르쳐 줄 수 있어야 진정한 본인의 것이 된다. 스스로 질문하고 답을 찾으려고 고민해 보는 게 도움이 된다. 열심히 산다는 건 어떤 걸까? 잠자리에 누워서 생각한다. '오늘 하루 최선을 다했다.'라고 생각이 들면 되지 않을까? 평상시에 꼼꼼하고 완벽을 추구하는 편이다. 집안일은 그렇게까지 하진 않는다. 업무는 마음에 들 때까지 계속 수정한다. 스스로 생각할 때 '이 정도면 됐어.'라고 원하는 수준에 도달할 때까지 보완한다.

미켈란젤로가 성당 벽화를 그리고 있었다. 잘 보이지도 않는 곳에서 웅크리고 땀을 흘리고 있었다. 그 모습을 본 사람이 질문을 했다. "어차피 꼭대기 천장은 아무도 안 보는데 뭐 그렇게 정성을 다하고 있나요?" 미켈란젤로는 답했다. "내가 알고 있다"라는 것이다. 나 자신에게 떳떳하면 어디에 가도 부끄러울 일이 없다.

잘살기 위해서는 어떻게 할까? 의미를 찾는 것이 중요하다. 왜 일하냐고 사람들에게 물어보면 '먹고살기 위해서'라고 한다. 하는 일이 어떤 의미가 있고 세상에 어떤 도움을 주는지 생각하면 좀 다른 생각이 든다. 병원에서 일하는 분들의 얘기를 들을 때가 있다. 내가 잘 보살펴서 건강한 모습으로 퇴원하는 분들을 볼 때 가장 기쁘다고 한다. 내가 하는 일의 의미는 뭘까? 월급을 받기 위해서? 가족을 먹여 살리기 위해서? 정신없이 살다 보면 의미를 생각할 여유가 없다. 목표와 목적이 분명한 사람들은 일을 대하는 태도가 다르다. 매일 하는 일을 통해 세상을 변화시키고 있다고 마음을 가진다.

살면서 일의 의미를 찾기 위해 고민한다. 내가 하는 일이 어떻게 세상을 바꿀 수 있을지 생각해 본다. 힘들더라도 일할 명분이 생긴다. 일하면서 위에서 시키니까 한다고 하면 수동적으로 받아들인다. 시키니까 해야지. 뭐 별수가 있나? 대신 일의 목적과 기대효과를 설명하면 다르게 받아들인다. "이 일을 하게 되면 이렇게 좋아집니다. 그래서 해야 합니다. 여러분이 한 일을 통해 다음에 입사하는 후배들이 더 편하게 일할 수 있고, 선배님 덕분입니다.라고 한다면 더 좋지 않겠습니까?" 일에 의미를 부여하면 생각이 달라진다. "그래, 한 번 해보는 것도 나쁘지 않겠는데. 나도 필요하지만 후배에게도 도움이 될 일이잖아."

삶의 의미를 찾는다고 하면 뭔가 거창한 느낌이 들기도 한다. 나는 어렵게 생각하지 않으려고 한다. 하루하루 최선을 다하고 시간을 헛되이 보내지 않는 게 의미가 아닐까? 먼 훗날 살아온 인생을 되돌아보며 '지금 다시 그때로 돌아간다고 해도 똑같이 살 거야. 후회는 없어.'라고 얘기할 수 있도록 열심히 살고 있다. 화양연화(花樣年華)는 인생에서 가장 아름답고 행복한 시간을 의미한다. 매 순간이 그렇게 되도록 과거를 돌아보고 현재를 바라보며 미래를 계획하고 살려고 한다. 이 글을 쓴 후 몇 년 뒤 나의 모습을 기대해 본다.

3-3.
지금의 내가 나는 좋다

오정희

―――――   ―――――

 "다른 일? 뭐 먹고살 건데…." 윤이의 이 한마디로 다시 이력서를 냈다. 매번 마지막이라고 생각했었는데 벌써 15년째 프리랜서 교사 일을 계속하고 있다. 반복되는 일상에 조바심이 났다. 제자리만 빙빙 돌고 있고 생각대로 되지 않는 상황에 지쳐만 갔다. 더 늦기 전에 번듯한 평생 직업 하나 만들고 싶었다. 그렇게 하고 싶은 일 당당하게 하면서 살고 싶었다. 무엇을 내가 하고 싶은지 모르는 시간을 보냈다. 요즘은 답답했던 마음이 조금은 시원해졌다. 하고 싶은 일로 고민하기보다는 지금 있는 그대로의 나를 받아들인다.

 해마다 이력서를 내고 면접을 본다. 똑같은 일이 반복된다. 답답함에 자유로를 달렸다. 거칠 것 없는 뻥 뚫린 길을 따라 달리다 알게 된 작은 절, 검단사. 처음 이곳을 알게 된 것은 우연이었다. 오늘처럼 길을 나섰다 멈춘 곳에서 발견한 장소였다. 잠시 멈춰 경사진 길을 오르다 고개를 들었다. 구름 한 점 없는 파란 하늘을 올려다본다. 주위도 둘러본다. 하늘과 나무, 사진으로 보던 풍경이다. 오랜 세월 버텨온 느티나무의 작은 흔들림도 느낀다. 새들의 작은 지저귐이 조용한 공간을 채워준다. 다른 세상처럼 다가왔다. 조금 더 올라 느티나무 옆에 섰다. 잔잔하게 빛나는 임진강이 탁 트인 시야에 들어온다. 복잡했던 마음이 강물처럼 흘러갔다.

통창으로 강물이 내려다보이는 검단사 종무소에 앉아 차를 마신다. 마시고 비워내기를 여러 번, 마음이 고요해진다. 해가 저무는 붉은 기운이 창으로 들어온다. 시간이 그렇게 지나고 있었다. 복잡했던 한낮의 생각을 서서히 정리하고 일어나야 할 시간이다.

집으로 돌아오는 길, 체육관에 들렀다. 운동이라곤 관심도 없었지만, 이제껏 해보지 않은 나를 위한 무언가를 해보고 싶은 마음이 생겼다. 생각대로 살지 않으면 사는 대로 생각하게 된다고 하던데 나의 삶은 항상 '나중에'로 미뤄져 왔었다. 그러는 사이 그 나중은 보이지 않았고 기억해 주지 않았다. 서운했다. 시간만 흘렀다. 나를 챙기지 못한 시간이 아쉬웠다. 절에 갔다 오는 길, 요가 수업에 등록했다.

오전 10시 50분, 주차장엔 빈자리가 거의 없었다. 강의장으로 들어갔다. 맵시 있게 차려입은 회원들이 각자의 개인 물품을 풀어내며 수다를 떨고 있었다. 아무 준비도 없이 그냥 "편한 복장이면 됩니다"라는 말만 듣고 간 나는 신경이 쓰였다. 한쪽에 요가 매트를 펴고 자리에 앉았다. 잠시 후 명상으로 수업이 시작되었다. 강사가 하는 용어들을 알아들을 수는 없었지만, 마음은 차분해졌다. 옆 사람을 곁눈질해가며 그 공간의 분위기에 맞춰 몸을 움직였다. 내가 미처 알아차리지 못한 내 몸이라니…. 중심을 잡지 못한 몸이 흔들렸다. 움직임은 크지 않은데도 땀이 배어 나왔다. 50분이라는 시간이 금방 지났다. 한쪽 벽이 통창으로 되어 있는 요가실에 누워서 바깥을 바라봤다. 그날따라 구름 한 점 없는 파란 하늘을 배경으로 빈 나뭇가지 사이로 날아가는 새들의 모습이 보인다. 이 공간이 나만의 공간이라면 하는 생각을 잠시 했다. 끝나는 마무리는 바닥에 누워 팔다리를 길게 펴고 잠시 온몸의 긴장을 푼다. 한쪽으로 돌아누우며 몸을 일으켜 앉는다. 합장하듯 두 손을 가슴에 모으고 "나마스테"라고 말하며 고개 숙여 서로 인사를 나눈다. 수업이 끝났다. 정면에 있는 거울엔 헝클어진 머리카락, 붉게 상기된 얼굴의 낯선 나의 모습이 보였다. 몸은 뻣뻣하고 말은 잘 알아듣지 못했어도 마음은 편안해짐을 느꼈다. 뿌듯했다.

조금 늦게 가도 괜찮으니 '나'를 사랑하는 마음 변치 말고 지금처럼 하고 싶은 것 해보자고 생각하니 모든 것이 새롭게 다가왔다. 이력서 낸 것을 잊고 있었다. 저녁 무렵 전화가 왔다. 면접을 보러올 수 있겠냐고. 면접 때 5분 내외의 수업 시연 시뮬레이션 준비해 오라고 했다. 그냥 갔다. 5분, 5분 안에 보여줄 수 있는 수업내용보다는 수업에 대한 내 생각을 전하는 게 더 나을 것 같다는 생각이 들었다. 면접이 끝나고 수업 시연할 시간이 되었다. 면접관들을 향해 준비한 다른 걸 하겠다고 했다. 첫 시간 화학을 공부하는 학생들에게 들려주고 싶은 말을 하겠다고 했다. 학생들에게 전하고 싶은 내 생각을 알리고 싶었다. 면접을 보는 것이 아니라 내가 질문을 했다. 면접관 세 분의 전공을 물었고 화학에 관한 생각도 질문했다. 그중에는 화학 교사 과학부장도 있었다. 나는 문과 이과 편 가르기식의 과목에 대한 내 생각을 융합하여 말했다. 교사지만 학생들과 함께 배운다는 마음으로 공부한다는 말과 함께. 화학이라는 과목의 성적도 중요하지만, 화학을 통한 관계 맺음에 관한 이야기, 가치에 관한 이야기도 했다. 다양한 화합물, 첨단 신소재를 만들어내는 탄소를 언급했다. 하나의 원소지만 가치를 어디에 두고 어떤 용도로 사용하느냐에 따라 다양한 물질을 만들어낸다. 우리 학생들도 각자 소중한 달란트를 개발할 수 있으면 좋겠다고. 좋아하는 마음이 생기면 스스로 성적을 올릴 방법도 찾을 것이라고 했다. 수업 시연을 하는 대신 하고 싶었던 말로 마무리하고 나왔다.

이젠 멈칫거리지 않기로 했다. 그때 했더라면 지금쯤은 뭐라도 됐을 거라는 미련도 갖지 않기로 했다. 조금 늦으면 어때, 생각대로 살지 못하고 사는 대로 산 시간이지만 그래도 열심히 살았다. 지나온 시간이 경력을 만들어 주었으니 헛되지 않았다. 용기도 생겼다. 한때 억울한 마음, 서러운 마음으로 먹먹했던 마음도 이젠 단단해졌다. 더는 아프다, 힘들다, 죽겠다는 푸념도 하지 않는다. 이젠 과거의 기억이 아닌 내일을 상상하며 지금 여기에서 내 운명의 주인으로 살아가자고 다짐한다. 현재의 나를 더 강하게 만드는 내가 있는 시간, 화려한 의상과 함께 현란하게 돌며 노래를 부르는 김연자의 '아모르 파티'를 흥얼거린다.

다시 출근을 준비한다. 운동시간을 새벽 시간으로 바꿨다. 날이 밝아온다. 붉은 태양을 마주하며 달리는 아침 풍경이 내 마음 속에 들어온다. 어제의 어둠이 밝게 다시 살아나는 이 아침, 태양을 품으며 내 열정도 품어본다. 애써 버텨 참지 않아도 '좋은 나'일 수 있음을, 새로운 가능성을 꿈꾸며 나의 빈 곳을 채워가는 오늘이 소중하다. 이런 지금의 내가 나는 좋다. 오늘도 나는 살며 배우는 끝없는 여정을 시작한다.

3-4.
모든 순간이 행복해

이경숙

     한때는 병에 걸릴 것 같아 늘 불안했다. 기침이나 콧물만 나와도 무슨 큰일이라도 생긴 듯이 호들갑을 떨었다. 어릴 적부터 잔병치레가 많아, 부모님이나 형제들이 늘 챙겨주어서인 것 같다. 기침하는 나에게 가족 중 누군가가 아는 체를 하지 않으면 서운했다. 엄살쟁이라고 놀리면 더욱 속상했다. 늘 불안해하는 나를 보며 남편은 왜 사서 걱정하느냐고 했다. 그런데도 불안감을 늘 안고 살았다. 아이가 기침만 한 번 해도 혹시 감긴가? 배가 조금만 아프다고 해도 큰 병 아닌가? 걱정했다. 이런 내가 이상했다. 왜 불안해할까. 일어나지 않은 일인데, 왜 앞서서 걱정할까?

    셋째 하정이를 낳고 1년쯤 지나 건강 검진했다. 자궁암 검사 결과가 안 좋다고 한다. 조직검사를 해야 한다고 했다. 일주일 후에 검사 결과를 보러 오라고 했다. 일주일이 일 년 같았다. 하루하루를 두려움으로 보냈다. 만약 암이면 어떡하지? 아이들은 어떻게 해야 하나. 걱정이 이만저만 아니었다. 순간순간 피가 마르는 듯했다. 남편이나 아이들 몰래 눈물을 훔치기도 했다. 결국, 걱정하던 일이 일어나려고 그랬나 싶기도 했다. 피 말리던 일주일이 지나갔다. 결과를 보러 갔다. 아예 깨끗하지는 않지만 수술할 정도는 아니라며 지켜보자고 한다. 내가 왜 그렇게 일주일을 걱정만 하며 보냈나 싶었다.

넷째 이진이를 낳은 후부터는 건강 염려증이 사라졌다. 아이들이 넷이나 되고 보니 그런 것으로 걱정할 새가 없었다. 어떻게 하면 우리 아이들을 힘들지 않게 할까만 고민했다. 어떻게 하면 아이들이 원하는 것을 채워 줄 수 있을까 생각해야 했다. 일하며 바삐 뛰어다니다 보면 하루가 금방 지나갔다. 하루 끝을 붙잡아 마무리하고 나면 또 다른 날이었다. 언제부터인가 자궁암에 대해 잊은 듯이 사는 나를 발견하게 되었다.

일해야 했다. 나는 아이들 가르치는 일을 좋아한다. 학생들과 이야기하고 그들이 모르는 것을 가르치다 보면 하루가 빠르게 지나갔다. 몇 년 동안 학습지 회사에서 관리 교사로 일하다가 그만두었다. 셋째, 넷째를 챙기려고 집에서 아이들을 가르쳤다. 셋째 하정이와 넷째 이진이가 어린이집에 다닐 때는, 큰아이들에게 부탁하며 일을 했다. 큰아이들이 중고등학생이 된 뒤로는 일정이 바뀌었다. 하정이와 이진이도 초등학교에 다니게 되어서 어린이집에 다닐 때보다 하교가 빨랐다. 어린 하정이, 이진이를 챙기면서 일을 하려면 집에서 가르치는 것이 최선이었다.

오늘이 전부인 것처럼

체력이 안 되는 것 같아 일주일 중 3일만 수업했다. 그렇지만 일주일 내내 일을 할 때가 많았다. 여름 방학에는 특강도 하고 겨울 방학에는 모든 아이에게 영어 연극을 연습시켰다. 연극에 대해 아는 것도 없지만 서점에 가서 영어 연극에 관한 자료를 찾았다. 배역을 정하는 날에는 아이들이 서로 주인공을 하려고 떼를 쓰기도 했다. 학년마다 다른 내용으로 준비했다. 어떤 연극은 배역을 맡을 인원이 많아야 한다. 중복으로 배역을 맡기기도 하고 다른 학년 아이가 합류하기도 했다. 연습만 하는 것이 아니다. 무대 장치에 필요한 것도 아이들과 준비했다. 서로 웃으며 만드는 소품 덕에 아이들은 공연 날을 더욱 기다렸다. 아기 돼지 삼 형제를 준비할 때였다. 한 아이가 시골에 다녀오다가 남의 논에 짚이 있어서 중간에 차를 세워 가져왔다고도 했다. 돌멩이를 만들 때는 신문을 뭉쳐서 만들기도 하고. 우물을 만들 때는 까만 비닐과 신문을 섞어 테이프로 붙이기도 했다.

몇 년간 겨울 방학에 영어 연극을 했다. 그런데 한두 아이가 연습에 나오지 않기 시작했다. 배역 맡은 아이들의 일정이 맞지 않아서였다. 같이 모여서 연극 전체를 맞춰봐야 하는데 주인공인 아이가 못 오는 날이 많았다. 여러 일정이 꼬이면서 원활하지 않았다. 어렵사리, 연극 공연을 마쳤다. 그동안 아이들 연극을 진행하면서 일정이 맞지 않아 몸도 마음도 지쳐 있었다. 숨을 쉴 수 없을 정도로. 여행하고 싶었다. 당일치기 여행이었다. 아이들이 많은 탓에 혼자 여행한다는 건 꿈도 꾸지 못했다. 혼자 서산 개심사에 다녀왔다. 마주치는 누구에게도 한마디도 하지 않았다. 꼭 필요한 경우에는 눈인사만 했다. 나는 귀먹고 말 못하는 것처럼 행동했다. 절이라는 곳을 처음으로, 자세히 둘러볼 수 있었다. 마음이 편안해졌다. 대학 때 선배 언니 중 한 명이 방학에 혼자 여행하는 것을 보았지만, 그 후로 주변에서는 보지 못했다. 그런데도 나 혼자 다녀왔다.

국민 건강 검진 결과에 유방암 의심 소견이 있다는 통보가 있었다. 일에 쫓겨 병원에 가지 못했다. 산부인과 병원에서 보내온 자궁암 정기 검진 문자를 받고서야, 병원에 갔다. 유방암 의심 소견이 있다는 연락을 받았다고 했더니, 의사 선생님이 한번 봐주겠다고 했다. 잘 보이는 초음파 기계를 새로 들여왔다면서. 유방은 깨끗하다고 했다. 그런데 갑상선에 혹이 있는 것 같다고 했다. 어떻게 해야 하는지 물었더니 잘 아는 의사 선생님에게 소견서를 써주었다.

갑상선암 검사를 받은 후 결과를 확인하러 갔다. 아무 생각 없이, 동네 마실 가듯 가벼운 마음으로 갔다. 그런데, 암이라고 했다. 양쪽에 제법 큰 혹이 있다고 한다. 담당 선생님이 해외 학회에 다녀올 일정이 있다며 일주일 이내로 수술하자고 한다. 말 그대로, 아무런 준비 없이 수술 일정이 잡혔고, 수술했다.

3월 말이라 병실 앞 창가엔 목련꽃이 피어있었다. 꽃잎이 시리게 하얬다. 이틀째 되던 날, 갑자기 추워진 날씨에 목련 꽃잎이 입을 다물어버렸다. 엄마 없는 집에서 엄마를 기다리고 있을 우리 아이들 입이 저런 모양이 아닐까 싶었다. 빨리 돌아가야 할 텐데. 퇴근 후 잠시 들른 남편은 두 손을 꼭 잡으며, 이렇게 살아 있어서 고맙다고 했다. 저녁도 못 먹고 기다리고 있을 작은 아이들 생각에 얼른 손을 놓고 돌아서다가, 다시 돌아보며 싱긋 웃어 주고 가는 남편이 신혼 때 모습이다.

양쪽 다 혹이 너무 커서 갑상선을 모두 제거했다. 회복하기까지 꽤 오래 걸렸다. 원어민 수업만 진행하고, 한 달 정도 내가 하는 수업은 쉬기로 했다. 한 달 후, 다시 가르치면서 알게 되었다. 내 목소리가 힘이 없어서 더 이상 아이들이 내 말에 집중하지 않는다는 것을. 목소리 자체도 이전처럼 또랑또랑하지 않았다. 수술을 집도했던 선생님이 분명, 성대는 괜찮다고 했건만, 원래 목소리로 돌아오지 않았다. 학생들을 계속 가르쳐야 할지 말아야 할지 고민해야 했다. 일은 해야 하는데 어찌해야 하나.

수술하고 난 후 집안일과 가르치는 일만 했다. 무력감이 들었다. 갑갑함을 떨치기 위해 밖에 나가고 싶었다. 수업이 없는 오전에 동네 주변이나 효창공원에 다녀왔다. 아이들도 남편도 더 살뜰히 챙겼다. 지금의 내가 가족과 나를 챙길 수 있음에 감사했다. 여러 상황이 녹록하지는 않았다. 목소리에 힘이 없는 것도, 몸이 예전만큼 활발하지 않은 것도, 받아들인다. 지금의 나를 인정하는 것이 오늘을 제대로 사는 것 아닐까 싶었다. 모든 순간이 행복해졌다.

3-5.
나는 무엇으로 성장하는가

이선희

        누구나 할 수 있지만, 아무나 할 수 없는 직업이 강사이다. 배우고 통찰하며 새로운 시대 흐름을 읽어야 한다. 청중들이 듣고 싶어 하는 내용, 원하는 것을 파악해야 한다. 비정규직이지만 퇴직이 없고 출근도 없다. 스스로 자신을 아끼고 격려해가며 에너지 보충해야 하는 직업이다. 새로운 지식을 탐구하기 위해 책과 함께하고, 교육을 즐기며 성장 마인드를 가진, 태도와 경험이 필요하다. 강사의 삶은 지속적이고 꾸준히 반복하는 학습이 중요하다.

    시간은 모두 공평하게 주어진다. 그러나 시간이 흐른 뒤에 서로 다른 이야기가 남는다. 누군가는 열심히 살아야 하는 순간을 알아채고, 누군가는 그 순간들을 놓쳐서 '그때 그것을 해볼걸.' 하는 후회의 말을 한다. 내가 강사라는 직업을 선택하게 된 것은, 내 인생에 그림을 다른 사람이 아닌 내가 그리고 싶어서였다. 미래의 꿈, 그리고 희망의 증거가 되고 싶었다. 신은 신기하게도 배우려고 마음먹은 사람에게 스승을 보내준다. 무엇을 공부하면 나의 꿈이 이루어질까. 부단히 알아보고 고민하고 행동하니 자연스럽게 공명을 일으켜 끌어당기게 된다. 준비된 자에게 행운이 온다. 강사가 되기 위해 수많은 강의를 듣고 전달하는 일을 계속 해왔다. 스승들의 얼굴이 주마등처럼 떠오른다. 배워서 남 주고 싶었다. 누군가에게 동기부여 하는 일이 즐겁고 뿌듯하다. 강의하고 난 후 자신이 감동하는 날이 있다. 돌아오는 내내 행복하며 가슴이 떨린다. 저절로 웃음이 피어오른다. 그 순간 강사라는 직업을 선택한 일에 대해 자부심을 느낀다.

한국지역사회교육협의회 지사인, 청주지역사회교육협의회에서 14년을 함께 했다. 그 단체는 나를 강사로 성장시켜 주었다. 그곳에서 배우면서, 강사가 되기 위한 과정을 밟아 나아갔다. 강사는 세 가지가 중요하다. 지식, 태도, 기술이다. 가장 기본적인 마음가짐은 태도이다. 처음에 마인드 셋 하기 위해 봉사부터 한다. 도서관에서 초등학생들에게 동화나 스피치, 글쓰기 등을 무료로 가르치며 강사의 그릇을 키워나간다. 강사가 되기 위해 자질을 키우는 연습과 훈련은 경험이 된다. 경험이 기술로 쌓일 때 비로소 강사가 된다. 보통 그 기간은 3년 이상 걸린다. 한 분야의 지식을 충분히 탐독해야 한다. 3년이 지나면 도서관에서 초등학생이나 중학생 수업을 시작할 수 있었다. 일단 경험의 샘물이라는 과정이 쌓이면 누군가가 불러주고 또 씨앗이 퍼져서 얼마든지 강의할 수 있는 직업, 강사가 된다. 보이지 않는 숨은 노력이 필요한 직업이다.

　나의 인생에 가속을 붙여준 강의는 '데일 카네기 스피치'다. 카네기 박영찬 소장은 충청북도를 책임지는 스피치 인재이다. 청중 앞에서 자신의 경험을 생생하게 말할 수 있는 자신감, 인간관계 잘하는 법, 열렬하게 말하는 법을 그 소장에게 배웠다. 기본 3개월 과정과 조교 3개월 과정은 내가 강사로 설 수 있도록 기초를 닦고 강사의 자질이나 스피치 화법에 대해 배울 수 있는 시간이었다. 그 기간이 새로웠다. 한편으로는 청중 앞에 당당히 설수 있는 자신감을 선물 받았다. 재능은 꾸준함을 이기지 못한다. 그때부터 배우며 나누는 강사 활동이 시작되었다. 줄기차게, 반복적으로.

　그 후 스피치 강의로 도서관에서 주부들을 만났다. 함께 웃고 울고 정서적 교감을 나누며 자신을 표현하는 방법, 자신감 훈련, 올바르게 말하는 기술을 전달했다. 스피치 과정 후에 가장 기분 좋은 일은 청중의 변화다. 나에게 스피치를 배운 후, 다시 대학교나 대학원에서 공부를 시작하거나 강사의 길을 가며 인생 이모작, 삼모작을 하는 사람들이 주위에 늘어났다. 나는 그동안 스승들에게 받은 사랑의 지식과 지평으로 다른 사람에게 도움을 주는 사람으로 발전하고 있다. 사춘기 자녀들과 남편과의 관계에서 힘든 주부들에게 말 그릇 키우기, 할 수 있다는 용기 그리고 희망을 보여 주는 사람이 되었다. 그 시절 알게 된 주부들이 지금 어깨를 나란히 하는 강사로서 빛나는 삶을 살고 있다. 가정과 자녀들을 소중히 여기고 챙기며, 배우고 나누는 강사들, 세상의 변화를 이끌어 가는 사람들이다. 그 속에 내가 있다.

　내가 이렇게 성장하도록 영향을 준 세 분 스승이 있다. 첫째 스승은 스피치를 만나게 해준 박영찬 소장이다. 지금의 가슴 뛰는 직업으로 한 발 더 다가설 수 있는 '자신감'에 영향을 준 분이다. 두 번째 스승은 한국방송통신대학에서 만난 한규섭 교수이다. 청주대에서 박사과정 마치고 한국방송통신대학에 강의하러 오신 분이다. 젊고 의욕이 넘쳤다. 주부들이 80% 넘게 차지한 국문과에서 열정적인 모습으로 강의하였고. 사람 냄새를 풀풀 풍겼다. 학교 행사에 대부분 참석해 주었다. 함께 막걸리 마시며 인생 이야기를 나누었다. 강사가 되고 싶다는 말을 듣고, 선뜻 강사의 길을 갈 수 있도록 손을 내미신 분이다. 가장 기억에 남는 일은 통신대학 졸업한 2월 교수님이 영동 대학에 근무할 때다. 나를 학교 문 앞에서 기다렸다가 직접 영동대학교 평생학습관에서 강의할 수 있도록 이력서를 전달해 주신 분이다. 그리고 대학원과 박사과정도 갈 수 있도록 독려해 주신 분이다. 배워야 가르칠 수 있다고 공교육 학습의 포문을 열어 준 마음의 스승이다. 한규섭 교수님과 함께 6년 동안 유원대학 평생학습관에서 인근에 사는 주부들에게 배움에 대한 동기부여를 주었다. 삶과 직업을 연결할 수 있게 도와주었다. 맹렬하게 달리던 그 시절이 영화 장면처럼 스쳐 지나간다.

충북대 경영대학원 MBA 과정에서 만난 정진섭 교수, 세 번째 인생 스승이다. 충북대 국제경영학과 교수이신 분, 주변에 사람이 많다. 사람을 가리지 않고 누구의 이야기든 귀 기울여 들어주시는 분, 인간의 참됨을 몸으로 보여 주었다. 지금도 일반 사람들과 독서 모임 한다. 교수라는 자리에서 내려와 수평적 파트너십을 실천하는 스승이다. 그래서 존경했고 지금도 연락드린다. 삶이 힘들고 지칠 때 배우고 싶고 닮고 싶은 분이다. 큰 나무가 어떤 모습인지 보여 주었다.

"이선희 여사님, 내 수업 시간에 학생들의 발표력이 좋아지게 스피치 강의를 해주세요."

정진섭 교수는 나이 많은 나를 이렇게 불렀다. 따뜻하고 감사한 일이었다. 그때부터 대학원 학생들에게 스피치 강사로서 홍보가 되기 시작했다. 학생들이 따로 수업을 신청했다. 청주에 있는 영동대학 평생학습관에서 스피치 강의를 열 수 있게 긍정의 씨앗을 꽃 피운 분이다. 그리고 충북대 경영자 과정에 추천해서 내가 강의할 수 있게 동기부여 해준 분이다. 자신보다는 제자를 성장시키는 일을 기꺼워하시는 스승, 저녁에 일반 시민들이 대학교에 와서 강의를 들을 수 있도록 손수 과정도 만들어 진행했다. 그 과정에서 학우들이 주인공이 될 수 있도록 자리를 마련해 준 스승이 곁에 있어 이만큼 성장할 수 있었다.

성장에 동력을 제공해 준 스승, 그리고 내가 강사로서 첫발을 내딛게 해준 단체, 내 강의를 통해 새로운 삶을 살아가는 주부와 학생들에게

"덕분입니다.", "고맙습니다."

전하고 싶다. 사람은 서로 도우며 더불어 산다. 자신의 길은 새로 찾는 것이 아니라 새롭게 하는 일이다. 내 안에 있는 가능성과 잠재력을 믿고, 발견하고 갈고 닦는 수련의 과정을 통해 한 발씩 나아간다. 나는 누구의 삶에 조금이라도 이롭고 유익하게 도운 적이 있는가? 내 존재에게 묻고 듣는다. 오늘도.

코칭 프로젝트, 1인기업으로 인생 삼모작을 열어가고 있다. 누군가를 만났기 때문에 오늘의 내가 있다. 인생의 길목에서 어떤 사람을 만났는가? 무엇으로 성장하고 발전할 수 있었는가? 나도 다른 사람에게 좋은 영향력을 끼치는 그런 사람이 되고 싶다. 되어가고 있다. 가르치기 전에 배워야 할 것, 실천하는 삶, 보여 주는 실행력이다. 긍정의 눈으로 장점을 봐주고 키워주는 스승들 그런 스승 덕분에 지금 여기에 내가 서 있다. 좋아서 설레서 하는 일, 자주 흥분되는 일이 바로 지금 하는 일이다. 누군가가 힘들 때 작은 어깨 하나 빌려주어 기댈 수 있게 하는 사람. 좋아하는 일을 가슴에 품고 살게 도움 주는 사람, 그런 사람이 되어 한 사람이라도 성장하도록 돕고 싶다. 세 분 스승처럼

3-6.
딱 '한 치 앞'만 제대로 사는 거야

이영란

　　　행복의 비법을 담은 책들의 공통적인 메시지. '지금, 이 순간'을 온전히 즐기라고 말한다. '지금, 여기'에 집중하며 오늘을 충실히 살아보라 호소한다. 책 속의 주인공처럼 과거의 기억과 미래의 상상 속 나를 접고, 오직 실감할 수 있는 '지금'에 집중하고 싶었다.

　인간관계 때문에 속앓이하는 사람들 여럿 봤다. 내 속사정도 별반 다르지 않다. 누군가가 툭 던진 말 한마디는 온종일 나를 따라다녔다. 설거지하다가 불쑥 떠오른 말은 검게 타버린 냄비처럼 수세미로 박박 문질러도 지워지지 않았다. 스며든 말들은 수시로 출렁거렸고, 꼬리에 꼬리를 무는 감정은 걷잡을 수 없이 커졌다. 내 마음에도 흔들리지 않는 편안함이 필요했다.

　어쩌면 인간관계보다 더 중요한 게 '지금'과의 관계다. 나는 지금을 '잘' 살고 싶다. 수시로 찾아오는 흔들림을 이젠 좋은 '습관'

　　　　　　　　　　　　　오늘이 전부인 것처럼

으로 가지런히 매만진다. 지금을 좀 더 잘 살아내기 위한 필살기 다섯 가지는 오늘을 지켜주는 든든한 방패막이다.

첫째, 나는 지금을 잘 살기 위해 '시간'을 관리한다. 하루 24시간 누구에게나 주어진다. 몇 시부터 몇 시까지 뭘 하는지 덩어리 단위로 오늘의 일과가 채워진다. 늘 쫓기듯 바쁘게만 살아왔다. 옆 반 선생님은 새벽에 수영까지 하고 출근을 한다는데 내겐 먼 나라 이웃 나라 이야기였다. 육아와 일에 지쳐 잠들면 다음 날 여지없이 동동거렸다. 하루 24시간은 빼곡히 채워졌고 순식간에 지나갔다. 오늘의 할 일 리스트는 지우면 다시 채워지는 마르지 않는 옹달샘이었다. 해야 할 목록에 집중하니 하나를 끝내면 또 다음 할 일로 끊임없이 나는 몰아붙였다. 문득, 쉼 없이 돌아가는 시곗바늘에 시선이 따라갔다. 하루는 24시간이지만 분으로 계산하면 1,440분이요, 초로 쪼개보면 86,400초다. 하루가 이렇게 풍성한 '순간'들로 가득했다니! 하던 일을 잠시 멈추고 지금, 이 순간에 집중하기 시작했다.

이젠 하루를 바라보는 시선이 달라졌다. 새벽 기상을 시작으로 '지금'을 관리한다. 초미세 관점으로 '지금, 이 순간'에 돋보기를 들이댄다. 멍 때리기, 낮잠 자기, 빈둥거리기조차 시간 낭비라고 바라보지 않고 나를 챙기는 몸짓으로 바라본다. 온전히 그 순간에 집중해 즐길 수 있다. 흘러가는 대로 놓아두지 않고 시간을 관리하면 지금을 내 것으로 만들 수 있다.

둘째, 나는 지금을 잘 살기 위해 '생각'을 관리한다. 가족 상실로 삶이 멈춰버린 순간. 떠오르는 대로 기억하며 걱정했었고, 떠올리는 대로 예측하며 불안했었다. 글로 쓰면 넋두리요, 말로 쏟아내면 푸념이었다. 나에게 온전히 집중하며 내가 정말 좋아하는 게 뭔지 물어보고 채워줬다. 산책하고, 책 읽고, 그림 그리고, 글씨 쓰고, 사람 만나 수다 떨고, 여행 다녔다. 온전히 그 '순간'에 집중하니 뭘 할 때 행복한지 보이기 시작했다.

마음먹은 대로 이루어진다는 '시크릿 법칙'은 이제 누구나 다 안다. 생각 속에 심은 씨앗은 이미 꽃과 열매를 함께 품고 있다. 생각만 잘해도 내가 원하는 결과를 보장받는다는 말이다. 동시성을 갖는 이 법칙을 얼마나 실감하고 사느냐에 따라 삶의 태도는 변한다. '순간'에 대한 시각이 사뭇 달라진다. 생각 관리는 시간 관리보다 먼저 해야 할 자기관리다. 뭘 해야 하는지 일정표만 짤 게 아니라 '지금, 이 순간' 마음에 무엇을 담고 있는지 시시때때로 들여다볼 일이다. 새벽부터 일어나 감사 일기를 쓰고 긍정확언과 함께 '지금'을 연다. 특히, 아침에 쓰는 모닝 페이지는 내 삶의 중심을 잡아준다. 순간순간 변화무쌍한 생각을 더 이상 올풀리지 않게 홀쳐매는 야무진 매듭. 나에게 가장 유리하게 긍정의 메시지만을 남기고 필요 없는 것은 과감히 폐기 처분하는 단호함. 글쓰기로 생각의 주인이 되면 지금의 나를 삶의 중심에 세울 수 있다. 시크릿 법칙은 바로 내 손안에 있다.

셋째, 나는 지금을 잘 살기 위해 '열정'을 관리한다. 열정은 내가 하는 일을 즐겁고 신나게 할 수 있는 에너지다. 한정된 용량으로 채워진 에너지가 어디로 향하는지 수시로 점검한다. 소모적이고 부정적 감정이 가득한 기 빨리는 곳에 꽂힌 코드는 당장

오늘이 전부인 것처럼

뽑아낸다. 닮고 싶고, 배우고 싶고, 훔치고 싶은 긍정적 에너지에 코드를 꽂는다. 내 안의 열정 온도는 수시로 뜨겁게 달궈진다. 생명력 가득 내적 충실감으로 차오를 때 나의 '지금'은 그 누구도 부럽지 않다.

나는 감수성이 풍부해서 분위기도 잘 타고 충동적일 때도 많다. 급상승한 열정 에너지가 나를 지배하면 비상 깜빡이를 켜고 잠시 멈춘다. 상수와 변수를 따져서 삶의 우선순위를 가려낸다. 긴급 주문을 건다. 워 워워~ 열정의 밸런스를 지켜라! 매일 새벽마다 네 쪽 가득 채우는 모닝 페이지에는 실은 나에게 거는 주문들로 가득하다.

넷째, 나는 지금을 잘 살기 위해 나의 '강점'을 관리한다. 소크라테스가 절규하며 외쳤던 '너' 자신을 이제야 알아가고 있다. 내가 어떤 사람인지 제대로 알기 위해 전문가의 도움으로 강점 심리검사를 받았고, 다섯 가지 대표 강점을 찾아냈다. '긍정'적인 에너지로 타인의 감정에 '공감'하고, '배움'의 과정에서 즐거움을 느끼며, 유용한 정보와 아이디어를 '수집'해 '최상화'의 가치를 창조하는 참 멋진 에너지를 가졌다. 공감, 수집, 배움, 최상화, 긍정 다섯 가지 강점 테마를 통해 지금까지 반복해온 내 생각과 행동 패턴을 이해하게 되었다. 강점이 너무 강하면 약점이 될 수 있기에 적정선을 유지하려는 '알아차림'만으로도 약점을 관리할 수 있다. 매일 아침 다섯 가지 강점 중 한 가지를 골라 큰 소리로 낭독한다. 나만의 강점 테마를 적용한 약점 관리 전략을 세우며 하루를 시작한다. 약점보다 내가 뭘 잘하고 어떤 매력이 있는지에 집중하면 지금의 내가 더 사랑스럽다.

다섯째, 나는 지금을 잘 살기 위해 나의 '건강'을 관리한다. 아침마다 정성껏 스트레칭하고, 스테퍼를 밟고, 아령을 든다. 운전보다는 대중교통을 이용하고, 아파트, 학교, 지하철 등 계단을 보면 무조건 걸어 올라간다. 동네 한 바퀴로 시작한 산책은 이젠 만 보 걷기가 당연해졌고, 바라보던 동네 앞산은 정상을 찍고야 마는 놀이터가 됐다. 몸을 움직이며 호흡하는 순간, 살아있는 '나'를 느낀다.

나는 밥순이다. 밥을 먹어야 힘을 쓴다. 아이들이 성인이 되고 나니 혼밥하는 시간이 많아졌다. 그렇다고 절대 대충 먹지 않는다. 정성껏 아침상을 차린다. 가장 예쁜 그릇에 담아 손님처럼 대접하며 오늘 하루도 잘살아보자고 응원한다. 퇴근 후 풍성한 저녁상으로 오늘도 애쓴 나를 칭찬해준다. 내가 나를 소중히 대하는 순간, 세상이 나를 귀하게 대한다.

하루살이 짧은 생 하찮다고 우습게 여길 일이 아니다. 딱 오늘 하루만 바라보며 잘 살아내는 '하루살이' 인생, 제대로 살아보기로 했다. 지금을 잘 살아내기 위한 나만의 필살기로 시간, 생각, 열정, 강점, 건강을 관리하며 오늘에 집중한다. 한 치 앞을 모르는 게 인생이라고 하지 않던가! 그러니 딱 '한 치 앞'만 바라보면 된다. 너무 멀리 되짚지도 너무 멀리 앞서지도 말고, 내 앞에 놓인 '지금, 이 순간'만 잘 챙기면 된다. 이 순간의 나를 와락 끌어안는다.

오늘이 전부인 것처럼

3-7.
미라클 모닝 NO, 미라클 나잇

이현주

2022년 3월 코로나에 걸렸다. 둘째가 고등학교 3학년, 첫 등교를 했다. 그동안 코로나로 집에만 있었는데, 학교에 간다니 들떠 보였다. 생전 낮잠을 안 자는 아인데 그날은 학교에서 돌아오자마자 피곤하다고 잠이 들었다. 저녁을 먹으라고 흔들어 깨웠다. 꾸물거리며 일어나 밥도 먹는 둥 마는 둥 몇 숟가락 뜨더니 목이 좀 칼칼하다고 기침을 했다. 찬바람을 쐐서 감기에 걸렸나 싶어 집에 있는 약을 챙겨 먹였다. 약 기운에 몸이 조금 나아지자 딸은 장난하듯 나를 끌어안고 뽀뽀했다. "코로나면 어쩌려고." 웃으며 슬며시 밀어냈다. 그날 밤, 딸은 목이 찢어지는 것처럼 아프다고 하며 방으로 왔다. 침도 삼킬 수 없다고 얼굴을 잔뜩 찡그렸다. 이마를 만져보니 다행히 열은 없었다. 어째 느낌이 안 좋았다. 비상약을 또 먹였다.

둘째는 돌 때쯤 열 경기를 심하게 일으킨 적이 있었다. 잊었다고 생각했는데 새까맣게 변한 저승사자 같은 아이의 얼굴이 떠올랐다. 잠을 잘 수가 없었다. 열이 오르는지 수시로 이마를 만져봤다.

다음 날 아침, 학교에서 문자가 왔다. 3학년 중 코로나에 걸린 아이들이 있으니 조금이라도 증상이 있으면 등교하지 말고 검사를 하라는 문자였다. 아직 쌀쌀한 날씨에 패딩으로 온몸을 꽁꽁 싸매고 서둘러 보건소로 향했다. 이른 시간인데도 또래 아이들이 몇몇 보였다. 발을 동동거리며 순서를 기다렸다. 나도 같이 검사를 해볼까 했지만, 겁이 나서 하지 않았다. 집에 돌아와 결과를 기다렸다. 설마 했는데 맙소사! 확진이었다.

딸을 방으로 밀어 넣었다. 남은 가족들은 집안에서도 마스크를 쓰고 생활했다. 혹시나 하는 마음에 집안 곳곳에 소독약을 뿌렸다. 다행히 딸은 약을 먹고 조금씩 나아졌다. 삼 일째 되던 날, 하나도 아프지 않다고 했다. 그런데 내가 슬슬 목이 아프기 시작했다. 열도 오르고 침을 삼키는 것도 불편했다. 옮았구나. 늦은 밤이라 검사를 할 수도 없었다. 약을 먹었다. 다음날 가까운 동네 병원으로 갔다. 병원 앞 도로에는 검사하려고 기다리는 사람들이 줄지어 서 있었다. 겨우 접수하고 나서 멀뚱히 기다렸다. 대기실에 여섯 살쯤 돼 보이는 아이가 바닥에 드러누워 울고불고 난리가 났다. 그 어수선한 순간에도 '이현주 님' 하고 부르는 간호사의 목소리. 내 이름만 또렷이 들렸다. 처음 하는 검사에 긴장됐다. 공중전화 부스처럼 생긴 곳에서 간호사가 장갑을 낀 손을 내밀었다. 긴 면봉으로 사정없이 콧구멍을 후볐다. 나도 모르게 움찔하며 슬금슬금 머리를 뒤로 물렀다. 간호사는 제대로 안 하면 다시 해야 한다고 했다. 얼른 한 발짝 앞으로 다가갔다. 검사만 했을 뿐인데 기운이 빠졌다. 집에 와 잠시 눈을 붙였다. 오후 3시쯤 코로나 확진 문자를 받았다.

심하게 아프지는 않았다. 그런데 임신 초기처럼 밤이고 낮이 고 졸렸다. 몸이 물먹은 솜처럼 늘어졌다. 얼굴에서 갑자기 열 이 올라 창문을 활짝 열었고, 또 금방 추워져서 담요를 둘렀다. 밤에는 증상이 더 심해졌다. 잠을 못 잤다. 인터넷에 검색을 해 보니 비슷한 증상을 경험한 사람들이 많았다. 약을 먹고 있으니 차츰 나아지겠지 했다. 서서히 배달음식에 질려갈 때쯤 2주간의 격리가 끝나고 일상으로 돌아왔다. 그럼에도 수시로 몰려오는 졸음과 순간순간 오르는 열은 사라지지 않았다.

잠을 쉽게 못 자고, 자다 깨기를 반복했다. 아침엔 피곤해서 못 일어났다. 몸 상태가 원래대로 돌아오길 바라며 평소엔 먹지 도 않던 비타민, 유산균, 오메가3까지 꼬박꼬박 챙겨 먹었다. 그 래도 몸이 늘어져 무거웠다. 아무것도 하기 싫고 무기력했다. 계 속 이렇게 있으면 안 될 것 같았다. 뭔가 방법을 찾고 싶었다.

토요일 아침, 오랜만에 독서 모임에 갔다. 참석자 중 한 명은 '미라클 모닝'을 1년 이상 꾸준히 실천하고 있었다. 아! 이거다. 집에 돌아와 책장을 뒤졌다. 미국의 대표적인 동기부여가 할 엘 로드가 쓴 『미라클 모닝』은 일찍 일어나 운동이나 독서, 영어 공 부를 하면서 자기 계발을 실천한다는 내용이었다. 완벽했다. 실 천만 잘한다면. 일단 시작해 보기로 했다.

첫날은 알람이 울리기도 전에 벌떡 일어났다. 잠을 깨기 위해 세수를 하고 책상에 앉았다. 책을 펼치고 읽기 시작했다. 어느 순간 슬금슬금 고개가 옆으로 기울어졌다. 안 되겠다 싶어 진한 커피 한 잔을 마셨다. 첫날이라 그렇겠지.

그런데 시간이 지나도 좀처럼 몸이 회복되지 않았다. 생각보다 코로나 후유증이 오래갔다. 잠을 못 자니 일에 집중하기도 어렵고 자주 피곤했다. 잠 깨는 껌도 사서 먹었다. 그것도 내성이 생기는지 나중엔 별다른 효과가 없었다. 컨디션이 좋지 않으니 미라클 모닝이 점점 숙제가 됐다. 그렇다고 포기하기는 싫었다. 다른 방법이 없을까. 이리저리 궁리하다가 좋은 방법이 떠올랐다.

어차피 나는 밤에 잠이 안 오니까 '미라클 모닝' 대신 '미라클 나잇'을 하면 되잖아.

저녁을 먹고 설거지를 했다. 커피 한 잔을 준비해 책상 앞에 앉았다. 얼마 전 공부를 하면서 연습했던 명상과 호흡법이 생각났다. 바른 자세로 앉아 천천히 숨을 들이마셨다. 좋은 기운이 온몸 가득히 들어온다고 생각했다. 숨을 참았다가 천천히 내쉬었다. 나쁜 생각, 안 좋은 것들을 모두 내보내려고 했다. 몇 번을 반복했다. 머릿속에 떠오르는 불편한 생각들을 저 멀리 흘려보낼 수 있었다. 긴장으로 굳었던 몸은 편안한 상태가 되었고, 두 손은 따뜻해졌다. 책을 펼치고, 노트를 꺼냈다. 알록달록 예쁜 펜도 손에 쥐었다. 나에게 이런저런 질문을 한다. 나를 알아가는 시간, '미라클 나잇'과 친구가 되었다.

오늘이 전부인 것처럼

모두 다 같은 속도로 살아가는 것은 아니다. 모두 다 같은 방향으로 나아가는 것도 아니다. 모두에게 좋다고 내게도 좋은 것은 아니다. 이런저런 생각 끝에 나만의 방향을 잡았고, 실천할 수 있는 방법을 찾았다. 미라클 모닝이 잘 안 된다고 실패했다거나 틀린 것이 아니다. 저마다 다를 수 있다는 것을 알았다. 흔들리던 마음이 고요해졌다.

우리는 관심 있는 사람에게 질문한다. 무엇을 좋아하는지, 무엇을 하고 싶은지. 관심이 많을수록 질문도 많아진다. 그런데 정작 나에게 질문을 한 적이 없었다. 누구보다 가깝고 친하게 지내야 하는데 그동안 너무 무관심했다. '나는 뭘 좋아하지?', '어떨 때 행복하지?', '앞으로 뭘 하고 싶지?', '그럼 지금 무엇을 해야 하지?' 나에게 관심을 갖기 시작하자 지금에 집중할 수 있었다.

요즘같이 복잡하고 다양한 세상에서 나를 알아가는 시간은 꼭 필요하다. '미라클 나잇'은 지금에 집중할 수 있는 나만의 시간이다.

3-8.
가진 것에 감사하기. 지금 행복하기

허영이

어느 것 하나 제대로 집중할 수 없었다. 불안했다. 영어 공부를 하고 있으면 수학 공부를 해야 할 것 같고, 수학을 하고 있으면 국어가 마음에 걸렸다. 국어책을 펴면 영어책이 눈에 보였다. 답답해서 그냥 책을 덮었다. 집중이 안 되니 핑계만 찾게 된다. 청소를 해야 할 것 같다. 방을 쓸고 닦고, 책꽂이에 있는 책도 다시 잘 꽂았다. 엊그제 읽다 둔 책 뒤 내용이 갑자기 궁금하다. 시험이 내일인데……. 다시 꾸역꾸역 시험공부를 시작했다. 졸렸다. 지나치다 싶을 만큼 잠이 많았다. 긴 시간을 버스에 시달리면서 학교에 가면 차멀미 때문에 잤다. 학교 끝나고 오랜 시간 버스를 타고 집에 오면 지쳐서 또 잤다. 꿈속에서 늘 무엇엔가 쫓겼다. 도망치는 발걸음이 무거워서 움직여지지 않았다. 잠을 자고 일어나도 개운하지 않았다. 그래도 내가 도망갈 수 있는 유일한 피난처는 꿈속이었다. 먹는 것도 부실했고, 차멀미를 심하게 했다. 당연히 체력이 달렸다. 찬란한 여고 시절을 나는 그렇게 보냈다.

가난에서 벗어나고 싶었다. 공부하는 것 말고는 다른 방법이 떠오르지 않았다. 부모님의 얼굴이 눈앞에 아른거릴 때마다 이를 악물었다. 그렇게 하루하루를 견뎌냈다. 국립사대 합격통지서를 받았다. 국립사대 이외의 대안은 생각해본 적이 없었다. 세상을 다 얻은 것 같았다. 그렇게 기뻤던 대학 입학 후 일상으로 돌아가니 다시 무기력해졌다. 고등학교 때와 똑같이 지치고 여전히 미래는 불투명했다. 4년만 지나면 나는 선생님이 된다. 나는 아이들에게 꿈을 심어주는 좋은 선생님이 될 거야. 그때까지만 버티자. 교사가 되면 사는 게 나아질 거라고 스스로 세뇌했다. 그때까지만 참으면 되었다.

중등학교 수학 교사가 되었다. 집에서 통근할 수 있는 여고에 첫 발령을 받았다. 버스 타러 가는 길에, 동네 가게 앞을 지날 때마다 어깨에 힘주고 고개를 쳐들었다.

"이그! 무슨 영화를 보겠다고 딸내미를 대학까지 보내고 그려?"

나 들으라는 듯 혼자 중얼거리던 가게 주인 보라고 그렇게 지나다녔다. 부모님께 자랑스러운 딸이 된 것 같아 뿌듯했다. 월급 타서 동생들에게 용돈도 주었다. 그것도 잠깐이었다. 교사가 되면 고생 끝 행복 시작일 줄 알았는데 나는 힘들다고 푸념하고 있었다. 나한테만 힘든 업무를 맡긴다고 투덜댔다. 어느새 불평불만으로 가득 찼다. 지금을 산다는 것이 어떤 것인지 모르면서 행복한 내일을 꿈꾸었다. 내일로 도망쳤다. 열정적으로 산다면서

투쟁하듯이 살았다. 입을 굳게 다물고 결의에 차서 생활했다. 땀을 뻘뻘 흘리면서 굳은 얼굴로 학생들에게 행복을 가르쳤다. 웃어야 행복하다는 것을 몰랐다. 행복해야 웃는다고 고집을 부렸다. 지금 행복해야 한다는 당연한 진리를 몰랐다. 그렇게 20대가 흘러가고 있었다.

결혼을 했다. 아들 둘을 낳았다. 직장생활과 살림, 육아를 함께 하는 건 만만치 않았다. 잠잘 시간이 부족했다. 젖병을 물려 놓고 그냥 잠이든 적도 있었다. 며칠만 누가 애를 봐줬으면 좋겠다는 생각이 들기도 했다. 모성애가 부족한 엄마인 것 같아 서글 펐다. 종일 따라다니며 무언가를 요구하는 아이들을 잘 보살피기에는 힘에 부쳤다. 애들이 빨리 컸으면 좋겠다고 생각했다.

퇴근하면서 아들을 데리러 어린이집에 갔다. 놀이터에서 놀고 있는 모습을 바라보는데 눈시울이 붉어졌다. 어린이집 문은 닫혀있고 서너 명이 놀이터에서 놀고 있었다. 엄마를 부르며 달려와 매달렸다. 왼쪽에는 빨간색 오른쪽에는 파란색 짝짝이 양말을 신고 양말 색을 맞춰보라고 했다. 파란색이라고 하자 엄마가 틀렸다고 좋아하며 웃었다. 부족한 건 모성애가 아니라 체력이었다. 체력을 기르기 위해 요가를 했다. 아이들과 놀아준다고 생각한 마음부터 바꿨다. 같이 퍼즐을 맞추고 배드민턴을 치며 놀았다. 나를 쥐어짜는 일보다 에너지를 공급하는 일을 먼저 했다.

지나고 보니 아이들을 내 손으로 키울 수 있었던 건 축복이었다. 태어날 때부터 커가는 과정을 함께 했던 건 특권이었다. 첫 걸음을 떼던 순간. '엄마' 부르면서 쳐다보고 웃던 그 모습. 간판에 쓰인 '가' 자를 읽는 걸 보고 내 아이가 천재라고 가슴 두근거렸던 경험. 솜털이 보송보송한 얼굴의 그 아이는 없다, 그새 어른이 되었다. 볼 수 없는 그 모습이 그립다. 다시는 올 수 없는 행복을 그렇게 흘려보냈다.

하던 일은 잠시 뒤로 미뤄두고 아이와 마주 보고 웃는 것. 눈높이를 맞추고 아이 이야기를 듣는 것. 그것이 지금을 사는 것이다. 행복은 내가 찾아내서 알아줘야 행복이다. 행복이라고 써 붙이고 나타나지 않는다. 내가 이름을 불러 줄 때 나에게로 와서 행복이 되는 것이다.

2020년 코로나19로 많은 것이 달라졌다. 모든 수업이 온라인으로 바뀌었다. 대학을 다니던 큰아들이 원룸을 정리하고 집으로 들어왔다. 교환학생으로 헝가리에 갔던 둘째도 급하게 귀국했다. 남편과 둘이 살던 집이 갑자기 복작거렸다. 단조롭던 일상이 사라지고 집안일도 많아졌다. 이 기회에 우리 네 식구가 함께 사는 행복한 일상을 맘껏 누리고 싶었다. 멀리 있을 때 보고 싶다고 말하지 말고, 옆에 있을 때 함께 할 수 있는 것은 다 하고 싶었다.

도시 아파트에 사는 사람들은 시골에 사는 우리를 부러워했다. 집에 마당이 있는 것도, 자유롭게 동네에 나갈 수 있는 것도. 학생들은 학교에 가지 않고, 직장인은 재택근무를 하고, 외출도 마음 놓고 할 수도 없는 상황이라 아파트에 사는 친구들은 힘들어했다.

사람들과 거의 만날 일 없는 한적한 시골길을 마음 놓고 산책

했다. 각자 공부하거나 일하다가 같이 밥을 먹고, 얘기를 나누고, 또 흩어져서 자기 일을 했다. 집을 짓기 정말 잘했다고 생각했다. 시골로 이사 오는 걸 싫어했던 아들도 둘 다 만족해했다. 노을이 질 때면 화덕에 불을 피우고 삼겹살을 구웠다. 불이 다 꺼질 때까지 둘러앉아 많은 얘기를 나눴다.

세월이 흐르면 두 아들은 독립해서 살아갈 것이다. 우리가 함께했던 이 시간이 삶을 지탱해주는 원동력이 될 거라고 믿는다.

미래를 위해 참고 사는 일이 정답인 줄 알고 살았던 시절이 있었다. 나를 들볶는 것이 열심히 사는 것인 줄 알았다. 웃을 수 있는 행복한 날을 기다리며 이를 악물고 버텼다.

그런 날은 오지 않았다. 행복은 아껴두었다가 남몰래 야금야금 먹을 수 있는 군것질거리가 아니다. 지금 웃어야 한다. 지금 행복해야 한다. 오늘 누릴 수 있는 행복을 내일로 미루지 말아야 한다. 행복에는 이유가 없다. 치열하게 산다는 것은 의미와 재미를 찾고 지금 몰입한다는 것이다. 내가 가진 것에 감사하는 일이다. 지금 오늘이 전부인 것처럼 그렇게 살자. 내일로 도망치지 말자. 그렇게 치열하게 살아낸 하루가 내 삶 전부이다.

3-9.
그날 아침, 문득 드라이를 했다

황혜민

머리를 감았다. 생머리라 평소에는 바쁘다는 핑계로 린스는 생략한다. 오늘은 정성 들여 머리끝까지 린스를 했다. 물기를 짠 후 수건으로 돌돌 말아 머리를 올린 채 두 아이의 아침 준비를 시작한다. 여전히 지난밤 제대로 잠을 자지 못한 탓에 힘든 아침이다. 그러나 오늘은 잊어버렸던 '상쾌한' 아침의 기분을 느끼고 싶어 눈 뜨자마자 머리부터 감았다. 샴푸의 멘톨향 덕인지 찬물에 닿은 두피 때문인지 조금은 상쾌하다고 말할 수 있는 아침이었다.

바람은 차지만 베란다 창문을 살짝 열었다. 추위가 잠시 방심한 사이 따뜻한 봄 햇살이 집 안 구석구석을 치고 든다. 동향집이라 아침 해가 찬란하다. 문을 열고 돌아서며 바닥에 굴러다니는 공룡 장난감을 주워 테이블에 올려두었다. 테이블 위에 놓인 달력의 날짜를 보니 마침 오늘이 입춘이다.

경진이가 떠난 후 한동안 무기력한 시간을 보냈다. 친하게 지내지도 않은 친구의 죽음 앞에 며칠씩이나 온몸에 힘이 빠지는 내가, 나조차 이해되지 않았다. 힘이 빠지니 화를 낼 일도 짜증스러운 일에도 무감각해졌다. 밤마다 깨서 소리를 지르고 우는 서진이도, 쌓여있는 집안일도 나에겐 감흥 없는 일이 되었다. 더 이상 이런 일은 나에게 충격을 줄 만한 일이 못 되었다. 죽음 앞에서 그 무엇이 의미가 있을까, 한낱 소꿉장난 같은 일상 아닐까 하는 심오한 생각으로 며칠을 보냈다. 인생에 '뜻하지 않은 사고(事故)가 사고(思考)를 하게 만든다'하는 철학자 같은 문장을 끄적이기도 했다.

한 번 힘이 빠지니 다시 기운을 차리는 일이 쉽지 않았다. 그래서 생각했다. 좋은 것부터 하나씩 쌓아가자. 이왕 잘 살기로 마음을 먹었으니 하고 싶은 것부터 차근차근하자.

앞머리 없이 중간 단발로 자른 머리카락을 질끈 묶고 다녔다. 아이가 내 품에 얼굴을 파묻고 비벼도 까슬거리지 않을 면티, 화장실에 앉아 급한 볼일을 보다가도 '엄마!' 소리에 바로 뛰쳐나갈 수 있는 고무줄 바지, 나보다 저만치 앞서 뛰어가는 녀석을 따라 잡을 운동화까지 신고 나면 누가 봐도 애 엄마인 나의 패션이 완성된다. 그런데 오늘은 그러기 싫었다. 잊고 살았던 상쾌한 아침을 찾고 싶었다. 입춘이라 봄바람도 부는데 평소와 다른 모습을 하고 싶었다. 늘 풀 메이크업에 드라이를 곱게 하고 다니는 6층 여자처럼 나도 오늘은 머리를 예쁘게 풀고 싶었다.

밥솥에 뜸이 드는 동안 수건으로 돌돌 말아두었던 머리를 풀어 드라이기로 말렸다. 평소 같으면 여름이든 한겨울이든 상시 대기 중인 선풍기 앞에서 고개를 숙인 채 수건으로 탈탈 털면 끝이었다. 남편은 그런 나를 보며 '남자도 아니고….'라며 말끝을 흐렸지만, 어차피 마르면 묶을 머리라 내겐 중요하지 않았다. 그런데 머리를 풀기로 한 오늘은 머리 말리는 일이 중요한 일이 되었다. 드라이기로 요리조리 머리를 말리는 동안 아이들이 옆에 붙어 앉아 신기한 듯 나를 바라본다. 제법 마음에 들게 세팅된 스타일에 기분이 좋다. 자꾸 엄마를 쳐다보는 아이들에게 엄마 예쁘냐고 물었다. 예쁘단다. 엄마 오늘 진짜 예쁘다며 몇 번이고 칭찬해준다.

"엄마 웃으니까 우리 선생님보다 예뻐."

아침 밥을 먹고 난 그릇이 드라이에 밀려 쌓여있다. 해바라기 반 선생님보다 예뻐진 나는 고무장갑을 끼고 그릇을 닦기 시작했다.

화를 폭발시켰던 며칠 전처럼 어젯밤에도 서진이는 깨서 울었고, 오늘 아침에도 설거지는 쌓여있었다. 똑같은 일상이었다. 여전히 피곤한 아침이었고 평소처럼 반찬 걱정을 하는 날이었다. 그런데 오늘 아침 나는 꽤 기분이 괜찮았다. 드라이 하나로 나를 기분 좋게 만들었다.

아들이 잠을 푹 자 준다면…. 딸이 나를 찾지 않으면…. 남편이 아이들과 좀 더 놀아 주면….

그들이 나의 기분을 좋게 만들어 주면 하루하루가 기쁘리라 생각했다. 나의 기쁨을 바깥에서 찾느라 매일같이 헤맸다. 수

동적인 삶이었다. '네가 보는 나는 어떤 사람이야?', '나 어때 보여?' 내가 어떤 사람인지 무얼 좋아하는지조차 몰라 다른 사람들에게 질문을 던지며 답을 얻으려 했다. 남이 알려주는 건 답이 아니라 정의밖에 되지 않는다는 것을 모른 채 해답을 밖에서 찾으려 했다.

나에게 물었다.

'오늘은, 지금은 뭘 하면 당장 기분이 좋겠어?'

'뭘 하면 설거지와 반찬 걱정을 잠깐 잊고 행복해질 것 같아?'

지금의 시간에 충실하고 그로 인해 나를 행복하게 만들어 줄 수 있는 것. 그것에 대한 답이 오늘 아침엔 드라이였다.

잘 산다는 건 좋은 시간을 가질 기회를 많이 만드는 것 아닐까. 거창하지 않아도 매일 조금씩 나를 설레게 하는 일을 만들다 보면 지금을 제대로 살아내고 있다는 마음이 들지 않을까. 하루하루 차오르는 기쁨과 만족감이 나를 꽤 괜찮은 사람으로 만들어 줄 수 있다는 생각이다. 설레는 시간을 하나씩 쌓아가다 보니 '지금 잘살고 있구나'라는 제법 괜찮은 마음이 생긴다.

어제와 같은 오늘이다. 그러나 어제보다 괜찮은 사람이 된 것 같은 오늘은 반찬 걱정이 하찮지 않고, 아이의 잠버릇이 괴롭지 않다. 전에는 미처 몰랐던 지금이라는 시간을 네가 아니라 내가 만드는 작은 설렘으로 채운다. 기분 좋은 설렘을 만들어 행복을 조금씩 내 것으로 만들어본다.

살짝 열어 둔 창문으로 들어오는 바람에 풀어헤친 머리칼이 어깨 끝에서 날린다. 입춘이라 그런지 햇살도 바람도 제법 봄다운 흉내를 내주어 괜히 더 설렌다. 옷장을 열어 봄옷이 뭐가 있나 쓰윽 한 번 훑어보았다. '이번 봄엔 예쁜 원피스를 한 벌 사볼까? 그거 입고 벚꽃놀이라도 갈까? 아니면….' 미처 행복한 상상을 마치기도 전에 둘째가 나를 부른다.

"엄마, 응가 다 했어!"

활짝 열어젖힌 옷장 문을 닫지도 못한 채 화장실로 달려가며 예쁜 꽃무늬 원피스 입은 나를 상상한다. 아, 꽃무늬 원피스 입은 나라니. 살랑거리는 치마 끝이 무릎에 닿을 생각을 하니 벌써 간지럽다. 나를 따라 흐르는 시간. 나는 지금, 이 순간을 마음껏 누리며 설레는 중이다.

3-10.
코칭 프레즌스-코칭 대화에 몰입하라

윤희진

"미라클 코치 윤희진 작가입니다."

나를 소개하는 한 문장이다. 이렇게 소개하면 대체적으로

"무슨 코칭하세요?"

라고 되묻는다. 아마도 코치들은 바인더 코칭, 책쓰기 코칭이라 해서 무슨 수식어가 붙는데 나는 '미라클 코치'라고 해서 묻는 것 같다. 첫 번째 공저 『억대 연봉 메신저, 그 시작의 기술』에서는 '마인드 코칭 메신저'라고 나를 소개했다. 나의 아팠던 과거 경험을 토대로 마음이 아프고 힘든 사람들에게 마인드를 코칭해 주는 메신저 말이다. 그들이 목적이 이끄는 삶을 살 수 있도록 돕는 역할이다. 2021년, 메신저 공저 2기 프로젝트 작가들을 모집할 시기에 한국코치협회 인증코치 시험 서류 전형에 접수했다. 공저를 쓰는 도중에 필기시험과 실기시험을 쳤다. 마침내 공저 출간 즈음인 10월 25일에 한국코치협회 인증코치 합격 통지

를 받았다.

한국코치협회 인증코치가 되려면 코치협회가 인증한 기관에서 실시하는 코치입문과정 교육을 20시간 이상 수료해야 한다. 한국대학생선교회 우정민 사모간사 덕분에 좋은 코칭 기관을 알게 되었고, 5R 코칭리더십 과정을 수료했다. 5R 코칭리더십 과정은 아시아코치센터라는 코칭 회사의 인증코치 프로그램이다. 이전부터 코치입문과정을 들어보려 했으나 비용이 만만치 않아 포기했었다. 그러나 좋은 기회가 왔다. 아시아코치센터가 한국대학생선교회와 제휴를 했기 때문에 다른 코칭교육 비용보다 저렴한 가격으로 코칭 입문과정을 밟을 수 있었다. 남편이 한국대학생선교회 간사이고, 사모간사인 나도 제휴 혜택을 받을 수 있다고 우정민 간사가 알려주었다.

인증코치가 되기 위해서는 다른 사람을 코칭한 경험 50시간이 있어야 서류전형 접수가 가능하다. 선배 코치에게 내가 코칭을 시연하는 '코치 더 코치' 24시간을 포함하기 때문에 26시간 이상은 고객을 대상으로 코칭 대화를 해야 한다. 코치 인증 자격도 없는 내게 누가 코칭을 받을까 생각되었지만, 함께 코칭 공부를 하는 분들과 시간을 정해서 짝 코칭도 하고, 개인적으로 친분 있는 사람들을 무료로 코칭했다.

기억나는 코칭이 있다. 남편이 중등부 교사로 섬기던 시절, 함께 중등부 교사였던 A 성도와의 코칭이다. 소정의 금액을 받고 진행했기에 전문가처럼 코칭을 했었다. 1회기로 끝내지 않고

3회기 이상 약속한 것도 A가 처음이다. 첫 코칭 시간. 장소를 어디로 할까 하다가 집 근처 스터디카페 룸을 2시간 빌렸다. 다른 공간에 비해 조용히 이야기하기도 좋고, 방음도 잘 되어 있어 코칭하기 안성맞춤이다. 마침 딸이 스터디카페 회원이라 딸 전화번호를 입력하고 바로 입장했다. 약속한 시간보다 훨씬 늦게 A가 도착했다. 어색한 첫 만남이었지만, A가 자기 이야기를 잘 꺼낼 수 있도록 분위기를 만들어줬다. A와 나눈 구체적인 이야기는 한국코치협회 윤리규정상 언급할 수는 없지만 코치로서 내가 한 질문을 세 가지 말하면 아래와 같다.

A님이 선택한 것에 따라 행동한다면 어떤 일이 일어날까요?
그 선택을 했을 때 염려하는 최악의 결과는 무엇일까요?
기대하는 최선의 결과는 무엇일까요?

코칭 대화하는 시간은 주로 30분에서 2시간가량 진행된다. 그날도 1시간 30분간 코칭을 진행했는데, 대화 후 A의 표정이 들어올 때보다 한층 밝아졌다. 코칭을 하게 되어 마음 속 응어리가 좀 풀어져서 감사하다는 말도 잊지 않았다.
'이 맛에 코칭 하는구나!'
사람을 좋아하는 내 성격이 빛을 발하는 순간이다. 한 사람을 알아가고, 그의 삶을 만나며, 그가 가진 문제 속에 온전히 들어가 스스로 해결할 수 있도록 돕는 코치의 삶을 살게 되어 감사하다. 코칭에서 중요한 것은 고객이 깊은 이야기도 나눌 수 있도록 코치가 코칭에 온전히 집중하는 것이다. 고객의 말에 경청하고, 격

오늘이 전부인 것처럼

려와 지지를 보내는 것도 무엇보다 중요하다. 가장 신경 써야 할 부분은 질문이다. 코치는 상담이나 컨설팅처럼 솔루션을 직접 세공하는 사람이 아니다. 고객의 말을 잘 듣고, 필요 적절한 질문들을 통해 고객 스스로 답을 찾아가도록 하는 수평적 파트너십이 코치의 역할이다. 그래서 코칭하는 그 순간에 몰입하고 그 순간에 집중하는 '코칭 프레즌스(Coaching Presence)'가 핵심이다.

마음코칭전문가 과정에서, 내가 지금 이 순간을 살고 있음을 알아차려야 된다고 들었다. 아무리 일에 치이고 바빠도 나를 만나고 돌아보는 하루 10분 시간은 내어야 한다고. 다시 전문가 과정을 들으면서 내 마음부터 코칭해 봐야겠다.

지금까지 살아왔던 모든 과거와 앞으로 살아갈 미래를 전부 걱정하고 염려하기에는 인생이 짧지만, 오늘 하루, 지금 이 순간을 살기에는 충분하다.

지금, 이곳에 존재하는 사람이 되기를 소망한다. 지나간 옛일로 마음 아파하거나 후회하느라 이 소중한 시간을 낭비하지는 않아야겠다. 또한 오지도, 일어나지도 않은 미래의 일을 걱정하고 염려하느라 지금에 집중하지 못하는 어리석음도 없애야겠다.

대학교 다닐 때 '한국대학생선교회(CCC)' 선교 단체 동아리에서 활동했다. 제자 낳는 제자의 삶을 살겠다고 부르짖었다. 한국코치협회 인증코치가 될 때에도 나는 코치를 양성하는 코치가 되고 싶다는 소망을 가졌다. 자이언트 인증 라이팅 코치양성과정 1기를 수강했다. 단순히 사람들에게 책 쓰기, 글쓰기를 가르치는 코치가 아니라 내 강의를 듣는 수강생들도 글쓰기, 책 쓰기 코치가 되도록 세워주고 싶다. 앞으로 라이프코치로, 책 쓰기, 글쓰기 코치로 고객들을 끊임없이 만날 것인데, 코칭 대화를 나누는 이 순간, 고객에게 몰입할 것이다. 그리고 나를 직접 코칭해 보는 셀프코치로도 살아가야겠다.

오늘에 집중하고 지금을 살아가는 미라클코치 윤희진!

4장

걱정(과거)과 불안(미래)을
떠나보내다

4-1.
철저하게 준비하고 스스로 격려하기

백란현

───────   ───────

　　　　공저를 출간한 후 릴레이 저자특강을 해야
한다. 각자에게 10분의 시간이 주어졌다. 무엇으로 채워야 할까
고민이 되었다. 작가가 되기 전보다는 남들 앞에서 특강을 해야
하는 일이 늘었지만 여전히 긴장이 되었다. 초등교사로서 신학
기 업무도 해내야 하고 작가의 일정도 감당해야 한다. 공저 출간
후 유튜브 라이브 방송과 대면으로 열리는 북토크까지 일정이
더 늘었다.

　처음 특강을 하는 거라면 말을 하다가 멈칫하고 흐름이 끊어
지더라도 응원하러 온 청중들 덕분에 충분히 만회가 될 수도 있
다. 세 번째 책으로 하는 강의라 잘해야 한다는 부담이 생겼다.
사람마다 잘한다는 기준은 다르겠지만 적어도 나에게는 청중에
게 지루함을 주어서는 안 되며, 한 가지라도 가져갈 수 있는 메
시지가 있어야 한다고 판단했다.

잠이 오지 않았다. '발표'에 대한 경험을 떠올려보니 어느 하나 만족했던 결과물이 없었다. 학부모 공개수업, 연구부장으로서 학교 교육과정을 설명하는 상황, 한 달에 두세 번 열리는 부장 회의조차도 말해야 하는 일이 생기면 버벅거리기 일쑤였다. 내가 교사가 아니었다면 발표 실수를 하더라도 부담이 덜했을 텐데 교사는 당연히 발표를 잘할 것이라고 주변에서 기대하는 것 같았다.

학년 교육과정을 기획하고 제출하는 일이 급했다. 그리고 10분 저자특강 날짜도 다가왔다. 퇴근 후, 마무리 짓지 못한 학교 업무를 해결한 후 특강용 PPT를 만들기 시작했다. 밤 11시였다. 지난 주말 잠실 교보문고 가는 길, 열차 안에서 메모한 내용이 재료가 되었다. 강의안을 만들면서 중얼거려보기도 했다. 말할 거리가 조금씩 늘어나는 듯했다. 청중이 가져갈 내용인지 아닌지 판단한 후 전할 내용을 다시 바꾸기도 했다. 특강 일주일 전부터는 새벽 3시에 잠들었다. 시간과의 싸움이었고 연습량과의 승부였다.

매일 나 홀로 줌 회의를 열어 화면 공유 후 발표 연습을 했다. 녹화를 해서 내가 했던 말을 들어보기도 했다. 녹음된 나의 멘트를 한글파일에 옮겨 적은 후 인쇄해서 읽어보았다. 매일 다섯 번 이상 10분짜리 특강 내용을 전달하는 연습을 했다.

금요일 저자 특강 당일이 되었다. 퇴근 후 메모해 둔 종이를 한 번 더 읽고 줌 회의 방에 들어가고 싶었다. '가는 날이 장날'이

오늘이 전부인 것처럼

라고 둘째 아이를 합창단에 데려다줘야 하는 날이다. 시간적 여유가 없었다. 퇴근길, 혼자 중얼거렸던 녹음 파일이 떠올랐다. 차에 시동을 걸었다. 옆자리에 탄 희진이에게 부탁했다. 오늘만은 엄마랑 대화하지 말고 조용히 가자고. 내비게이션과 연습용 녹음 파일도 열었다. 음악 틀듯이 소리를 높여둔 채 출발했다. 금요일 퇴근 시간에 비까지 와서 가다 서다를 반복했다. 어린이 보호구역이나 신호 위반 등의 내비게이션 안내방송이 나올 때마다 녹음된 목소리는 들리지도 않았다. 순간 놓쳤다. 왕복 한 시간 이십 분 걸렸다. 반복해서 듣다 보니 족히 여섯 번은 들은 것 같았다.

집에 도착하자마자 급히 줌에 입장했다. 화면에 보이는 공저자들 모두 음소거한 상태로 자신만의 발표내용을 연습하고 있었다. 애써 웃어보았다. 긴장을 풀어야 했다.

발표마다 실수했던 장면이 자꾸 떠오른다. 교육과정 설명회 때 시나리오를 보고 읽으면서도 떨렸다. 피피티와 내 목소리가 전혀 연결되지 않았던 기억도 있다. 첫 책을 내고 A 단체에 저자 강연을 했었다. 나에게 집중되어 있는 청중들로 인하여 1시간짜리를 30분 만에 끝마친 적이 있다. 추가 질문에도 대답을 제대로 하지 못했다. 부끄러워서 서면 답변을 한 적도 있다. 정신 차려야 한다. 더군다나 발표할 키워드는 '멘탈'이다. 내가 연습한 시간을 떠올리며 심호흡을 했다.

이번 강의를 뛰어넘어야 '강사'를 꿈꾸는 내 삶에 자신감이 생긴다. 열 명 중에서 일곱 번째 순서가 되었다. 박 작가가 나를 '귀족'이라고 소개했다. 멘탈에 어울리는 당찬 목소리 톤이 나오지 않았다. 김 작가 말에 의하면 예쁜 척하는 목소리가 나갔다고 한다. 유머로 준비했던 부분은 당황해서 잊어버렸고 퀴즈로 내려고 했던 멘트는 자문자답으로 바뀌었다.

"작가님 정신 차리세요. 작가님은 일상에 무너지지 않습니다!"

마지막 인사를 한 후 9분 30초로 강의를 마무리했다. 산 하나를 넘었다. 3일 후 유튜브 라이브 방송과 일주일 후 대구에서 열리는 유치원 학부모 대상 북토크가 줄줄이 이어진다.

과거에는 발표를 부담스러워했었다. 작가가 된 지 3년 차가 되니 많은 사람 앞에 말할 기회가 계속 생긴다. 예전에 실수했던 발표가 자신감을 떨어지게 하지 않도록 지금 해야 하는 일에만 몰입한다. 앉아서 노트북만 보고 강의했던 나는, PPT 화면을 넘기면서 동시에 대면으로 만난 청중도 살펴야 한다. 초보 작가지만 프로처럼 해내야 한다. 북토크를 위해 준비한다. 고민 대신 연습이다.

10분을 할 수 있어야 1시간, 2시간 강의도 할 수 있다. 책 쓸 때 독자를 먼저 생각하듯이, 강의에서는 청중을 우선 고려해야 한다. PPT 완성이 강의 준비의 끝이라고 착각하지 않도록 연습하고 또 연습하는 작가이자 강사이고 싶다. 다른 사람 앞에 서는 것이 떨린다고 생각하는 시간마저도 다음 강의 준비로 사용하려고 한다. 백작은 직진이다!

4-2.
걱정한다고 걱정이 없어지면 걱정이 없겠네

서영식

티베트 속담에 "걱정한다고 걱정이 없어지면 걱정이 없겠네"라는 말이 있다. 걱정하지 않고 사는 사람이 있을까? 걱정의 사전적 의미는 '안심이 되지 않아 속을 태움'이다. 불안하고 초조해서 속이 새까맣게 됐다고 한다. 걱정이 많은 편이다. 생각이 꼬리에 꼬리를 문다. 불확실한 일에 대한 불안과 미래에 대한 염려가 많다. 돌이켜보면 과거에 걱정했던 것들은 지나고 나면 아무것도 아닌 일들이 많았다. 힘들었던 일은 경험이 되고 즐거웠던 일은 추억으로 남는다. 어떻게 마음먹느냐에 따라 달렸다. 내가 경험한 과거를 돌이켜본다. 비슷한 상황이 발생하기도 한다. 그 당시 내가 어땠는지를 알고 싶다. 기억은 붙잡고 싶은 마음과 다르게 날아가기 바쁘다.

걱정이 많다 보니 내 마음 상태를 살피고 위로가 되는 책을 많이 찾아봤다. 정혜신 박사가 쓴 『당신이 옳다』라는 책이 많은 도움이 되었다. 책은 사례를 통해 마음을 어떻게 보살피는지 알려준다. 요즘 출간된 책들은 열심히 살아야 한다는 내용이 대부분이다. 한편으로는 그냥 편하게 살라고도 한다. 마음을 내려놓고 걱정, 근심은 다 던져버리라고도 한다. 내려놓고 싶어도 고민거리가 생긴다. 나에게는 첫째 아들, 둘째 딸이 있다. 키워주신 부모님의 마음이 이해된다. 어릴 때는 어디 다치지 않을까? 학교에 가면 공부는 잘할까? 고등학생이 되면 어디 대학에 갈까? 대학 졸업하고 나면 어디 취직하나? 취직하고 나면 결혼은 어떻게 하나? 결혼하고 나면 애는 언제 생기나? 애가 생기고 나면 어떻게 잘 키우나?

걱정에 관한 다른 티베트 속담도 있다. "해결될 문제라면 걱정할 필요가 없고, 해결이 안 될 문제라면 걱정해도 소용없다." 글쓰기, 책 쓰기를 배우기 전에는 걱정만 했다. 나중에 뭐하며 먹고 살지? 어떻게 살아야 하나? 목표가 없으니 불안하다. 지금은 무엇을 할지 목적이 분명해졌다. 글쓰기와 책 쓰기를 배우고 가르쳐 줄 수 있는 삶을 살아가려고 한다. 걱정만 하는 인생과 미래의 꿈을 그리며 생각하는 인생! 다르게 생각한다. 내가 살면서 경험한 것들을 나누고 다른 사람에게 도움을 주고 싶다.

길치이기도 하고 방향치라 공간지각력이 떨어진다. 같은 길을 세 번 이상 가야 겨우 찾아간다. 식당에서 회식하다가 화장실을 간다. 다녀오다 방을 찾지 못해 헤매기도 하다. 잠실 교보문고에서 한 달에 한 번 저자 사인회에 참석한다. 거기서 만난 L 작가님도 길치라고 한다. 반가웠다. 남편분은 이해를 못 한다고 한다. 길치인 사람만의 공감대가 있다. 낯선 길을 갈 땐 긴장이 많이 된다. 요즘은 내비게이션이 길을 잘 안내해 준다. 그래도 초행길은 항상 불안하다. 이미 가본 길은 지나가는 풍경도 눈에 들어온다. 여기쯤 가면 뭐가 나올지 예측할 수 있다. 잘 아는 길이 편하다. 신경을 덜 써도 된다. 인생도 익숙한 길만 갈 수 있으면 얼마나 좋을까? 삶은 편안한 길로만 갈 수 있는 건 아니다. 굴곡이 있다. 오르막이 있으면 내리막도 있고. 고속도로처럼 신나게 씽씽 달릴 때도 있고 울퉁불퉁한 비포장도로를 달릴 때도 있다. 예측을 할 수 없는 변화무쌍한 일이 나타난다.

변화에 대응하기 위해 새로운 것을 배운다. 최신 흐름을 놓치지 않으려고 애를 쓴다. 뒤처지지 않으려고 몰라도 배운다. 요즘 뜨거운 챗 지피티(Chat GPT: 인공지능 대화형 챗봇)도 배우고 사용해 본다. 급변하는 시대에는 무조건 배워야 한다. 워낙 빠르게 변하는 세상이다. 아는 만큼 보인다. 아내가 요즘 주말에 방과 후 체험학습 교사로 활동하고 있다. 같이 박물관 답사하러 간다. 모르면 눈으로만 보고 지나간다. 설명을 들으면 전시관에 있는 그림, 물품이 살아나서 말을 건다. 어떤 일이나 지식을 내가 정확하게 알고 있는지 궁금할 때가 있다. 그럴 땐 아무것도 모르는 사람한테 설명해보고 이해할 수 있다면 정확하게 알 수 있다. 설명하다 보면 내가 잘 모르는 부분을 알 수 있다. 회사에서 업무 발표를 할 일이 있다. 사전에 발표할 자료를 팀원에게 설명해 본다. 보고 받는다고 생각하고 질문과 답변을 한다. 아! 이건 내가 생각하지 못했던 부분이구나. 이게 궁금할 수도 있겠네. 추가로 내용을 보완해서 완성도를 높일 수 있다.

걱정과 고민의 답은 어떻게 보면 내가 제일 잘 알고 있다. 여러 가지 방법을 알고 있어도 답을 찾기가 어려울 수 있다. 그럴 땐 주위 사람들과 얘기하다 나도 모르게 정리가 되고 답을 찾기도 한다. 공통된 관심사를 가지고 있는 사람들과 어울리는 것도 도움이 된다. 나는 책 쓰기 수업을 통해 함께 듣는 사람들로부터 도움을 받는다. 살아가는 건 다 비슷하다. 하루 동안 주어진 시간에 모두 다 최선을 다해 노력하고 있다.

한 번 사는 인생! 그래도 누군가에게 도움이 되었으면 하는 마음을 가진다. 회사에서 업무를 할 때도 내가 가진 경험과 지식이 필요한 사람에게 도움이 되었으면 하는 마음이다. 내가 한 업무에 대해 기록을 남기고, 받아 볼 사람을 생각한다. 배려하는 마음은 업무를 받아보는 사람이 알 수 있다. 업무 인수인계할 때 그냥 자료만 받을 때도 있다. 처음 일을 배우는 사람의 수준으로 생각한다. 최대한 자세하게 자료를 만들어 놓는다. 직장생활을 통해서 배운 건 회사가 나에게 기회를 줘서 알 수 있게 된 지식이다. 회사에 필요한 사람에게 다 나누어 주려고 한다. 어렵게 만든 자료라 해도 아깝다고 생각하지 않는다. 모두 다 퍼주려고 한다. 내가 만든 자료를 활용해서 쓰는 걸 볼 때가 있다. 뭔가 도움이 되었다는 생각에 흐뭇해진다. 아무리 좋은 자료라 해도 활용하지 않으면 무용지물이다. 받아들이려고 하는 사람은 스펀지처럼 받아들이시만 그렇지 않은 때도 있다. 그럴 땐 더 좋은 방법을 찾기 위해서 같이 아이디어를 내려고 한다. 내가 히는 방법이나 지식이 완전하지 않을 수 있다고 늘 생각한다. 내가 하는 방식이 다 맞고 옳다는 오만이나 독선이 생기지 않도록 겸손한 마음으로 살려고 한다.

과거에 얽매여 사는 사람 중에는 '내가 말이야. 예전에는 이렇게 잘나갔어.'라고도 한다. 과거의 영광에서 헤어나지 못한다. 과거에 잘한 일들을 통해 현재와 미래를 새롭게 만들어야 한다. 과거에 머무르지 않고 현재 모습을 보려고 한다. 때로는 과거의 아픔에서 못 헤어 나오기도 한다. 나 역시 기억하고 싶지 않은 기억이 있다. 비슷한 경험을 하고 극복한 사람들의 이야기를 듣고 도움이 되었다.

몸이 아픈 경우 아픈 사람과 얘기하면 도움을 받을 수 있다. 비슷한 병을 앓고 있는 사람들의 사례로 도움을 받는다. 인간관계로 힘들 경우 비슷한 사례를 들으면 해법을 찾기도 한다. 사람마다 사례가 다를 순 있다. 정답을 찾아내는 과정은 유사한 경우가 많다. 정확하게 나와 맞진 않더라도 같은 고민을 했던 사람들의 얘기를 보고 들으면 위로가 된다.

눈사람을 만들 때 처음엔 두 손으로 앞, 뒤로 꾹꾹 눌러서 작게 뭉친다. 뭉친 덩어리를 모아서 조금씩 굴리다 보면 두 팔로 크게 온몸으로 굴려야 한다. 걱정과 염려는 머릿속에 두면 커다란 눈덩이가 되어 계속 커진다. 밖으로 꺼내야 한다. 머릿속을 비워야 마음이 편안해진다. 걱정을 없애는 나만의 방법은 글을 쓰는 것이다. 걱정하고 있는 문제를 두고 네 가지로 써본다. 왜 걱정하는지, 무엇을 걱정하는지, 어떻게 할지, 이 문제를 해결하지 못하면 내 삶에 어떤 영향이 있는지, 생각이 글로 정리되면 머리가 맑아진다. 단어를 나열해 보고 문장으로 표현한다. 지금 이 문제가 과거에 있었던 일보다 더 어렵고 힘든 일인지도 써본다. 지금이 가장 어렵고 힘들다고 여겨질 때도 있다.

티베트 속담처럼 해결할 수 없는 문제로 고민하고 시간을 보내지 않으려고 한다. 기차처럼 꼬리를 물고 있던 생각을 한 칸씩 잘라서 본다. 이젠 지나간 시간에 대한 걱정보다는 다가올 미래를 준비하려고 한다.

4-3.
설렘과 기다림이 있는 내일로 여행을 떠나다

오정희

매번 이번이 마지막이라는 생각으로 일한다. 현재를 과거의 삶과 비교할 수 없다. 비교한다고 완벽한 미래를 만들 수 있는 것도 아닌데 미련이 생긴다. 지워지지 않는 순간들, 거부할 수 없었던 시간, 리허설 없이 무대에 오른 배우처럼 내 삶은 실수투성이였다. 그런 내가 싫었고 그 시간을 지우고 싶었다. 하지만 산다는 것은 시련을 감내하는 것이라고, 모든 것을 새로운 시각으로 보고 생각하기로 했다. 살아야 할 이유를 찾아 다시 꿈꾸기 시작했다.

곧 90세가 되시는 친정아버지의 머리카락이 언제부터인가 검은색으로 나고 있었다. 엄마는 염색도 하지 않은 아버지의 검은색으로 자라는 머리를 보며 너희 아빠는 100살 넘을 때까지 살거라고 했다. 제부는 "어머니, 너무 짧아요. 더 오래 사셔야죠?"

라며 맞장구를 쳤다. 이젠 100세 시대를 아무렇지도 않게 누구나 말을 한다.

언젠가 친정집에서 오래된 앨범 속 젊었을 때의 부모님 사진을 본 적이 있다. 군살 없는 멋진 모습의 젊은 사진 속 아버지는 환하게 웃고 계셨다. 낯선 이국땅을 배경으로 선글라스를 끼고 찍은 아버지의 모습이 조금은 낯설어 보이기도 했다. 사진 속 아버지의 안경 속 눈빛은 어디를 보고 계셨을까 하는 생각을 해보았다. 가장으로서 무게는 어떻게 견디어 냈을까 하는 생각. 부모가 되기 전엔 몰랐다. 엄마도 아빠도 우리에겐 큰 바위 같은 어른이었지만, 지금 생각해 보니 기댈 곳 없는 타지에서의 삶이 얼마나 '무섭고 힘들었을까?'라는 생각이 들었다.

내 나이 60이 되어가는데 아직도 방황하는 나를 본다. 언제부터인가 숱도 없고 힘도 없는 머리카락이 자꾸 빠진다. 90세의 아버진 검은 머리가 나고 있는데, 60이 되어가는 딸은 머리카락이 하얗게 세고 있다. 내 나이 44살, 다시 일을 시작할 때 나이 때문에 신경이 쓰였다. 어설픈 일 처리가 부끄러웠고, 나이에 주눅 들었다. 사람들의 시선도 신경 쓰였다. 60이 되어가는 지금도 나이 많아 신경 쓰이지만 돌아보니 그땐 그래도 꽤 젊은 날이었다. 용기가 필요했지만 어떻게 용기를 내야 할지도 몰랐다. 사람이 저마다 다르듯, 살아가는 모양새도 모두가 다른 것일 텐데, 남과 다른 삶을 이해하기 쉽지 않았다. 마음은 그래도 이렇게 일할 수 있어 다행이라 생각했다. 한편으론 삶이 무겁고 힘들어 조금은 내려놓고 싶다는 마음도 있었다. 생각과 행동이 같지 않았

오늘이 전부인 것처럼

다. 지금은 무언가를 시작하는, 언제 시작해도 늦은 시작이란 없다는 것, 그날이 가장 빠른 날이라는 것을 알지만, 그땐 몰랐다. 늦었다고 안 된다고 할 수 있겠냐고 끊임없이 의심했다. 원망하고 후회하고 상처받으며 나를 괴롭혔다. 이제는 시작하지 못하고 망설여지는 마음이 문제라는 것도 안다. 그렇게 지나온 시간은 경력이 되었고 당당해졌다.

이것저것 많은 것을 배우려고만 했다. 정말 하고 싶은 일인지는 생각하지 않았다. 몸도 마음도 힘들었던 시간이었다. 불행 중 다행이라고 해야겠다. 코로나는 차분하게 나를 돌아볼 시간을 주었다. 앞으로 어떻게 살 것인가? 지금, 제대로 잘살고 있는 것인가? 나답게 산다는 것은? 어떻게 살아야 하는가를 생각하다 보니 나를 위한 삶은 없었다. 나 자신에게 미안해졌다. 지나간 시간이 안타까웠다. 그렇다고 더 나아진 것은 아무것도 없었다. 나를 위한 삶을 살고 싶어졌다. 조금 무리가 가긴 했지만, 나를 위해 돈을 썼다. 책을 읽으면서 글을 쓰는 삶을 살고 싶었다. 글쓰기 수업을 듣기 시작했다. 수업을 들으면서 삶을 대하는 태도가 조금씩 달라졌다. 새로운 꿈에 도전하고 싶은 마음이 꿈틀거렸다. 지나간 시간을 되돌릴 수는 없지만, 그 시간을 새롭게 해석할 용기도 생겼다.

무엇을 물어도 아버지는 그냥 웃음으로 대신한다. 아버지의 마음이 어떠한지 잘 모른다. 인생의 경험 차일까? 불확실한 미래, 내일의 나의 모습도 알 수 없다. 구순의 부모님을 보면서 아직 오지 않은 날들을 생각해 본다. 난, 부모님의 삶에 남아있을 아쉬움을 떠올려보았다. 편안함을 안겨드리고 싶은 마음이다. 나의 고민과 걱정은 잠시 내려놓고, 조금은 가볍게 적당한 거리를 두고 나아가고 싶다. 지금은 이대로도 괜찮다는 생각이 드는 이유다.

예순이 넘은 나이에도 전설을 만드는 많은 사람을 본다. 이젠 나이를 핑계로 시작을 망설이는 일은 없을 것이다. 내가 생각하는 길을 걸어 나갈 것이다. 너무 무겁지 않게 조금은 가볍게. 난 아직도 방황하는 나이 든 사람이지만 조바심 갖지 않기로 했다. 삶에서 숫자에 의미를 부여하는 것은 내가 하기로 했다. 이젠 누구의 기대를 위해서가 아닌, 나를 위해 살기로 했다. 무작정 열심히도 싫다. 조금은 삐딱해도 재미있게 살고 싶다. 아쉬움을 남기고 싶지 않다. 원하는 것 하나 정도는 미련 없이 해보고 싶다.

모소 대나무를 떠올려본다. 4년간 3센티미터밖에 자라지 않는다. 모소 대나무가 5년째 되는 날부터는 하루에 30센티미터 넘게 자란다고 한다. 6주가 지나면 15미터 이상 자라나 주변을 빽빽하고 울창하게 만든다는 모소 대나무. 어쩌면 매일매일의 나의 삶은 성장하지 않는 게 아니라 매일 매일 땅속 깊이 단단한 뿌리를 내리고 있었던 것이라는 생각이 들었다. 부끄러워할 필요가 없었던 일을 부끄러워했고, 시작이 늦었고 뒤처졌다며 불안해하고 주눅 들었던 시간. 자신을 괴롭혔던 시간을 지나고 보니, 그 또한 담금질의 시간이었다. 그때의 내게 위로를 건네고 싶어졌다. 그런 시작이 있어서 지금의 내가 있지 않나 하는 생각을 해본다. 보이는 것이 전부는 아니다. 매일 똑같아 보이는 일상이지만 그 또한 내 삶에 뿌리를 내리는 시간이다. 나의 일상도 노소 대나무처럼 더 단단한 내일을 위한 땅속 깊이 뿌리를 내리는 중이라고.

그 단단한 뿌리, 흔들리지 않는 내일. '인생은 하나의 여인숙'일지도 모른다는 인도 시인의 말을 떠올린다. 뿌리 깊은 나무처럼 단단한 삶, 그 삶을 상상하며 여행을 꿈꾼다. 여행을 꿈꾸는 지금, 설렘과 기다림이 있어 좋다.

어려울 땐 도움을 받아보자

이경숙

엘리베이터가 우리 층에 서 있는데도 그냥 걸어 내려갔다. 깨끗한 계단 덕분에 기분이 좋다. 계단을 내려가며 몇 년 전 아주 더러워서 발을 디디기조차 싫었던 계단이 떠올랐다. 그때의 계단과 지금의 계단을 보며 떠오르는 생각이 있다. 무슨 일이든 모르면 쓸데없는 데 마음을 쓰게 된다는 것을.

오래된 우리 아파트에는 관리인 없다. 5, 6년 전에, 일은 제대로 하지 않고 월급을 올려 달라던 관리인을 마지막으로 관리실이 비어있다. 관리실을 지켜야 하는 관리인이 한 동짜리 아파트를 관리하는데 늘상 '외부 관리 중'이라고 쓰인 표를 걸어 놓고, 온 동네며 시장을 돌아다녔다. 관리실에 딸린 방에서 살고 있는데 택배조차도 받아주지 않았다. 유일하게 2~3주에 한 번씩 계단 청소는 해주었다. 그런 아저씨가 월급이 적다며 올려달라고 하자, 주민들이 안 된다고 했다. 결국, 관리인은 그만두었다. 관리인을 새로 뽑자고 하는 사람도 있었지만, 관리는 우리가 하고 관리인에게 지출할 경비를 절약해서 아파트 수리니 보수에 쓰자는 사람들이 더 많았다.

관리인이 나간 후로 계단이 더러워져도 그 누구도 관심을 갖지 않았다. 음식물 쓰레기봉투가 샜는지 계단바닥에 지저분한 물이 떨어져, 1층까지 얼룩이 있는 것은 물론이고, 계단 칸마다 흙모래가 절반을 덮을 만큼 더러웠다. 아침 일찍 출근해서 밤 10시가 넘어서야 퇴근하던 나는 그 상황을 두고 보기가 어려웠다. 어느 주말, 나 혼자 계단을 청소했다. 낮은 아파트라 대수롭지 않게 생각했는데, 막상 혼자 해보니 만만치 않았다. '휴, 언제 8층까지 하나.' 허리를 펴고 보면 3층, 또 보면 4층…. 다른 사람에게 도움을 청하지 않고 혼자 했다. 팔다리가 후들거렸다. 아무도 내다보지 않았다. 한두 번만 문지르면 자루걸레는 금세 새까맣게 되어 수도 없이 걸레를 빨아대야 했다. 큰 바위를 산꼭대기까지 힘겹게 밀어 올리면, 바로 아래로 떨어져 버려, 다시 올리기를 반복해야 하는 시지프스의 기분이 이럴까? 하는 생각도 잠시 해봤다. 그 후로 다시는 혼자서 계단 청소를 하지 않았다.

아무도 계단과 건물 밖 청소를 해결하자는 말이 없었다. 낙엽도 건물 외부에 수북하게 쌓였다. 언젠가 602호 아저씨랑 옆집 아저씨가 청소하는 걸 보았지만, 출근 시간이라 돕지 못했다. 그이후로 옆집 아저씨와 남편과 나, 셋이 자루에 낙엽을 채우며 청소했다. 세 사람이 했기에 혼자 계단 청소할 때보다는 덜했지만 역시 쉽지 않았다.

어느 날 주민 중 한 사람이 바로 옆 빌라에는 청소하는 분이 일주일에 한 번 온다고 했다. 우리도 거기에 부탁해보면 어떻겠냐는 내용이 단톡방에 올라왔다. 대부분 사람이 찬성했다. 어떻게 그런 정보를 알아냈냐며 좋아했다. 바로 옆 빌라에서는 쉽게 해결하고 있었는데도 정보가 없어서 불편을 겪고 있었구나 싶었다. 그 덕에 지금은 몇 년째 관리인이 있을 때보다 더 깨끗하다. 어떻게 해결해야 할지 몰라 우리 주민 모두 전전긍긍했었다. 정보를 알면 너무도 간단한 일이건만, 모를 때는 어려움을 겪게 된다는 걸 알게 되었던 일이다.

나도 몰라서 어려움을 겪은 적이 많다. 자기 계발 시장에 우연히 들어왔다. 주변 사람을 보면 쉽게 하는 것처럼 보인다. 책을 읽고 배우면 나도 할 수 있을 것 같았다. 처음 시작했던 일이 초등 온라인 독서지도다. 아이들과 책을 읽으며 수업했던 내용을 블로그에 올렸더니 문의가 왔다. 세팀까지 운영했다. 학생들이 더 들어올 거라는 기대를 하며 한 명만 수업하는 팀이 두 반이었다. 서로 실력이 달라 따로 해야 했다. 결국 두 반 모두 한 명으로 10개월 넘게 수업했다. 두 명이 있던 반에 인원을 더 늘리고 싶었지만, 두 명으로 6개월쯤 했다. 나에게 배우다 그만두는 학생들은 왜 더 이상 내 수업을 원하지 않는지에 관해 말하지 않는다. 막연히 그럴 것이라고 내가 생각할 뿐이다. 가장 큰 요인이 흥미였을 것이었다. 대면 수업이 아니어서 지루했을 것이다. 솔직하게 불편했던 점을 얘기해준다면, 내 수업을 운용하는 데 좋은 정보가 될 텐데 아쉬웠다.

나는 늘 뭔가를 해야 한다는 생각이 강박처럼 있다. 마침 시니어 한 분이 영어를 배우겠다고 했다. 열심히 하려는 분이나. 시니어인 그분도 자신이 하는 일이 있어 바쁘지만, 매일 숙제도 열심히 한다. 가르치는 사람이 가장 좋아하는 학생이다. 수업 중에 질문도 많다. 아직 그 단계가 아니다 싶어 가르쳐주지 않고 넘어가려고 하면 꼭 질문한다. 설명해 주면 어렵다고 한다. 아직 배울 단계가 아니어서 다음에 가르쳐드리려고 뺐던 부분이라고 하면 알았다고, 다음에 배우겠다고 한다. 이렇게 불편할 때마다 얘기해주는 것이 내게는 고급 정보다.

수업한 내용을 블로그에 올리면 가끔 연락이 온다. 연락만 오지 아직은 수업으로 연결되지 않는다. 코칭도 배워서 전문 코치 자격까지 취득했다. 처음 배울 때는 그 자격이 있으면 뭔가를 할 수 있을 것만 같았다. 그런데 일로 연결되지 않는다. 이유를 한동안 고민했다. 이제야 알 것 같다. 노후를 위해 뭔가를 해야 한다는 생각 때문에 내 상황이나 능력을 고려하지 않고 방만하게 벌려 놓기만 했기 때문이다.

최근에 라이팅코치가 되었다. 이전에 했던 일들을 돌아보니, 제대로 공부하지 않고 했다는 생각이 들었다. 이번에는 제대로 공부하면서 하려고 매일 글쓰기에 관한 책을 읽고 있다. 시간이 없을 때는 한 줄이라도 읽어보겠다는 마음으로 하고 있다. 책을 읽으면서 나 자신을 다잡았다. 왜 글쓰기가 필요한지 알 수 있었다. 글쓰기가 중요하고 필요하다는 말은 들었지만, 구체적으로 왜? 인지 몰랐다. 코로나 이후로 우리에게 가장 필요한 것이 '소통'이었다. 대면하지 못하는 상황일 때, 소통이 어려웠다는 것을 알고 있기 때문이다. 원활하게 소통하고자 한다면 쉽고 조리가 있어야 한다. 간결하며 핵심이 있다면 소통이 어렵지는 않다.

글쓰기도 마찬가지다. 실생활에서 자기소개서나 직장에서 보고서, 블로그 포스팅 등 누구에게나, 어디에서나 필요한 것이 바로 '글쓰기'다. 다른 사람들과 소통을 위해 글쓰기가 중요해진 요즈음, 내가 느끼고 깨달았던 것들을 나누고 싶다. 라이팅 코치로서 글쓰기가 필요한 사람들에게. 책을 읽고 글을 쓰며 코치로서 역량을 갖추는 것은 기본이라고 생각한다. 이것으로 끝이 아니다. 나와 소통할 수 있는 사람을 찾아 글쓰기에 관해 나누는 것도 '글쓰기'의 일부다. 왜냐하면 글을 쓴다는 것이 소통이기 때문이다. 글로도 소통하고, 글쓰기에 관한 내용으로도 나눌 수 있어야 한다. 교류할 수 있는 대상을 찾는 것, 역시 코치 몫이다. 나를 알려야 한다. 나를 알리는 방법도 익히고 스스로 움직여야 한다. 블로그도 운영하고 오픈 채팅방에서도 활동하며 나를 알리고 있다. 글쓰기를 먼저 해온 선배들과 멘토들의 도움도 받고 있다. 오늘도 블로그에 글 한 편 올리고 인스타에 피드 한 장이라도 올린다. 그렇게 나를 알리는 작업을 한다.

이제는 안다. 아무리 쉬운 일이어도 정보가 없거나 관심이 없으면 어렵다는 것을. 이렇게 힘들 때는 누군가에게 도움을 청해야 한다. 앞서 같은 길을 걸었던 멘토나 선배에게. 그도 없다면 포털의 도움이라도 받아야 한다.

4-5.
힘이 들어간 나에게

이선희

최악의 일은 언제나 과거에 존재한다. 힘겨운 날들을 기록하고 적어나가다 보니 과거가 지금보다 훨씬 더 힘이 들었다. 그런 과거가 있었기에 오늘의 내가 있다. 언젠가 동해 삼척에서 숙박하는데 도저히 잠이 오지 않아서 새벽에 바닷가를 거닐었다. 어둠 속에서 날이 밝기 시작하는 광경은 감히 표현할 수 없는 예술의 경지였다. 검은색 하늘이 회색으로, 다시 붉은빛으로 점점 밝아지는 형상은 어두운 나의 마음에 경의의 빛, 희망이 생기는 찰나였다. 나의 삶도 그렇다. 지금 이 삶을 얻기까지 치러야 할 대가가 너무도 컸다. 인생을 제대로 완주하고 싶은 나에게 가장 필요한 것은 버티고 참고 인내하며 포기하지 않는 삶이다. 늘 어깨와 목에 힘이 들어갔다. 자주 통증을 호소하며 청주에 있는 병원, 서울 아산병원을 쫓아다녔다. 공부하고 강의하며 긴장의 연속인 하루하루를 살았다. 행복을 빼앗는 도둑은 바쁜 마음이다. 몸이 나에게 들려주는 이야기에 귀 기울이지 못했다.

골프를 치다 보면 '힘 빼'라는 말을 가장 많이 듣는다. 나도 모르게 잘 치고 싶은 마음이 커서 몸에 힘을 주게 된다. 그런데 힘주고 골프를 칠 때는 내가 원하는 장소로 공이 떨어지지 않는다. 본인은 모른다. 자신이 얼마나 긴장과 불안한 상태로 골프채에 힘을 주는지. 아무리 말해도 어디에 힘이 들어가는지 알지 못한다. 잘 치는 사람들 보면 가볍게 툭 치는데 멀리 높이 날아간다. 인생도 똑같다. 힘주면 줄수록 원하지 않는 방향으로 날아가는 공과 같다. 힘이 빠져야 내가 원하는 삶을 살 수 있다. 어느 날 힘이 빠지는 것, 가벼움을 느낀다. 반복된 훈련과 연습, 시간의 양에 비례해서 힘이 빠진다. 마음에 잡음, 욕심이 없는 순간, 어깨에 힘이 빠진다. 그때 최상의 컨디션으로 원하는 타수가 나온다. 골프를 잘 치는 사람들을 보면 한동안 치지 않다가 다시 쳐도 예전 실력이 나온다. 바로 몸이 기억하기 때문이다. 몸이 기억할 정도로 되기까지는, 즐기는 수준이 아니라 미쳐 있을 정도가 되어야 한다. 그래서 골프인들은 골프에 빠진 사람이 많다. 그 수준이 되면 자연스럽게 힘이 빠진다.

힘을 빼지 못하고 살던 시절이 있었다. 경영대학원 박사과정 중에 매주 영어 원서 세 과목을 해석하고 발표하다 보니 거북목이 되었다. 영문과 친구에게 부탁해서 도움도 받았다. 영어 실력이 부족한 내가 주마다 겪는 과정은 피나는 노력과 고통, 좌절

오늘이 전부인 것처럼

의 연속이다. 이렇게 긴장하는 일이 주마다 계속되자, 밤이면 잠이 오지 않아서 수면제를 복용하기 시작했다. 2년 동안이나 먹었다. 줄이는 것이 아니라, 양을 늘려가며 먹었다. '박사과정 수료까지만 먹자!' 이런 마음으로 계속 복용했다. 내가 다니던 병원은 청주 흥덕구 운천동 근처에 있다. 2층에는 도서관도 있고 금연운동도 하여, 외적으로 보았을 때는 건실한 병원처럼 보였다. 그리고 맨 위층에 정신과 입원실이 있다. 나는 사람을 잘 믿는 성격이라 점차 약을 늘려도 나를 위한 의사의 적절한 진단과 처방이라고 생각했다. 그런데 문제가 생기기 시작했다. 늘어가는 약만큼 우울증도 심해졌다. 정신이 먼저인지 신체가 먼저인지 묻는다면 나는 신체라고 말하고 싶다. 신체가 무너지고 약으로 인해 망상의 문턱까지 다다르자, 이상한 현상이 일어났다. 지금은 하늘나라로 떠난 공부 친구가 전화했다.

"언니, 몸 좀 괜찮아?"

"나에게 전화하지 마. 너 잡아간다. 큰일 나!"

누군가 내게 전화만 해도 경찰서로 끌려가는 환상에 시달렸다. 그리고 내가 제정신 아닌 상태, 이상한 여자 몰골로, 충북대학교를 오고 가는 모습이 떠올랐다. 피해망상이다. 이 지경까지 가도록 나는 몸과 마음을 챙기지 못했다. 그저 공부하고 강의해야 한다는 소명의식에 사로잡혀 있었다. 건강을 가볍게 여긴 나에게 신이 주는 엄청난 벌이었다. 의사는 친절했다. 힘들다고 말하면 어깨도 주물러 주었다. 약은 2주 치를 주었다. 그런데 수면의 질은 점점 떨어지고 약은 서서히 늘어갔다. 잘못하면 그 병원 맨 위층 병동에 입원하게 생겼다. 면역력이 떨어지니 살이 한 달

만에 12kg이나 줄었다. 갑자기 살이 빠져서 다른 병원에 가서 진단해보니 혹시 암일지도 모르니 큰 병원에 가보라고 한다. 모골이 송연하다. 걱정과 불안이 태풍, 아니 쓰나미처럼 몰려왔다.

나는 남편과 다른 병원 의사를 찾아갔다. 의사는 내가 다니던 병원 아래층에 있는 약국에 전화를 걸었다.

"어떻게 이런 약을 줄 수 있어요?"

약사는 쩔쩔매며 아무 말도 하지 못했다. 그리고 새로 간 병원에서 약을 처방받아 가지고 온 것을 먹기 시작했다. 지난번 약이 잠은 잘 오지만 후에 고통이 크듯, 새로 간 병원에서 준 약은 먹기만 하면 기운을 차리지 못했다. 그냥 쓰러지듯 몸이 무너졌다. 나는 며칠 후면 세상과 이별하는 줄 알았다. 결단해야 했다. 지금까지 달려온 삶이 무너지게 생겼다. 정신병원에 입원해서, 사는 것 같지 않게 살다 죽을 것인가? 아니면 약을 끊고 새롭게 태어날 것인가? 고민 끝에 후자를 선택했다. 2년 동안 먹은 수면제를 단호하게 끊었다. 잠이 오지 않는 날이 많았다. 잠이 오지 않는 밤에는 책을 보거나 뜬눈으로 새웠다. 잠을 못 잔 채 붉게 충혈된 눈으로 하루를 보내는 일은 고역 중 고역이다. 한 달 정도 고생했다. 참고 견디니 어느 날부터 잠이 오기 시작했다. 기적처럼. 지금은 아무리 잠이 오지 않아도 수면제는 복용하지 않는다.

그 시절에 내 마음에는 괴로움을 안고 있는 어린아이가 여럿 살고 있었다. 몸이 들려주는 소리에 관심을 기울이지 못했다. 내가 할 일은 내 안에 있는 아이를 사랑하는 일이었다. 그렇게 좋아하던 공부도 사람도 만나기 싫었다. 박사 수료도 하지 못할 것 같았다. 우선 사람이 살고 봐야지 하는 마음이었다. 그래서 수면제를 끊고 공부도 강의도 쉬었다. 심신 회복을 위해 하고 싶은 것이 무엇인가? 생각해보니 갑자기 하고 싶은 운동이 골프였다. 왜 골프였을까? 골프는 목표가 뚜렷한 운동이다. 다시 새롭게 시작할 수 있는 홀이 전반 아홉 개 후반 아홉 개다. 목표 중심이었던 나에게 맞는 매력 있는 운동이다. 남편이 부부가 노후에 함께 할 수 있는 운동은 골프밖에 없다며, 예전부터 골프 연습장에 등록해 주었지만, 지속하지 못했다. 공부와 강의를 병행하면서 그렇게 긴 시간을 낼 수 없기 때문이다.

그런데 갑자기 운동하고 싶어졌다. 연습장, 필드 나가서 엇비슷한 주부들과 이야기하고, 좋은 경치 보고, 맛있는 밥 먹으며 치유와 회복이 필요한 나에게 선물 같은 시간을 주었다. 지금까지 놀아보지도 못하고 시어머니 모시며 남편 일을 도왔다. 강의와 공부로 앞만 보고 달린 나에게 치유와 휴식이라는 달콤한 생의 이벤트였다. 그렇게 충분히 즐기고 휴식하고 놀아본 나는 다시 새롭게 도전할 수 있는 일을 만났다. 삶에는 수많은 변수가 있다. 그 시절에 나는 깨달았다. 첫째, 앞만 보고 사정없이 달리지 말자. 천천히, 그러면서도 꾸준히 몸과 마음의 소리에 귀를 기울인다. 욕구가 욕심으로 변하면 건강을 잃게 된다. 가장 중요한 일은 몸이 알리는 신호를 알아차리는 것이다. 둘째, 혹시 삶에서 치유와 쉼이 필요하다면 일단 쉬자. 그리고 다시 재충전 하자. 인생은 길고 다시 시작해도 얼마든지 도전할 수 있는 일이 있다. 셋째, 하고 싶은 일이 있다면 해보는 것이다. 놀거나 쉬거나 또다시 도전하거나 나는 현재 목표로 가는 과정 중에 있다. 언제든 다시 시작할 수 있다.

체력적으로 또는 정신적으로 지쳐 있는 상태에서 쉼과 휴식은, 자신을 돌보는 일이다. 힘이 들어간 상태에서는 원하는 일을 성취하지 못한다. 그럴 때는 한 발 뒤로 물러서서 다시 생각하고 정리할 필요가 있다. 걱정과 불안은 신체를 잠식시킨다. 신은 자주 우리를 시험에 들게 한다. 힘이 들어갈 때 멈추어 몸의 소리에 귀 기울이며 힘을 뺀다. 의식의 번뜩임과 자신의 영감을 믿고 마음이 시키는 대로 따라가 본다. 그래야 다음에 정확한 목표를 향해 모든 힘을 쓸 수 있다.

4-6.
엄마가 남겨준 마지막 질문

이영란

눈 뜨면 제일 먼저 안방 문을 열었다.

'우리 엄마 살아있나?'

엄마의 숨소리부터 확인하는 하루 시작. 걱정과 불안으로 가득했다. 얼마 남지 않은 시간을 그렇게 흘려보낼 수는 없었다. '오늘은 뭘 할까?' 설렘으로 채우며 내 앞의 '지금'에 집중했다.

방광암 4기. 엄마에게 6개월밖에 남지 않았다는 사망선고 앞에서 큰딸인 나는 당장 엄마에게 달려갔다. 6학년, 중학교 2학년 사춘기 두 딸을 남편에게 맡기고, 엄마 손 잡으러 간병 휴직을 냈다. 처음 병실에 들어섰던 날, 엄마는 나를 보자마자 어린 아이처럼 내 품에 안겨 엉엉 울었다.

엄마는 잠을 못 잘 정도로 통증과 빈뇨 증세가 심해 2년간 집 근처 가장 큰 대학병원에서 방광염 치료를 받았다. 다니던 직장도 그만두고 방광염 시술까지 하며 적극적으로 치료에 전념했었다. 차도가 없어 삼성서울병원으로 옮겼는데, 담당 의사는 이전 병원에서 가져간 영상자료를 보자마자 바로 암 진단을 내렸다. 처음에 오진했던 의사가 방광염 시술로 건드리지 말아야 할 부분을 헤집어놓은 거였다. 보험회사에 제출할 진단서를 받기 위해 처음 치료를 받았던 병원을 다시 찾았다. 오진했던 의사는 고개를 들지 못했다. 자신의 무능함을 인정하고 용서를 구했다. 분하고 억울했지만, 엄마에게 남은 6개월의 시간을 의사 가운 벗기는 의료 분쟁에 쓰고 싶지 않았다. 오직 한 사람, '엄마'만 바라보기로 했다.

본격적으로 항암치료가 시작됐다. 정기적으로 병원에 가서 수치를 확인하며 항암제를 투여했다. 다음 항암제를 맞으려면 조금이라도 면역력을 높여야 했기에 매끼 식단 관리가 중요했다. 나는 매일 아침 녹즙을 짜며 '암세포야, 싹 씻겨 내려가라.' 주문을 걸었다. 나물이라면 시금치밖에 몰랐다. 시골에서 이모가 직접 캐 보낸 각종 약초를 다듬고, 널고, 삶아서 무쳤다. 생애 처음 민들레 나물 만들던 날. 참기름과 들기름 듬뿍 넣은 고소한 나물 집어 들고 간 봐달라며 제일 먼저 엄마 입으로 가져갔다.

"엄마, 아~ 해 봐."

"꼬숩고 맛나네! 우리 딸이 해주는 건 어쩜 이렇게 다 맛있니! 얼른 밥 먹고 싶다."

지금도 나물 무칠 때면 엄마와 함께 먹었던 건강식 아침 밥상이 떠오른다. 특히, 애호박을 채 썰어 넣고 얇게 부쳐낸 부침개를 좋아하셨다. 소파에 앉아 따끈한 호박 부침개 호호 불며 드시던 모습이 아직도 선하다. 맛있는 음식을 먹으며 행복했던 순간, 엄마에게 진통제는 필요 없었다.

선생을 안 했으면 이벤트 기획사 사장님이 될 뻔했던 나. 아침을 먹으면서 오늘은 뭘 할까? 엄마를 위한 이벤트를 만들었다. 냉동실에서 잠자고 있던 쑥 반죽 덩어리를 꺼내 트로트 노래 따라 부르며 쑥개떡을 빚었다. 엄마 아빠가 흥에 겨워 엉덩이 실룩거리며 떡 반죽했던 영상은 지금 봐도 웃음이 난다. 어버이날을 축하하며 닭백숙을 끓였던 날에도 엄마와 아빠는 네 박자 트로트에 맞춰 신나게 춤추며 닭 다리를 뜯었다.

항암치료에 효과가 좋다며 문어 삶은 물을 챙겨드리라는 지인의 민간요법도 그 당시에는 한 줄기 빛이었다. 한 손에 들리지도 않을 만큼 커다랗고 미끄덩거리는 문어. 평소에는 만지지도 못했지만, 고무장갑 끼고 밀가루 뿌려가며 팍팍 문질렀다. 엄마 몸속의 암 덩어리도 그렇게 제거하고 싶었다. 정성껏 달인 문어 삶은 물을 수시로 드셨고, 덕분에 면역력 수치를 높인 거라고 철석같이 믿었다.

우수수 머리카락도 빠지기 시작했다. 병원 갈 때마다 소풍 가는 마음으로 함께 가자고 알록달록 등산용 모자를 씌워드렸다. 부끄러워하셨던 소변 주머니도 명품 가방에 넣어드리니 당당하게 들고 다니셨다. 아침 식사 후에 옥상에 올라가 햇빛 받으며 걸을 때도 늘 등산 모자와 명품 가방은 엄마와 한 몸으로 따라다녔다.

병원에 가서 검사 결과를 확인할 때면 커진 암 덩어리를 보며 걱정했다. 암세포가 작아졌어도 또 언제 커질지 몰라 불안했다. 암 폭탄을 끌어안고 늘 초조했다. 진통이 찾아오면 집안의 공기마저 한없이 무거웠다. 달력 뒷면에 노래 가사를 크게 써서 엄마가 침대에 누워서도 볼 수 있게 벽에 붙였다. 숨 쉴 수 있고, 바라볼 수 있어서 행복하다는 감사의 노래를 우리는 시시때때로 함께 불렀다. 하루에도 수십 번 컨디션이 널을 뛰었지만, 엄마는 벽에 붙은 가사에 눈길 갈 때마다 혼자서도 중얼중얼 노래 불렀다.

다행히 항암제가 효과가 있어 암세포는 점점 작아졌다. 삶에 대한 희망이 다시 생겼고, 나는 더욱 힘차게 녹즙을 내리고 문어를 삶았다. 그렇게 사망선고로 받았던 6개월을 무사히 넘겼다. 덤으로 얻은 시간을 통과하며 엄마는 마지막 숙제를 꺼내 들었다. 막내아들 결혼시키기 프로젝트는 엄마에게 다시 살아야 할 이유였다. 상견례 자리에도 엄마의 마음을 담아 큰누나인 내가 대신 나갔다. 엄마에게 시간이 얼마 남지 않았기에 급히 결혼식 날짜를 잡았다. 결혼식장에 입고 갈 한복을 맞추고, 가발을 장만하며 엄마는 마지막 축제를 준비했다. 마지막 불꽃을 피우듯 엄마에게 남은 날 중 가장 건강하고 아름다운 모습으로 당당하게 걸어 들어가 화촉을 밝혔다. 마지막 숙제에 '참 잘했어요!' 도장을 또렷이 새겨 넣었다.

말기 암 환자의 하루는 순간순간이 롤러코스터였다. 행복한 순간에도 무시로 죽음의 그림자가 겹쳤다. 웃음 뒤에 따라오는

오늘이 전부인 것처럼

여운은 늘 무겁고 축축했다. 그 틈을 비집고 엄마는 내게 마지막 말을 남겼다. 그날도 소파에 앉아 호박전을 맛나게 드시다가 툭 쏟아냈다.

"엄마 괜찮아…. 나는 네가 옆에 있으면 그냥 걱정이 안 된다. 조금 더 살았으면 좋았겠지만, 지금까지 살아온 것도 어쩌면 덤 이었는지도 몰라. 막둥이 결혼까지 잘 시켰으니 엄마는 이제 할 일 다 했어. 엄마 옆에서 지켜줘서 고맙다 우리 딸…."

마지막 소망을 이룬 엄마는 급격한 부종을 동반한 항암 부작 용으로 결국 호스피스 병실로 옮겨졌다. 봄볕 좋은 3월, 엄마는 내 마음속 영원한 봄이 되었다.

나는 엄마가 생을 마감하는 과정을 가장 가까이에서 또렷이 지켜봤다. 아니 지켜드렸다. 함께하고 싶었다. 학창 시절에는 공부가 먼저였고, 결혼하고 나서는 내 가족이 먼저였다. 아이가 생기고 나니 또 엄마는 뒤로 밀렸다. 내 곁에 오래 머물러줄 것 같았고, 엄마 대기표는 언제든 다시 뽑을 수 있을 줄 알았다. 마 지막 대기표를 받아 들고 나서야 다 놓고 엄마에게 달려갔다. 6개월의 시간 동안 우린 매일 함께 눈떴고, 삼시세끼 맛난 밥을 먹었고, 삶과 죽음의 경계를 넘나들며 서로 의지했다. 일어나자 마자 안방 문 열고 엄마의 숨소리를 확인하며 안도했던 순간. 그 저 오늘도 '함께' 할 수 있어서 행복했다. 엄마는 오진했던 의사 와 통화하면서 목 놓아 울고 원망을 토해냈다. 그 뒤로는 늘 의 연한 모습이었다. 걱정과 불안은 끌어안고 있었지만, 삶을 있는 그대로 받아들이고 매 순간 감사하며 즐겼던 모습. 내게 남겨주신 마지막 메시지였다. 지금도 걱정과 불안이 몰려올 때면 의연하게 투병했던 엄마의 모습을 떠올린다. 그 시절 간절했던 어느 '하루'를 되새기며 내게 질문을 던진다.

'오늘 속 무수한 '지금'을 나는 무엇으로 채우고 있는가? 엄마는 나에게 지금 어떤 말을 할까?'

4-7.
지금 할 수 있는 것을 한다

이현주

바꿀 수 없는 어제를 후회했다.
오지 않은 내일을 걱정했다.

'만약 그랬더라면'
예전에 나를 떠올리면 한숨이 나온다. 그때 공부 좀 했었더라면 어땠을까.
고등학교 3학년, 아빠는 친구 딸과 나를 자주 비교했다. 공부를 못한다고 늘 야단맞았다. 그런 말을 들으니 더 하기 싫었다. '못한다고 하니 안 하는 게 맞지,'라며 반항했다. 아빠는 내가 공부 못하는 걸 엄마 탓을 했다. 잔소리가 시작될까 싶으면 나는 얼른 TV를 끄고 방으로 들어갔다.
'아, 진짜 중요한 장면인데…. 오늘은 못 보겠네. 공부하는 척이라도 해야겠다.'

미적대며 가방에서 공책을 꺼냈다. 어김없이 방문을 여는 소리. 고개를 깊이 숙였다. 특별히 잘하는 거 없는, 학교만 열심히 다니는 학생이었다.

꼴찌만 간신히 면했다. 마음 한구석은 늘 불편했지만, 공부는 안 했다. 하고 싶은 것도 목표도 없었다. 그런데 대학은 가고 싶었다. 아빠의 잔소리를 피할 수 있는 유일한 방법은 그것밖에 없었다. 공부하고 싶었지만 어디서부터 어떻게 시작해야 할지 엄두가 나질 않았다. 포기가 더 쉬웠다. 어떻게든 되겠지, 생각했지만 사실 겁이 났다. 건너편 집 담장에 개나리가 폈다. 멍하게 창밖을 바라보는데 옆집 동생이 대문을 열고 나왔다. 납작하고 커다란, 검은색 가방을 들고 있었다. 창을 열고 소리를 질렀다.

"어디가? 무슨 가방이 그렇게 커?"

"언니! 나 미술학원 다녀. 이거 미술학원 가방."

미술학원? 궁금했다. 구경 가도 되냐고 물었다. 고개를 끄덕였다. 대충 눈곱만 떼고 따라나섰다. 흔들리는 버스 안에서 무릎에 놓인 가방을 쓰다듬었다. 이것저것 계속 물었다. 동생은 작년부터 미술학원에 다니기 시작했고, 대학에 가서 디자인을 공부하려고 그림을 배우고 있었다.

천안역 근처 '공간 미술학원'에 들어갔다. 또래 아이들이 이젤(그림판을 놓는 틀)앞에 줄지어 앉아 있었다. 하얀 석고상을 보며 연필로 그림을 그리고 있었다. 홀린 듯 아이들이 그림 그리는 모습만 보였다. 얼마쯤 지났을까. 원장이 내게 말을 걸었다.

'지현이랑 같이 왔구나. 몇 학년이야? 그림 좋아하니? 너도 한

오늘이 전부인 것처럼

번 그려 볼래?'

속사포처럼 쏟아지는 질문에 어색하게 웃었다. 순간 중학교 미술 선생님의 말이 떠올랐다.

'오! 그림 잘 그리네. 배웠니?'

머릿속에 온통 그림 생각뿐이었다. 배우고 싶었다. 그런데 부모님께 어떻게 말해야 할지 몰랐다. 학원비가 비싼 이유도 있었지만, 허락해 주지 않을 것 같았다. 똥 마려운 강아지처럼 안절부절 속이 탔다. 일주일이 지났다. 더는 미룰 수가 없었다. 부모님 눈치를 살폈다. 분위기가 괜찮다 싶었을 때, 조용히 엄마에게 다가가 미술을 하고 싶다고 말했다. 옆에서 그 말을 들은 아빠는 갑자기 무슨 미술이냐고 버럭 화를 냈다. 무섭게 소리 질렀다. 겁이 났지만 이대로 포기할 수는 없었다. 학원에 보내 주면 대학에 붙을 수 있다고 울고불고 매달렸다. 한 번도 뭔가를 하고 싶다고 말한 적 없는 내가 매달리자 엄마는 몇 날 며칠 아빠를 설득했다. 허락할 기미가 보이지 않았다. 그날도 가방을 질질 끌며 방을 나섰다. 그때 엄마가 두툼한 하얀 봉투를 눈앞에 내밀었다. 무조건 대학에 붙는 조건으로 아빠가 주셨다고 했다. 두 팔을 벌려 엄마를 끌어안았다. 감사하다고, 대학에 꼭 가겠다고 말했다. 봉투를 두 손으로 받아 가방 안 깊숙이 넣었다. 그날 종일 가방 옆을 떠나지 않았다.

수업을 마치는 종이 울리면 곧장 학원으로 갔다. 학교에서 학원까지 빨리 달리면 10분 정도 걸렸다. 저녁은 근처에서 빵이나 라면으로 때웠다. 그래도 꿀맛이었다. 친구들과 얘기하다 보니 반에서 한두 명은 미술을 하는 아이들이 있었다. 중학교 때 그림을 시작한 친구도 있었다. 방학을 이용해 서울로 특강을 받으러 갈 계획이라고 했다. 친구들이 그림을 보여주는데 다들 실력이 대단했다. 주눅이 들었다. 나는 이제 막 선 긋기 연습을 하는데 친구들처럼 그림을 잘 그릴 수 있을까. 시간이 부족했다. 불안하고 초조했다. 학원 선생님은 걱정하지 말고 열심히 하라고 어깨를 두들겨 주었다. 입학시험을 보기 10개월 전이었다. 조금 더 일찍 시작했으면 좋았을 걸…. 그림을 그릴수록 아쉬움이 컸다. 당시 예체능은 실기 비중이 높았다. 학업성적이 좋지 않았던 나에겐 그나마 다행이었다.

부족한 실력을 채우려면 잠을 줄여야 했다. 주말에는 학원에서 그림 도구를 바리바리 싸 들고 집에 왔다. 책상 위에 하얀 도화지를 펼쳤다. 순간 붉은 피가 뚝 떨어졌다. 급히 고개를 젖히고 휴지로 코를 틀어막았다. 괜히 서글퍼지기도 했지만 생각할 시간조차 아까웠다.

미술은 공예, 회화, 패션디자인 등 분야가 다양했다. 나는 그나마 합격 가능성이 있는 디자인학과에 지원했다. 실기시험은 연필로 석고상을 그리는 데생과 물감으로 주제에 맞는 디자인을 하는 것, 이 두 가지였다. 학원에서 남은 한 달은 매일같이 실전 연습으로 시험을 봤다. 시끌시끌했던 아이들은 시험이 가까워질수록 조용해졌다. 쉬는 시간에도 연필 소리만 들렸다. 시험 전날, 늦게까지 그림을 그렸다. 집에 갈 수가 없었다. 집에 간다고 해도 잠이 오지 않을 것 같았다.

오늘이 전부인 것처럼

아침 일찍 시험장에 도착했다. 입실 시간을 기다리는 동안 화장실을 수시로 들락거렸다. 시험장에 들어가니 가득히 늘어선 이젤이 보였다. 수험번호를 찾아 자리에 앉았다. 가방에서 연필과 지우개를 꺼냈다. 감독관이 들어오고 석고상을 가린 천을 걷어냈다. 그런데 전날 그린 석고상이 그대로 시험에 나온 게 아닌가. 실수만 하지 않으면 붙을 수도 있겠다, 희망이 보였다. 긴장을 풀어 보려고 등을 쭉 폈다. 하얀 도화지를 손으로 쓰다듬었다. 데생을 무사히 끝내고 바로 디자인 시험을 봤다. 긴장으로 손이 떨렸지만 무사히 끝냈다. 마지막 교수 면접에서는 다행히 연습했던 질문이 나와 차분히 대답할 수 있었다. 면접을 마치고 나오니 해가 뉘엿뉘엿 저물어 갔다. 끝났다. 한증막에 있다가 나온 것처럼 막혔던 숨통이 트였다. 밖으로 나온 아이들은 플라스틱 물통을 발로 차고, 던지며 난리였다. 이게 무슨 일이야. 시험을 본 후 물통을 깨면 그 학교에 합격한다고 했다. 그 말을 나중에서야 들었다.

'뭐야. 나도 물통 깨고 올걸.'

합격자 발표 날, 엄마가 학교에 전화했다. 띠리리- 신호음에 가슴이 두근거렸다. 수화기에 귀를 바짝 댔다. 합격입니다! 순간 나도 모르게 팔딱이는 물고기처럼 통통 튀며 미친 듯 소리를 질렀다. 온 가족이 돌아가면서 몇 번이나 전화했다. 합격이란 말을 듣고 또 들었다. 그동안의 불안과 두려움이 한순간에 사라졌다. 물통을 깨지 않고도 합격한 것이다. 이제는 제대로 공부하자, 대학 4년 후회 없이 보내리라 마음먹었다.

사람이 변한다는 건 말처럼 쉽지 않다. 굳은 결심을 해도 실천하지 않으면 소용없었다. 나는 의지가 약했다. 늘 생각에 그쳤고, 시작해도 차일피일 미루느라 흐지부지 끝나는 일이 반복됐다. 하지만 이제는 안다. 생각에 그치면 반드시 후회한다는 것을, 후회는 할수록 두렵다는 것도 알았다. 주저하고 미루는 대신 당장 움직이기로 했다. 지금 할 수 있는 것을 하자.

창문을 열어 환기를 시킨다. 커피를 끓이고, 책을 펼친다. 연필을 깎고 노트를 꺼낸다. 오늘 나의 일상을 끄적인다. 그렇게 내가 할 수 있는 일을 하는 것, 하루하루 조금씩 성장하는 계기가 되었다. 이제보다 '오늘', 내일보다 '지금'에 집중한다.

4-8.
이 또한 지나가리라

허영이

명예퇴직을 하는 게 어떻겠느냐고 남편이 말
했다. 내 나이 쉰두 살이었다. 퇴직하기에는 너무 젊었지만 더
나이 먹으면 새로운 일을 시작하는 게 두려울 것 같았다. 잠시
갈등했지만 남편의 제안에 못 이기는 척 신청서를 제출했다. 명
예퇴직금은 집 짓는데 요긴하게 쓰일 터였다. 갑작스러운 결정
이었다. 신청한다 해도 선정되기가 쉽지 않았던 때라 될 거라고
는 기대하지 않았다. 만약 된다면 운명이라고 생각하기로 했다.

꿈에 부풀어 땅을 사고 집을 짓다가 갑자기 모든 것이 엉망이
되었다. 세상이 나를 속였다고 생각했다. 바보 같은 나에게 화가
났다. 사람들과 어울릴 때는 잊고 웃기도 했다. 웃고 난 뒤에는
더 심하게 화가 났다. 가슴이 답답했다. 나도 모르게 숨을 크게
들이쉬곤 했다. 잘못이 없는 남편을 원망하는 마음도 생겼다.

딱딱하게 굳은 알 수 없는 표정의 남편 얼굴이 떠오르면 가슴

이 덜컥 내려앉았다. 욕을 하다가 걱정하다가 갈팡질팡했다. 내가 뭘 잘못했기에 이런 일이 생기냐고 갑자기 울화통을 터트리기도 했다. 이런 와중에도 시간은 흐르고 있었다. 마냥 그렇게 지낼 수는 없었다. 어떻게든 상황을 수습해야 했다.

명퇴 신청할 때만 해도 이렇게 힘든 일이 생길 거라고는 상상도 못 했다. 짓고 있던 건물은 문제가 생겼고, 명퇴대상자는 발표 전이었다. 평생을 교사로서 지냈는데 마지막이 될지도 모르는 나날이었다. 끝까지 최선을 다한 좋은 교사였다고 '나'를 기억하고 싶었다. 교직 생활을 잘 마무리하겠다고 결심했다.

기말시험이 끝났다. 중학생들에게는 이때가 1년 중에서 가장 여유 있는 때다. 마땅히 할 일도 없고, 공부하기도 싫은데 학교에는 있어야 한다. 수업해도 집중하는 학생이 거의 없다. 교사는 학생부 정리와 학년말 마무리로 눈코 뜰 새 없이 바쁘다. 학생 개개인에게 신경 쓰기 어렵다. 당시 나는 진로상담부장이었다. 학생에게는 보람 있는 시간, 교사에게는 수업 부담 없는 시간을 기획했다. 진로 주간을 2주로 잡고 계획을 세웠다. 직업인 초청 특강과 동기부여 공연, 미래 직업 탐구 등 진로 행사를 진행했다. 문예회관을 대관하고 뮤지컬배우를 섭외했다. 참여하고 싶은 학부모를 초대했다. 하루가 1시간 같았다. 바쁘게 일하고 있는 나를 보면서 동료 교사들이 한마디씩 했다.

"명퇴 신청한 거 맞아요? 아니죠? 절대 학교 못 떠나지."

내가 해야 하는 일을 묵묵히 했다. 시련 속에서도 집중해서 일하니까 행복했다. 다른 복잡한 일들이 머릿속에서 힘을 쓰지 못했다. 소중한 경험이었다. 시련이 닥칠수록 일상적인 일을 차분하게 해내는 것이 중요하다. 상황을 바꿀 수는 없어도 선택하고 집중하는 것은 내 몫이다.

퇴근하고 집에 돌아오면 머리가 복잡했다. 어디서부터 엉킨 실타래를 풀어야 할지 감이 잡히지 않았다. 시공사 대표가 직접 공사를 마무리하겠다고 했다. 지푸라기라도 잡는 심정으로 맡겼는데 대충 하고 얼른 손 떼려는 느낌이 역력했다. 더 이상 그 사람을 믿을 수 없었다. 우리 부부는 똑같은 실수를 반복하지는 않았다. 잘못되었다고 인식한 순간 멈췄다. 미련을 갖지 않았다. 우리가 직접 공사를 마무리하기로 하고 도움을 줄 건축 전문가를 구했다. 지인이 건축업자를 소개해주었다. 이번에는 믿을 수 있는 사람이기를 간절히 바랐다. 다행히 좋은 사람을 만났다. 진행 과정을 꼼꼼하게 챙기고 수시로 협의했다. 이전에 잘못한 공사는 최대한 다 찾아내어 다시 했다. 일의 순서를 정하고, 필요한 경비는 아끼지 않았다. 싸고 좋은 집을 짓고 싶었던 욕심 때문에 큰 비용을 치렀다. 배움에는 비용이 따른다. 잊지 말자. 세상에 공짜는 없다. 싸고 좋은 것도 없다. 싸고 좋은 게 있어도 나에게까지 오지 않는다.

그 겨울 참 추웠다. 날씨 때문에 공사를 멈춘 적도 있었다. 겉모습만 그럴싸하던 집에 전기와 수도가 들어오고, 보일러가 가동되었다. 벽지를 고르고 마루를 깔았다. 불안했던 계단은 나무로 튼튼하고 안전하게 다시 만들었다. 새롭게 만들어진 계단을 하루에도 몇 번씩 오르내렸다. 벽면은 파벽돌로 마감하고 하얀 페인트를 칠했다. 천장에는 길게 늘어진 샹들리에를 달았다. 우리 집에서 가장 멋진 공간이 되었다. 아직도 계단을 오를 때마다 감사하다. 행복하다. 자존감도 올라간다.

이 세상에 하나밖에 없는 우리 집을 만들었다. 멋지고 좋은 집에 산다고 부러워하는 사람이 많다. 남편과 나는 서로만 알아볼 수 있는 표정으로 웃는다. 집이 틀을 갖춰가면서 분노와 원망이 조금씩 가라앉았다. 미래에 대한 불안도 줄어들었다. 편안하게 집이 잘 완성되었으면 당연한 일이라 여겼을 일이 감사한 일이 되었다. 세상에 당연한 건 없다. 우리가 살고 있는 평범한 일상이 기적이다. 수습하는 과정에서 사람들의 도움을 많이 받았다. 세상에는 좋은 사람도 많다.

집을 다 짓고 나니 시공사로부터 돈을 돌려받아야 할 상황이 되었다. 대표는 믿고 기다려달라고 했다. 욕이 나오려 했지만 참았다. 돈을 받아 내려면 민사소송을 해야 했다. 생각만 해도 화가 나고 가슴이 터질 것 같았다. 민사는 법정 싸움이 언제 끝날지 알 수 없고, 이겨도 돈을 받는다는 보장이 없다.

"뭔 짓을 해서라도 돈을 받아 내야지."

"그걸 가만둬? 돈이 많은가 봐."

귀를 닫았다. 소송은 하지 않기로 했다. 그런 곳에 쓸 시간과 에너지가 아까웠다. 우리가 해야 하는 일과 할 수 있는 일에만 집중했다. 인테리어를 마무리하고 테이블과 의자를 사고, 커피 머신을 설치하며 오픈 준비에 몰두했다. 주변이 온통 초록빛이

오늘이 전부인 것처럼

던 2016년 6월 25일 카페를 오픈했다. 마당에는 잔디를 심었다. 출입문에 부엉이가 달린 풍경도 달았다. 문을 여닫을 때마다 청아한 소리가 난다. 따뜻한 햇살이 유리창 가득 들어온다.

시공사 대표는 1년이 지났을 무렵 휘청거리는 걸음으로 찾아왔다. 현장감독에게서 돈을 받아 내려고 하다가 시간만 허비했다고 한다. 그 와중에 부인이 심정지로 사망했다고 하며 고개를 떨구었다. 시간이 어떻게 지나갔는지 모르겠다고. 돈은 꼭 갚겠다고 하면서 고맙다는 인사를 여러 번 했다. 아무것도 물을 수가 없었다. 따뜻한 커피 한잔을 대접했다. 꼭 다시 일어서길 바란다고 말했다. 7년이 되어가는 지금도 우리는 그의 안부를 모른다. 어디서든 잘살고 있기를 바라는 마음이다.

아무리 절망적인 상황인 듯 보여도 반드시 희망은 있다. 희망은 내가 찾는 것이다. 이미 벌어진 일은 인정해야 한다. 후회하고 남을 원망하면서, 두려움에 갇혀 살았다면 우리는 지금 어떤 모습일까. 두려운 미래를 상상하지 말고, 두렵지 않은 미래를 만들기 위해 행동하자. 그 결과가 어떤 모습일지는 아무도 모른다. 미래는 내가 꿈꾸는 모습으로 다가온다. 지금은 그런 미래를 만들기 위해 행동할 뿐이다.

4-9.
그냥 꽃, 별, 강아지

황혜민

소리를 지르며 자다 깨는 서진이의 병명은 야경증이었다. 보통 예민한 남자아이에게 많이 나타나는데 특별한 약이 없다고 했다. 시간이 지날수록 점점 나아지니 기다리는 게 약이라고 했다. 기대했던 답이 아니었다. 내가 듣고 싶었던 말은 '3일 처방해 드릴게요. 이거 먹고 나면 이제 푹 잘 겁니다' 같은 확실한 대답이었다. 그저 기다리라니. 병원에서 하기엔 너무 무책임한 말 아닌가 하는 생각을 하다 의사가 책임질 일은 아니다 싶어 관뒀다.

가뜩이나 또래보다 키도 작은 녀석이 잠이라도 푹 자야 클 텐데 언제까지 저럴까 걱정이었다. 곧 있으면 1학년이라 미리 사둔 책가방이 녀석의 등판보다 큰 걸 볼 때마다 걱정은 더해졌다.

딸아이 어린이집에서 전화가 왔다. 해바라기반 선생님은 염려

오늘이 전부인 것처럼

와 걱정 가득한 목소리로 서윤이가 오늘도 밥을 반이나 남겼다고 했다. 이유식 시작한 생후 6개월 이후 밥그릇 비운 적이 손에 꼽을 정도다. 굶으면 잘 먹을지도 모른다는 생각에 끼니를 건너뛰는 방법도 써봤지만 먹히지 않았다. 밥을 잘 안 먹어서 그런지 덩치가 또래보다 훨씬 작았다. 옷을 살 때마다 제 나이보다 한 치수 작은 걸 권하는 직원에게 매번 힘주어 나이를 말했다. 그게 뭐라고 자존심이 상하는지. 엄마의 이상한 자존심에 큰 옷을 입은 서윤이는 더 작아 보였다.

잠을 자다 깨는 아이가 미웠던 게 아니다. 내 잠을 깨워서 밉고 소리를 지르며 울어대서 화가 났던 게 아니다. 기약 없는 녀석의 야경증이 끝나지 않으면 어쩌나 하는 걱정이 나를 힘들게 했다. 매번 밥을 남기는 딸이 영영 크지 않을 것만 같아 불안했다. 잘 자줬으면, 밥 좀 잘 먹었으면 하는 바람은 망상을 현실로 만들지 않을 유일한 방법이었다.

눈 뜨면 먹는 고민 눈 감으면 자는 걱정인 시간이 길어지자 삶이 무기력하고 단조로웠다. 밥과 잠을 인생 최대의 고민으로 삼고 사는 내가 한심하고 싫었다. 시간이 흘러 이런 걱정에서 해방되는 날이 오기만 기다렸다. 지금에 와서 생각해보니 무기력이 아니라 욕심이었다. 채워지지 않는 욕심이 불안과 걱정으로 바뀌어 나를 괴롭힌 시간이었다. 일어나지 않은 먼 미래의 걱정을 당겨서 하느라 내 눈앞의 진짜를 보지 못했다. 현실에는 건강한 아들과 명랑한 딸아이만 있을 뿐이다.

생각의 중심을 바꾸기로 했다. 일어나지 않은 내일에 초점 두지 않고 지금 바로 할 수 있는 일로 옮겼다. 자다 깰까 걱정하는 대신 잘 자라는 말과 함께 내 앞에 누운 아이의 등을 토닥였다. 어떤 반찬을 해야 밥을 좀 더 먹을까 고민하는 대신 당장 김 한 봉지를 뜯어 밥을 쌌다. 즉각적으로 행동해버리니 과거와 미래의 걱정까지 해대느라 무거웠던 머리가 조금은 가벼워지는 느낌이었다.

예쁜 꽃을 보고도 선뜻 사지 못했다. 지금은 예쁘지만, 곧 시들어 버릴 테니까. 하얗고 복슬복슬한 강아지를 품에 안아 본 적 없다. 그리다기 내 옷에 실례라도 하면 어떡하나 싶어서. 밤하늘의 별을 올려다보면서도 '별이 참 반짝이네' 같은 생각 대신 미래의 소원을 빌었다. 미래의 시간을 당겨 살던 나는 모든 사람이 예쁘다고 노래하는 꽃과 별, 귀여운 강아지에게조차 마음을 내어주지 못했다. 여러 생각을 집어넣고 살다 보니 머릿속마저 여유가 없었다.

미래를 사느라 현재를 즐기지 못한 나의 시간이 한없이 아깝고 속상하다. '다시 예전으로 돌아갈 수만 있다면' 하는 생각을 하다가 이 또한 현재를 부정하는 것임을 깨닫고 고개를 흔든다.

상상의 세계에서 사느라 현실을 놓치고 살았다. '오늘을 살아라. 지금에 충실해라.' 같은 말을 들을 때마다 당연한 말을 뭐 저렇게 거창하게 하나 싶어 코웃음을 쳤다. 그러나 조금 일찍 별이 된 친구 덕에 지금을 산다는 말이 어떤 의미인지 어렴풋이 알아간다.

오늘이 전부인 것처럼

아침 햇살에 눈을 떴다. 아이들 방문을 슬쩍 열고 들여다본다. 끝날 것 같지 않던 큰아이의 야경중은 조금씩 간격이 뜸해지고, 둘째는 아직도 밥 한 공기 비우기가 힘들지만, 특별히 아픈 곳 없이 건강하게 크고 있다. 일어나지 않을 일로 만든 환상 속의 아이들 대신 건강하고 밝은 아이들이 이제야 보인다. 깰까 봐 만지지 못했던 큰아이의 얼굴을 마음 놓고 쓰다듬어본다. 잠든 아이들 뺨에 미안한 마음 없이 차례로 입도 맞춘다.

조심스레 방을 나왔다. 파란색 표지의 다이어리를 챙겨 식탁 왼쪽 '내' 자리에 앉았다. 오늘 날짜와 예상 날씨까지 꼼꼼히 기록하며 아침 일기를 쓴다. 일기 내용은 어제 반성이나 사건이 아닌 오늘 내가 만들 일만 쓴다. 지나간 시간은 그대로 두고, 다가올 시간 또한 신경 쓰지 않도록 오늘에만 집중한다. 학교 다닐 때 배운 일기 쓰기 방법은 '나는 오늘'을 빼고 쓰라고 배웠으나 나의 일기는 무조건 '나는 오늘'로 시작한다. 일기에 쓰인 대로 그 누구도 아닌 내가, 바로 오늘을 살고자 하는 다짐이다.

아침마다 오늘을 살자고 다짐해도 여전히 매 순간 치열하게 산다는 게 말처럼 쉬운 일은 아니다. 다만 예전처럼 걱정과 불안에 발목 잡혀 주춤거리지는 않는다. 걱정과 불안은 밀어두고 눈앞에 보이는 존재로만 보려 한다. 예쁜 꽃을 보면 고민 없이 집어 들고, 하얗고 복슬복슬한 동네 강아지를 한껏 안아보기도 한다. 별을 보며 내일의 소원 대신 오늘도 하루를 무사히 살게 해주어 감사하다고 말한다. 미래의 걱정 대신 그 어떤 말도 붙이지 않은, 지금 보이는 모습 그대로를 채운다. 아무런 수식 없이 그냥 꽃, 별, 강아지. 그게 전부다.

내일의 걱정과 기대의 수식어를 빼고 지금 존재하는 모습 그대로, 그것만으로도 이미 충분하다.

4-10.
과거와 미래로 가는 문을 닫고

윤희진

살아온 삶을 생각하면 성취했던 일과 성공 경험으로 기분 좋은 순간도 있지만, 하지 말아야 할 생각과 행동으로 후회하기도 한다.

학습지 교사를 2011년부터 2018년까지 했었고, 2019년부터 2022년까지는 인터넷 강의 재택업무교사를 했었다. 코로나19 바이러스 감염자 수가 많을 때라 미디어 기기로 학습하는 회사가 크게 성장했다. 집에서 유선으로 회원들을 관리하는 교사여서 일정 소득은 유지할 수 있었다. 그래서 학습지 교사였을 때보다 꿀 직업이었다. 그런데 교사들을 관리하는 우리 조 매니저와 첫 1년간은 마찰이 있어 당장 그만두고 싶었다. 이후로도 완전히 관계가 좋아진 건 아니었고, 퇴사의 이유 중 하나가 되었다.

메신저에 주황색 불이 켜졌다. 또 무슨 전달사항이 있나 싶어 열어보았다.

"선생님, 이번 주 재구매 해당 학생들 파악해서 회원모와 연락하시고 결과 상황 공유해 주세요. 업무 게시글에 꼬리말-확인 꼭 달아주세요."

그저 업무 전달 메시지였지만 짜증이 났다. 특히 두 번째 문장에는 다른 선생님들은 다 '꼬리말-확인'을 다는데 너는 왜 달지 않느냐는 식으로 들렸다. 메시지만 그렇게 보내면 그나마 다행인데, 개인 쪽지로도 같은 내용을 보내왔다. 받은 쪽지를 보자마자 속에서 분노가 치밀어 올랐다.

'아씨! 열 받네. '꼬리말-확인'을 누르지 않아도 업무 확인한 명단이 뜨는데!' 일단은 하라는 대로 '꼬리말-확인'을 달았다. 댓글 쓰지 않아도 되는 공지사항까지 '꼬리말-확인'을 복붙했다.

그러고는 매니저에게 답글을 보냈다.

"이런 건 회사에서 시켜서 하시는 거예요?"

매니저는 발끈했다.

"선생님, 그럼 제가 독단적으로 드리는 업무 지시사항 같으세요? 선을 넘으시네요?"

만약 매니저가 이런 식으로 답하지 않고, 다음과 같이 말해 주었다면 화는 가라앉았을 것이다.

"선생님, '꼬리말-확인'은 보내드린 업무 글을 정확히 확인했는지 한 번 더 체크하기 위한 절차이며, 회사 업무처리 방식입니다. 선생님이 귀찮더라도 따라 주셨으면 좋겠어요."

매니저에 대한 분노는 회사 정책에 대한 불만으로 이어졌다. 매니저가 회사의 업무 지시사항을 교사들에게 전달하는 역할을 하는 사람인 건 알겠지만, 전달하는 방식이 마음에 들지 않았다. 이후에도 수차례 이런 식의 메시지가 전달되었다.

"1년이 지났음에도 신입처럼 물어보는 건가요?"

꼭 그렇게 말했어야 했는가. 자주 하지 않는 업무라면 모를 수도 있고, 잊어버렸을 수도 있는데. 왜 자신은 교사였던 적이 없었던 것처럼 그렇게 회사에 충성하는 사람이 되었는지. 매니저와의 거리는 계속 멀어졌고 감정의 골은 깊어갔다.

감정 기복이 심하고 계획적으로 일하는 게 익숙하지 않아 조직에서 일하는 게 내 성격과는 맞지 않았다. 하지만 생활비를 벌어야 되기 때문에 울며 겨자 먹기로 회사에 다녀야 했다.

신규 회원이 배정되어 회원 어머니에게 전화를 했다. 이 어머니는 고등학교 3학년 때까지 관리를 받는 줄 알고 있었다. 상담 선생님으로부터 가입할 때 잘못 안내 받은 것 같다고 말씀드렸다. 인터넷 강의 관리 서비스는 중학교 3학년까지만 제공된다고 했더니 어머니는 나에게 불끈 화를 내시는 게 아닌가! 내가 도대체 무슨 잘못을 했다고. 상담선생님에게 화를 내야 하는 상황인데 내가 뒤집어썼다. 감정노동자로 3년간 그 일을 하며 별의별 회원 학부모들을 많이 만났다.

곧 퇴사를 앞둔 동료 선생님의 사례는 지금 생각해도 아찔하다. 회원과 학습 상담을 마무리한 후 옆에 있는 아버지를 바꿔 달라고 했다. 아버지는 전화를 받자마자 선생님에게 온갖 욕설을 해댔다. 전화 상담 내용은 회사 선생님들이 업무상 확인할 수 있는 부분이라 더 어처구니가 없었다. 아버님과 처음 하는 상담도 아니었고, 다른 학부모들은 회원과 상담 후에 이어서 전화를 바꿔 받아도 불편하다는 반응은 없었다. 욕설을 한 아버지는 얼굴을 보지 않아도 되니, 마음대로 해도 된다는 생각을 갖고 있는 것 같다. 재택업무교사 3년은 내 삶 중에서 짧은 기간이라고도 볼 수 있지만, 매니저와 고객들에게 말로 받았던 상처는 치료되기까지 긴 시간이 필요했다. 털털한 성격 탓에 기분 나쁜 일을 곱씹지 않는 편이지만, 이런 일이 계속 반복된다면 감당하기 힘들 것 같아 퇴사를 결심하고 사직서를 냈다. 퇴사 날짜를 2주 앞두고 매니저와 화해했다. 지금 생각하니 그나마 다행이다. 그러나 막상 퇴사를 하고 보니, 재택담임교사 업무만큼 시간 대비 소득이 괜찮은 직업은 없었다.

학습지 교사가 되기로 하고 처음 다녔던 회사에 다시 입사하게 되었다. 원래는 학습센터 교사 정원이 있어서 지원했는데, 들어가고 보니 가르칠 학생은 한 명도 없었다. 빈 교실이 제공되었을 뿐. 지국장은 미안한지 방문교사를 겸하라고 말했다. 센터가 집과 가까워서 센터교사로 지원한 건데, 방문교사를 해야 한다니. 원래는 센터교사가 시급해서 구리에 있는 다른 지국에 지원했었다. 거기 갔으면 바로 100과목 이상은 받을 수 있는데……. 출퇴근 거리가 편도 1시간 이상이 걸리는 곳이었기에 좋은 조건이지만 포기했다. 재택담임교사를 할 때는 쉽게 벌 수 있었던 150만 원이 방문학습지 교사로서는 이렇게 힘이 들 줄이야. 그래도 이제는 이미 물은 엎질러졌고, 예전 직장으로 돌아갈 수도 없다. 과거로 갈 수 있는 문이 닫혀버린 것이다.

오늘이 전부인 것처럼

나는 홍보를 잘할 수 있을까? 많은 학생들을 돕는 교사가 될 수 있을까? 한 명도 없는 내 교실에 시간당 15명이상 채울 수 있을까? 신규 회원을 모집하기 쉽지 않은 우리 센터에서 내가 우수 교사가 될 수 있을까? 학부모가 나를 믿고 아이들을 맡길 수 있게 상담을 잘할 수 있을까? 나는 온갖 학습지를 경험한 미라클 코치인데! 내가 원하는 소득은 과연 언제쯤 만들어 낼 수 있을까? 새롭게 함께 일하게 된 선생님들과는 친하게 지낼 수 있을까?

수많은 걱정과 염려로 오지도 않은 미래의 문을 두드리고 있지는 않은지 돌아본다.

인터넷 강의 재택담임교사 시절, 매니저와의 관계가 힘들다고 충동적인 마음에 퇴사하지 않았다면……. 그러나 이미 지난 일, 후회해 봐야 소용없다. 되돌릴 수도 없다. 이제 시작한 일인데, 앞으로 잘할 수 있을까 염려해봐야 얻어지는 건 없다. 어떻게 하면 현재 하고 있는 일에서 성과를 낼 수 있을지 생각해보는 편이 낫다. 과거로 가는 문도 닫고, 미래로 향하는 문도 닫은 채 오늘, 현재, 지금을 살아가는 지혜를 가졌으면 좋겠다. 내가 살고 누릴 수 있는 삶은 바로 지금뿐이다.

5장

오늘이 전부인 것처럼

5-1.
학교 삶을 쓰는 작가

백란현

검은색 바지만 입고 출근하던 내가 1년 만에 치마를 입었다. 주황색 립스틱을 바르고 눈 화장도 했다. 1년 동안 함께 했던 5학년 우리 반 아이들과 헤어지는 날이다. 교실에 들어갈 때 처음으로 마스크를 벗었다. 아이들이 소리를 질렀다. 코로나와 독감, 어느 것도 나의 출근길을 막을 수 없었다. 어떠한 경우에도 아이들 앞에선 마스크를 벗지 않았다. 종업식 하는 날, 우리 반 아이들과 기념으로 마스크 벗고 사진을 찍었다. 이 순간은 오래도록 기억에 남을 것 같다.

평소처럼 학생들은 등교하자마자 우선순위로 실천할 여섯 가지를 메모하여 칠판에 붙였다. 매일 메모하고 실천하는 삶을 1년 동안 강조했다. 종업식 하는 날이라고 해서 안 할 이유는 없다.

학생들이 궁금해하는 6학년 반 배정 결과 발표를 뒤로하고 책부터 읽어주었다. 2023년 경남 독서 한마당 도서 선정위원으로 활동하게 되면서 재미있는 책을 많이 알게 되었다. 그중에서 결말이 가장 궁금하다고 학생들이 말한 책『애니캔』을 읽어주었다. 전부 다 읽어주지는 못하고 중간 부분에서 읽어주기를 중단해야 했다. 뒷부분 이야기가 궁금해서 아쉬워하는 학생들에게 이왕이면 빌려 읽는 것보다 부모님에게 사 달라고 부탁하면 좋겠다고 제안했다. 교실 독서 지도가 가정으로 연계되기를 바라기 때문이다.

교실 자기 자리를 쓸게 했고 미니 빗자루와 실내화, 우산까지 물건을 챙기도록 안내했다. 모든 정리가 끝나면 반 편성 결과를 알려준다고 했더니 아이들 마음이 더 급해 보였다. 책상 줄도 반듯하게 맞추었다. 4일간에 걸쳐 나누어 주었던 6학년 교과서 중에 남아있던 음악, 미술, 실과 세 권도 나누어 주었다. 학생들 자리는 정리가 다 된 것 같다.

거울 달린 연필과 함께 자아 선언문도 하나씩 나누어 주었다. 내가 일일이 좋은 말을 해줄 수 없으니 책갈피로 사용하면 좋겠다 싶었다. 뜻밖의 선물에 아이들 표정이 환하다. 연필 한 자루에 고마워하니 오히려 미안해진다.

마치기 5분 전, 한 사람씩 이름을 부르며 1년 동안 수고했다는 말과 함께 생활통지표를 나누어 주었다. 27번까지 주고 나니 더 이상 내 목소리가 들리지 않을 만큼 학생들의 목소리가 교실에 가득 찼다. '가'반부터 '바'반까지 현재 우리 반에서 누가 함께 6학년으로 올라가는지 확인을 시켜주었다. 일곱 명이 친했던 무리에서는 각자 흩어졌고 두 명만 같은 반에 배정되었다. 담임과 헤어지는 것보다 친한 친구와 같은 반이 되지 않았다는 짐이 너무 속상한 아이들이다. 귀가시켜야 한다. 마지막으로 아이들과 인사를 했다.

"선생님 존경하고 사랑합니다."

"사랑하고 기대합니다."

모두 보냈는데 한 명이 남았다. 나랑 2학기에 '누리교실'이란 이름으로 책 읽기를 꾸준히 했던 남학생이다. 선생님 부르더니 나에게 안긴다. 등을 토닥토닥해주면서 "6학년 올라가서도 건강하게 지내. 가끔 선생님 교실에 놀러 와."라고 말해 주었다.

학생들이 모두 하교했다. 청소가 시급하다. 강당 의자를 정리하러 오라는 연락을 받았다. 졸업식이 끝난 모양이다. 우리 반챙길 일을 뒤로하고 강당에 갔다. 졸업식으로 배열을 맞춰 두었던 의자를 하나씩 접어 무대 쪽으로 날랐다. 무대 바닥에서는 대형 서랍 세 개가 나온다. 선생님 중에 한 명이 서랍 한가운데에 서서 의자를 받아 안쪽에서부터 차곡차곡 정리했다.

교실로 돌아와 내가 사용하던 컴퓨터 파일을 정리했다. 인증서는 삭제했고 구글, 학교 종이 알림장 등 각종 사이트도 로그아웃을 했다. 필요 없는 파일은 버렸고 업무 파일은 그대로 두었다. 내 짐 중에서도 버릴 것은 쓰레기봉투에 넣었다. 10년 넘게 가지고 있었던 전원 연결선도 버렸다. 사용했던 걸레도 버렸고 1년간 모둠 활동 때 사용했던 문구도 버렸다.

종업식 날에는 급식이 없어서 컵라면을 먹을까 생각하던 참이었다. 동 학년 선생님들이 점심을 어떻게 할 것인지 묻는다. 모두 조퇴하고 나만 남은 줄 알았는데 함께 먹을 동료가 있다. 피자 두 판을 시켰다. 늘 회비로 간식을 먹었기 때문에 살 기회가 없었는데 종업식 기념으로 내가 피자 값을 냈다. 함께 먹으며 1년간 잘 지냈다며 자축할 수 있어서 점심시간의 여유를 가져보았다. 아이들 챙기느라 선생님들과 이야기 나눌 시간이 부족했는데 근무하는 마지막 날 마스크 벗고 함께 음식을 나눠 먹는 시간도 가졌다. 선생님들도 교실 짐을 옮겨야 하고 출석부 서류도 문서고로 넘겨야 한다고 했다. 건강하게 지내라는 인사를 하고 교실로 돌아왔다. 점심시간 덕분에 기운을 냈다.

3년 만에 다시 학년부장을 맡는다. 5학년 3반에서 1반으로의 이사는 같은 층이라 힘들지 않다. 5학년 1반 짐이 빠지지 않았지만 내 짐을 교실 뒤편으로 옮기기로 했다. 새로 살게 될 5학년 1반에는 학급문고가 꽂혀 있는 것 같다. 현재 교실 주인이 짐을 빼서 옆 학교로 이사를 간 후에는 학급문고 먼지 있는 책부터 모두 버리고 내 책으로 채우게 된다.

내가 가지고 다니는 학급문고, 책꽂이, 사무 용품을 조금씩 옮겼다. 재작년 명퇴한 옆반 선생님이 준 수레가 큰 몫을 했다. 환경 게시물, 수납 바구니 등 수납장 짐은 빼낼수록 처음보다 늘어나는 것 같다. 짐이 빠진 자리에 먼지가 선명하게 보인다. 물티슈로만 닦아내기엔 한계가 있어 보인다. 사용하지 않아서 버리기로 했던 수건 걸레에 물을 묻혀서 교실 창틀, 난간, 사물함 위, 책상, 바닥을 닦았다.

오늘이 전부인 것처럼

어제도 저녁 6시 20분까지 학생들과 쌍방향 독서 수업을 했었다. 종업식 당일은 가능하면 칼퇴를 할 수 있겠다는 생각도 했는데 청소를 마치고 나니 퇴근 시간보다 한 시간은 지나 있었다. 20리터 쓰레기봉투 두 개와 종이박스, 깨진 쓰레받기, 내 가방까지 모두 챙겨 1층으로 내려왔다. 쓰레기를 버린 후 내 마음이 더 가벼워졌다. 작가로 살아가기 전에는, 종업식인 오늘처럼 일이 많았을 때마다 투덜거렸다. 신학기 준비에 대한 부담도 있었고 일은 해도 줄어들지 않는 것 같았다.

집에 가면 '오늘'을 쓰는 평범한 작가가 된다. 내 경험이 글에서 다시 재생된다. 하루에 몰입하면 쓸 내용이 보인다. 쓰기 위해서 하루의 삶에 충실한다. '지금' 해야 할 일에 집중한다. 나를 찾는 김 작가의 전화도 반갑게 받는다. 일의 흐름이 끊어지지만 전화 통화 덕분에 쓸 거리는 채워진다. 치열하게 하루를 보냈다.

저마다 바쁜 일상으로 인하여 나의 오늘에 대해 관심 없는 사람이 많다 하더라도 내 글을 기다리는 블로그 이웃과 독자들로 인하여 나는 기록한다. 마스크 벗고 인사로 시작한 오늘, 점심 식사를 피자로 해결하면서 동료들과 종업식을 마무리할 때의 기분. 몸은 피곤했지만 한 글자씩 입력한 블로그 글이 마무리될 때까지, 작가로서 수고했다고 칭찬한다. 잘했다. 백란현!

5-2.
후회 없는 인생을 위해

서영식

　　　　　주위를 보면 자신감이 넘치고 여유가 있는 사람이 있다. 반면, 왠지 모르게 위축되어 있거나 쫓기는 것처럼 보이는 사람도 있다. 스스로 불안함을 느끼면 내색하지 않아도 주위에서 느껴진다. 여유가 있는 사람들을 본다. 사전 준비를 철저하게 한다. 예측하지 못할 상황도 대비한다. 물어보면 계획대로 되지 않을 경우를 준비한 플랜 B도 있다. 나는 일을 할 때 정해진 일정보다 미리 준비하는 편이다. 업무 지시받으면 즉시 일을 일단 시작한다. 어떻게 할지 대략적인 방향을 잡는다. 기억이 없어지기 전에 해야 할 일을 기록해 놓는다. 중요도에 따라 우선순위도 정한다. 허둥지둥 시간에 쫓기는 걸 강박적으로 싫어한다. 일에 끌려가지 않고 내가 주인이 되려고 한다. 적어도 내가 하는 일만큼은 의사결정의 주체가 되려고 한다. 일의 결과물을 어떻게 내야 할지도 생각한다. 목표를 분명히 하고 명확한 성과

　　　　　　　　오늘이 전부인 것처럼

를 내기 위해 실천하는 나만의 방식은 다음과 같다.

첫째, 매일 기록하는 것이다.

어제 한 일을 돌아보고 오늘 해야 할 일을 생각한다. 어제 내가 뭘 했는지, 얼마나 최선을 다했는지 생각해 본다. 지나고 나면 기억이 잘 나지 않는 경우가 많다. 갑자기 며칠 전에 먹은 점심 메뉴를 떠올리려고 해도 기억이 가물가물하다. 하루를 소중하게 보내기 위해 기록을 통해 확인한다. 출근해서 제일 먼저 하는 일은 업무계획을 일단 쓴다. 오전, 오후로 나누어서 뭘 해야할지 기록해 놓는다. 매월 말이 되면 다음 달에 해야 할 일을 미리 계획한다. 시간에 쫓기지 않고 미리 준비해서 업무에 끌려가지 않고 내가 이끌고 나간다.

둘째, 독서를 통해 새로운 지식을 저장한다.

독서는 부족함을 채워 줄 수 있는 훌륭한 도구다. 필요한 지식은 독서를 통해 얻는다. 요즘은 인터넷 검색이나 유튜브를 통해 얻을 수 있는 정보가 많다. 깊이 있게 알려고 하는 내용을 핀셋으로 딱 집어서 확인하는 방법이 독서다. 좀 더 깊이 있는 지식은 책을 통해서 얻는다. 업무에 필요한 전문지식, 인간관계, 자기 계발 관련 도서를 주로 읽는다. 책을 읽고 메모한다. 기록한 내용은 업무나 일상에서 활용할 일이 생긴다.

셋째, 하루의 시간을 관리한다.

시간을 관리하는 방법은 여러 가지 기법이 있다. 예전엔 시간

관리의 중요성에 대해 깊이 고민하지 않았다. 매일 최선을 다한다고 생각만 했다. 요즘은 하루 시간을 나누어서 해야 할 일을 정하고 정해진 시간에 끝내려고 한다. 시간 관리를 위해 시간대별로 해야 할 일을 정리한다. 정리해 놓으면 시간에 맞춰서 일을 끝낼 수 있다. 끝내지 못한 일들은 다음 날 시간으로 다시 일정을 표시한다.

이렇게 세 가지를 실천하면서 나의 삶은 많이 변했다. 쉬운 일은 아니지만 매일 실천하려고 노력한다.

매일 의미 있는 하루를 보내고 있는지도 생각해 본다. 오늘 내가 한 일이 어떤 역할과 도움이 되는지도 고민한다. 아무런 의미 없이 하루를 보내면 몸은 편하지만, 마음은 편하지 않다. 무언가 의미가 있는 일을 했다고 생각하고 잠자리에 누우면 뿌듯하다. '그래, 오늘 이런 일을 했었지. 내일은 이렇게 해야겠다.'

하루를 그냥 의미가 없이 보내고 나면 '해야 할 일은 제대로 하고 있나? 뭔가 놓치는 게 있는 거 같은데.' 하는 불안한 느낌이 밀려온다. 성취감을 느낄 수 있는 것도 중요하다. 작은 성취감이라도 맛볼 수 있도록 노력한다. 직장생활에서 보람을 느끼는 순간은 '수고했어'라는 말을 들을 때다. 노력한 나에게 작은 보상을 해준다. 읽고 싶은 책을 사서 본다. 달콤한 블루베리 스무디를 사서 먹기도 한다. 작은 보상을 통해 나의 마음은 또 더 잘하고 싶다는 동기 부여가 된다.

책 쓰기 수업을 듣고 실천해서 효과가 있었던 내용을 공유하려고 한다. 잠들기 전 내일 아침에 상쾌한 기분으로 즐겁게 일어나는 상상을 하는 것이다. 사람의 뇌는 신기한 부분이 많다. 중요한 일이 있어서 잠들기 전 내일 몇 시에 꼭 일어나야지 하고 잠을 잔다. 알람이 울리기 전이라도 시간에 맞춰서 일어난다. 마음을 어떻게 가지냐에 따라서 하루가 달라지기도 한다. 특히 잠들기 전 시간이 중요하다. '오늘 많이 힘들었네. 내일도 힘들겠지. 걱정이다. 어떻게 해야 하지.' 고민하고 걱정하다가 뒤척이며 잠들면 다음 날 아침에 머리가 무겁다. '오늘보다 내일 더 잘할 수 있어. 내일도 즐거운 마음으로 일어나자.' 하면 아침이 상쾌해진다. 시간 관리도 중요하긴 하지만 마음을 다스리는 것도 중요하다.

스스로 너무 압박을 가하지 않도록 하는 것도 필요하다. 고무줄은 당기는 대로 늘어난다. 너무 심하게 당기면 결국은 끊어진다. 잠깐 멈춰서 한숨 돌리는 시간이 필요하다. 화가 나 있는지, 뭔가에 쫓기고 있는지, 슬픈지, 외로운지, 기쁘고, 활력이 넘치는지, 의욕이 충만한지….

한 번씩 자신을 돌아보고 마음의 소리를 들어본다. 매일 정신없이 지내다 보면 어떻게 사는지 잘 보이지 않는다. 한 번쯤 쉬었다가 다시 전진할 필요도 있다. '작년 이 시기에 나는 무엇을 하고 있었나? 그때의 내 마음과 지금의 내 마음은 어떤 차이가 있을까?' 작년보다 올해가 더 나아지고 있다고 생각한다. 작년에 쌓인 경험으로 올해는 한층 더 성장한 기분이 든다.

혼자 있는 시간에 짧게라도 잠깐이나마 글을 써보는 게 도움이 된다. 나에게 집중한다. 어지럽고 복잡한 마음을 차분하게 돌아보고 정리한다. 아무리 최선을 다해도 아쉬움은 남는다. 더 잘

할 수 있었는데. 조금만 더 열심히 할 걸…. 그래도 위로할 수 있는 건 시간을 허투루 쓰지는 않았다는 점이다. 다시 한다고 해도 똑같이 할 거고, 후회하지 않는다는 마음이다. 지금도 똑같은 선택을 할 것인가 물어볼 때 당당하게 '그때도 맞고 지금도 맞다.'라고 말할 수 있도록 노력한다.

살아온 날보다 살아갈 날이 더 소중하다. 늦은 나이라는 건 없다. 이미 지나간 시간을 후회한다고 해도 돌아오지 않는다. 현재와 미래는 내가 만들어 가는 시간이다. 최선을 다해 노력한 시간은 누적이 되어 돌아온다. 나의 존재 목적은 무엇일까? 내가 없다고 이 세상이 안 굴러갈까? 삶의 이유는 내가 만들어 간다. 미약한 존재지만 뭔가 그래도 태어났으면 세상에 도움이 되는 일을 해야 한다고 생각한다. 먼 훗날 내가 살아온 삶을 돌이켜 보고 '그래도 열심히 살았다. 후회는 없다.'라고 할 수 있기 위해서.

나는 어떻게 살아가고 있을까? 변화하고 성장하기 위해 노력하는 시간은 얼마나 될까? 5년 뒤, 10년 뒤 지금의 나에게 뭐라고 말하게 될까? 그때도 똑같이 지금처럼 살면 된다고 할 수 있을까? 열심히 산다는 건 다른 사람에게 평가받는 것이 아니다. 스스로 자신을 돌아보고 생각하는 것이다. 자꾸 편안함을 찾는다. 오늘은 귀찮으니까 그냥 쉬어야지. 변화하기 위해서 노력하지 않으면 멈추게 된다. 자전거는 페달을 돌려야지 앞으로 나아간다. 가만히 있으면 그대로 서 있다. 시간은 끊임없이 흘러간다. 내가 멈추고 있어도 계속 흐른다. 붙잡을 수 없다. 정해진 시간 내에 모든 걸 끝내고 싶다. 마음먹은 대로 되지 않을 경우도 있다. 시간에 맞춰서 일이 딱딱 끝날 때 기분이 좋다. 정해진 시간 안에 일이 진행되지 않을 때도 있다. 심한 변비에 배가 아픈 것처럼 불편하다. 혼자서 일을 다 할 순 없다. 혼자 독불장군처럼 달리는 게 아니다. 함께 도와주고, 도움을 받는다. 멀리 가기 위해서는 함께 가야 한다.

영화 〈아메리칸 뷰티〉의 명대사 '오늘은 당신의 남은 인생의 첫 번째 날'이라는 문구를 항상 마음에 새긴다. 어제의 나는 이미 오늘의 내가 아니다. 기회의 신은 앞머리만 있고 뒷머리가 없다고 한다. 지나간 시간은 돌아오지 않는다. 영화처럼 과거를 바꿀 수도 없다. 매일 나의 첫 번째 날을 바꾸는 행동이나 습관은 미래를 바꿀 수 있다. 미래의 내가 원하는 모습을 상상한다. 아침에 눈을 뜨면 하루를 어떻게 마무리할지 먼저 생각한다. 잠들기 전 하루를 돌아본다. 조금씩 목표를 향해 다가가고 있음을 느낀다. 사람은 두 번 태어난다고 한다. 첫 번째는 출생이고 두 번째는 인생의 의미를 알게 되는 때라고 한다. 인생의 점을 매일 찍고 있다. 큰 점을 찍고 굵은 선으로 인생을 그리고 싶다. 후회 없는 삶을 위하여!!

매 순간 오늘이 중요한 이유

오정희

―――――――――   ―――――――――

"여러분 모두는 다이아몬드와 같습니다."

 새 학기에 내가 자주 쓰는 말이다. 나는 15년 차 프리랜서 화학 선생이다. 그런데도 매해 새롭다. 화학의 유용성을 설명하고, 우리 몸을 구성하는 성분 원소들에 관해 설명한다. 화학결합과 화학반응 식을 얘기하면서 변화를 얘기하고, 배려와 나눔을 말한다.

 매일 섭취하고 매일 사용하고 있는 거의 모든 것에 탄소는 포함되어있다. 어떤 구조로 존재하느냐에 따라 가치와 쓰임에 엄청난 차이가 있다. '원소도 그러한데 만물의 영장인 인간, 우리의 삶은 얼마나 다양한 구조와 가치를 가질 수 있을까?'라는 상상만으로도 오늘 하루가 흥미롭다. 오늘도 여러분 각자의 삶은 보석같이 빛난다. 가치를 만드는 하루였으면 좋겠다는 마음을 전한다. 꼭 거창하거나 커다란 성취가 있어야만 하는 것은 아니다. 소중하게 매일 매일 가꾸어 나간 오늘이 모여 보더 나은 내일이 만들어지는 것이라고.

말은 이렇게 하면서도 나는 변화 없는 일상의 반복이 힘들다고 생각했다. 당연하다고 생각한 똑같은 일상의 소중함을 알게 되었다. 노트북과 며칠째 씨름하고 있다. 토요일 아침부터 이상했다. 제대로 작동하지 않았다. 정리되지 않은 파일, 지난 시간을 하나씩 정리하고 싶었고, 정리하고 있었다. 정리한다고 지난 시간이 정리되는 것은 아니지만 나의 노트북은 내 맘대로 정리하는 것도 허락하지 않았다. 속도는 속 터지게 느렸고, 저장공간엔 과부하가 걸렸다. 노트북은 초기화 작업을 하고 점검을 받은 지 얼마 되지 않은 상태였다. 또다시 이상해진 것이다. 마음이 급했었나 보다. 늦게까지 자료를 정리하다 노트북을 켜 놓고 잠든 사이 문제가 발생했다. 속도가 느린 것을 떠나 파일을 읽을 수도 볼 수도 없는 상태가 되었다. 화면은 에러가 뜨고, 하드디스크의 저장공간은 '0'이었다. 답답하긴 했지만 일단 주말을 보내고 월요일 아침 A/S를 맡겼다. 점검을 부탁하고 나오는데 햇볕이 따스한 봄바람에도 몸이 움츠러든다.

마흔넷의 나이에, 계약직으로 학교생활을 시작했다. 매번 새로운 시작은 적응하는 데 시간이 걸렸고 마음 감기를 앓았다. 청소년만 방황하고 흔들리는 것은 아니었다. 이렇게 15년이란 시간이 흐르자 이젠 많이 흔들리지도 아파하지도 않는다. 맷집이 생겼나 보다.

짙은 안개로 한 치 앞도 보이지 않는 출근길, 억수로 쏟아지는 빗속에서 자동차가 물 위에 떠가는 느낌을 받을 때도 늦지 않게 도착했다. 잘하고 있는지 알 수 없을 때도 무조건 했다. 그렇다고 삶을 마냥 긍정하는 것은 아니었다. 생각을 바꿨다. 이렇게 사는 지금의 삶도 나쁘지 않은 것 같다고 생각한다. 그러면서 나의 삶은 내일은 오늘보다 좀 더 내 꿈에 가까이 다가갈 거란 희망도 품어본다.

삶은 속도전이 아님을 알기에 조급함과 불안을 내려놓는다. 오늘 하루의 의미에 가지를 담아보려 애쓴다. 각각의 지층이 만들어내는 암석처럼 단단해진다. 내 삶의 조각보를 상상하며, 100개가 넘는 원소를 떠올려본다. 잘 알려지지 않은, 존재조차 모르는 원소들도 많다. 하지만 각각의 존재 자체만으로도 의미 있음을 배움으로 전한다.

새벽 5시 30분 알람 소리에 눈을 뜨고 밖으로 나온다. 차가운 아침 아직 어둠은 짙다. 불빛 환한 체육관으로 들어간다. 아침부터 몸의 세포들을 하나씩 깨우는 사람들 무리에 합류한다. 앞에 보이는 커다란 거울 속 나의 모습이 나를 본다. 조금은 어색한 모습이지만 이 모습 또한 내가 사랑해야 할 나의 모습이라는 생각이 들었다. 이마에 작은 땀방울 하나가 맺힌다. 인생은 도전의 연속이라고, 이마에 맺히는 땀방울이 기분 좋다. 조금은 낯선 내게 찬란한 순간들을 선물하고 싶은 마음이다. 거창하진 않아도 소소한 성취감과 일상의 기쁨을 건강하게 오래 즐길 수 있기를 바란다. 치열한 삶만이 성취와 보람을 안겨주는 건 아니라는 생각도 한다. 이렇게 오늘 흘린 작은 땀방울 하나, 아름다운 삶을 이어 나갈 수 있다고. 몸이 조금 가벼워지는 느낌이다. 오늘은 또 다른 내일이니까 오늘의 작은 점들이 만들어 줄 나의 삶을 상상해 본다. 출근하기 위해 현관을 나서는데 아침 바람이 부드럽게 느껴진다.

영원한 것은 없다. 추위에 자꾸 옷깃을 여미게 되는 요즘이지만, 그래도 봄은 온다. 그냥 쓱 소리 없이 다가오는 봄보다는 꽃샘추위를 느끼며 맞이하는 봄이 제맛이다. 나의 삶도 그렇지 않을까 하는 생각을 해본다. 못살 것 같던 지난 시간이 나를 살게 했다. 내 삶에 빗살무늬 하나 새기듯 흔적을 남긴다. 견디지 못할 지금은 없다. 거실 가득 환한 햇살이 기분 좋다. 말썽을 부리는 노트북도 어깨를 웅크리게 하는 꽃샘추위도, 지금의 나의 모습도 소중한 오늘의 '나'이다. 흔쾌히 내 삶으로 받아들인다. 아무것도 예측할 수 없는 지금이 조금은 걱정되고 불안하지만, 나를 믿고 응원한다. 그동안 돌보지 못했던 나를 돌보기로 한다. 이제는 약해지지 않고 흔들리지 않을 나, 당당하게 용기 낼 수 있는 나를 응원한다. 철없는 어른이라 말해도 상관없다. 조금은 가볍고 자유롭게, 나답게 나의 행복을 꿈꾼다. 오늘 하루가 새롭다. 배움을 통해 성장하는 즐거움을 느끼는 오늘도 행복하다.

인생은 달리기 경주가 아니다. 매일의 삶, 순간의 합이 이루어내는 것이다. 매년 마지막이라며 일했던 시간이 나의 경력을 만들어 주었다. 내일의 내가 원했던 일이 아니라 오늘 내가 했던 일이 지금의 나의 경력이다. 내일이 아니라 오늘이 내일을 만든 다는 것을 알기에 이젠 오늘을 잘 살기로 했다. 아직 오지 않은 내일을 기다리며 오늘을 낭비하지 않을 것이다. 지금, 이 순간, 여기 이곳에서 오늘을 밀도 있게 찬란한 순간들로 채워나갈 것 이다.

오늘이 전부인 것처럼

5-4.
내 인생에서 가장 화려한 날

이경숙

2023년 2월 셋째 토요일. 아침 식사를 마치고 첫째 세연이가 정릉에 케익을 찾으러 다녀왔다. 서대문인 우리 집에서 정릉까지는 시내버스로 거의 50분 걸린다. 이미 한 달 전에 예약해뒀다. 세연이가 찾으러 가지만, 케익을 주문해준 사람은 따로 있다. 나를 하나라도 챙겨주려 애쓰는 해냄코치다. 지난 1월 잠실 교보 사인회 뒤풀이 때 '케익은 내가 할게요.' 했다. 케익을 들고 온 세연이는 케익 만든 사장님도 엄마 책을 읽고 있다고 한다. '도움이 많이 되어 감사하다.'고 했다. 책을 읽어서였는지 케익 모양도 섬세하게 책 표지 느낌도 살리고, 각 장의 제목도 글씨를 써서 꽂아두었다. 마음에 쏙 들었다.

간단하게 점심을 먹고 택시를 예약했다. 가져갈 짐이 많고 네 명이 타야 해서 둘째 영현이가 밴으로 예약했다. 케익이며, 답례품, 꽃바구니, 태극권 도복 등을 챙겼다. 케익과 꽃바구니만 들고, 나머지 짐은 트렁크에 실었다. 생각보다 길이 막혔다. 마음이 급한데 택시는 가다 서다를 반복한다. '30분만 일찍 나올걸.' 마음은 벌써 잠실 교보다.

이미 도착해서 아이들이랑 놀고 있다는 유 코치가 사인회장 사진을 찍어 코치 단톡방에 올려줬다. 그 사진은 커다란 화환이 먼저 보였다. 두 시에 도착할 예정이라더니 벌써 도착해있다. 사진으로만 봐도 화환이 꽤 컸다. 막혔던 길이 뚫리자 택시가 속도를 냈다. 그래도 내가 도착하려 했던 두 시가 훨씬 지났다. 교보 사인회에 갈 때마다 나는 잠실역 7번 출구를 통해 들어간다. 7번 출구로 가려면 코너를 돌아야 한다. 그냥 가까운 8번 출구 앞에서 내려달라고 했다. 각자 자기가 들 짐을 들고 뛰었다. 1초라도 빨리 가야겠다는 생각뿐이다. 다들 기다리고 있을 것 같아 민망한 생각도 든다. 급히 내려갔더니 이은대 작가님이 벌써 사인회 탁자 뒤, 위쪽에 플래카드를 걸고 있었다. 대구에서 오시는 분보다 늦게 도착해 부끄러웠다. 들고 갔던 짐들을 정리하고 같이 간 딸들을 작가님에게 소개했다.

케익을 꺼내서 탁자 위에 올렸더니 다들 예쁘다고 사진 세례다. 이은대 작가님도 너무 예뻐서 한참을 서서 보았다고 했다. 자리에도 앉아보고 화환도 둘러보았다. 지금까지 전국 어느 교보문고에도 화환이 들어간 적이 없다고 했다. 이번만 특별히 허락했다고 한다. 화환을 선물해준, '책 읽어주는 햄미' 작가님이 고마웠다. 예쁜 화환을, 사인회가 끝난 후에 치워야 할 짐으로 생각해야 하는, 교보문고 측에는 미안했다. 미안함은 뒤로하고 고마운 마음만 갖는다.

교보문고 담당자와 인사를 나누었다. 탁자에 생수와 드링크 두 병을 놓아주었다. 네이비색 벨벳 천으로 싸인 방명록과 네임펜이 있다. 사인회를 진행하는 작가가 적는 방명록이라고 했다. 참고하려고 앞장을 넘겨보았더니 우리 자이언트 작가들의 이름도 보였다. 더 넘겨보니 유명한 작가들 이름과 사인도 있다. 긴장되었다. '이런 작가들과 같은 방명록에 나도 사인을 한다고?'

드디어 3시. 사인회를 시작했다. 이은대 작가님이 사인회에 참석한 작가들과 독자들에게 인사를 했다. 나란히 서 있는 나도 인사를 해야 할 거 같은데, 해야 할지 말아야 할지 몰라 고개를 반쯤만 숙였다. 다른 작가들이 할 때 잘 봐둘 걸 후회된다. 작가님은 사인회에 참석해줘서 감사하다는 인사를 마치고 나를 소개해주었다. 나는 이민규 교수의 『생각의 각도』 저자 특강에서 있었던 일화를 얘기했다. 저자에게 하고 싶은 말을 해보라고 했다. '너무 좋은 책이라 나중에 딸들 시집갈 때 혼수기로 넣어주고 싶다고 말했다. 그 작가님은 왜 『생각의 각도』 책이냐고, 엄마가 직접 써서 넣어주라고 했다. 그 말을 들을 때만 해도 '내가? 책을?'이라고 생각했다. 그런 내가 그 책이 출간된 지 채 2년이 안 돼 저자 사인회도 하게 되었다. 이민규 작가님 덕분인 것 같다.' 이제 여러분 차례다. '꼭 책을 집필해서 사인회도 하라'고 얘기했다.

나름 집에서 사인 문구를 연습했지만, 글씨가 내 마음 같지 않다. 내가 천천히 사인하니, 유명 작가 사인회 같은 분위기라고 말하며 답례품을 챙기는 딸들이 웃었다. 사인회를 한다고 전화했더니 한달음에 달려 와준 친구 지숙이, 시아버님 제사 모시러 가는 중에 남편과 들렀다는 대학 친구 연숙이, 부천에 사는 주말 부부인데 일부러 남편이랑 잠실로 데이트 나왔다는, 세연이 초등 1학년 때 같은 반 자모 기은이 엄마, 광주에서 잠실까지 고속버스로 다녀오면 너무 피곤할 것 같다며 남편이 직접 운전해서 참석한 박 코치 부부, 대구에서 오후에 두 군데 약속이 잡혀있는데 내 사인회에 꼭 참석하려고 왔다며, 뒤풀이도 참석하지 못하고 바로 SRT로 내려가, 밤늦게까지 대구에서 일정을 마쳤다는 동료 백 작가님, 매번 사인회 때마다 김해에서 서울까지 다녀가는 또 다른 백 작가, 그 밖에도 무수한 사연이 있을 텐데도 제주도를 제외한 각지에서 와준 동료 작가들. 참석해 준 모든 분 한 명 한 명에게 몇 번이고 머리 숙여 감사를 전하고 싶다. 내가 쓴 책에 사인하면서도 사인하고 있는 사람이 내가 맞나 싶다. 평생 받을 기쁨과 행복한 일을 한꺼번에 다 받는 날 같다.

사인회를 마치고 뒤풀이했다. 이전 뒤풀이 때는, 감사한 마음을 담아 사인한 작가가 노래를 불렀다. 나는 노래를 잘하지 못해서 고민이었다. 아무리 아이디어를 떠올려봐도 방법이 떠오르지 않았다. 10년 넘게 수련해왔던 태극권을 보여줘야겠다. 같이 수련하는 사람들을 빼고는, 한 번도 내가 아는 사람들 앞에서 해본 적 없는데. 대회에 참가하거나 중국 행사에서 시연을 보여야

오늘이 전부인 것처럼

하는 경우가 아니면, 태극권을 해 본 적이 없다. 그냥 내 건강을 위해 하는 운동이기 때문이다. 처음으로 사적인 자리에서 보여주기 위해 도복을 챙겼다. 원래 대회나 시연에서는 하얀 도복을 입는데 2월이라 너무 추워 보일 것 같아 까만 도복을 챙겼다. 태극권 할 때 신던 신발이 아닌 평소에 신던 운동화를 챙겼다. 뒤풀이 장소에서 분위기가 무르익을 무렵 노래로 답례하라고 했다. 5분만 여유를 달라고 하고 까만 도복으로 갈아입었다. 10여 년 만에 입어 보는 도복이다. 대회에 나갈 때는, 거기에 참가한 사람 모두 도복을 입고 있고, 나와 같은 입장이라 조금 덜 떨린다. 시연을 시작하자마자 갑자기 조용해져서 긴장되었다. 너무 조용해 중력이 없는 곳에서 나만 휘적이는 느낌이었다. 4분도 안 되는 짧은 시간인데 내게는 꽤 긴 시간이었다.

"작가님, 내공이 태극권에서 나왔군요." 이런 말을 해주는 작가도 있었다.

축하해 주던 많은 동료 작가와 코치들, 같이 자리했던 모든 분에게 감사하는 마음이 절로 일었다. 나는 늘 혼자였다. 친정어머니가 일찍 돌아가시고 여자 형제도 없다. 누군가에게 어려운 얘기를 잘하지 못한다. 사인회를 준비하는 동안 찬조해주겠다는 연락이 올 때마다 눈물이 났다. 나는 그분들을 얼마나 챙겼는지 돌아보았다. 더 많은 사람에게 마음도 쓰고 힘도 보태야겠다는 걸 사인회를 통해 배웠다. 선물도 꽃도 얼마나 많았던지. 남편이 옆에서 말했다.

"오늘이 당신 인생에서 가장 화려한 날이네. 맘껏 누려."

'아, 오늘은 맘껏 즐겨도 되는 날이구나.'
"그렇지만, 먼저 감사하고 싶어요."

세상은 혼자 사는 것이 아니다. 받기 전에 먼저 주라는 말을
많이 들어왔다. 실천하지 못했다. 내 주변에 그 말을 실천하는
사람들이 많이 있다는 걸 알았다. 참으로 감사하다. 화려하다는
것은 홀로 빛나는 것이 아니다. 감사의 토양에서 함께 피어나는
꽃이다. 감사할 수 있는 사람들과 어우러질 때, 더욱 빛이 난다.
나도 누군가에게 감사받는 사람이고 싶다.

오늘이 전부인 것처럼

5-5.
그냥 해봐

이선희

"추진력은 이선희야."

이런 말을 들으며 살아왔다. 나는 오늘도 움직이는 중이다. 인내심을 갖고 지속하는 일은, 나의 추진력이 계속 작동하고 있다는 뜻이다. 인내심도 습관이다. 속도는 급하지 않게, 천천히. 바쁘게도 살아보았다. 잃는 것이 많았다. 나의 강점은 도전적인 마인드이다. 내가 가진 진정한 잠재력을 믿고 배우며 실천하는 삶, 일명 "그냥 해봐" 정신이다. 나는 확장을 위한 출발이라고 생각하면서 늘 배우는 자리에 있었다. 멈추지 않았다. 치열하게, 간절하게 그리고 숨이 막힐 정도로 원했다. 지금 오늘에 살고 싶었다. 취미로 책을 읽는 것이 아니다. 나의 고객에게 한 마디라도 상황에 맞는 적절한 말을 전달해 주고 싶은 열망이 있다.

나는 감동과 성장을 주는 1인 기업가이다. 그렇게 살기 위해 성실한 태도, '성장 마인드'로 달려왔다. 배우며 알아차리고, 실천으로 보여 주는 사람으로 살고 있다. 한편으로는 주부들의 경제적 독립도 돕고 싶다. 나의 "그냥 해봐" 정신은 정주영 회장이 남긴 인상 깊은 어록 중 '이봐 해보기는 했어?'에서 기인했다. 도전 의식을 북돋아 주는 말로 지금까지 회자 되고 있다. 불가능이 없다는 생각으로 현대를 이끌어 온 수장, 정주영 회장의 정신은 나의 "그냥 해봐"로 자리 잡았다. 현재 나의 1인기업 브랜드가 해냄 마인드 기업이다. 새롭게 시도한 인생 후반에 "그냥 해봐" 정신은 외적인 동기에 의해 발생하는 것 아니라, 나의 내면에서 뿜어져 나오는 생기있는 행동력이다.

2022년 1월 20일, 인생 삼모작이 시작되었다. 오프라인에서 활동했던 경험으로 온라인에서 무엇을 할 것인가 생각해 보았다. 내가 가장 잘하는 일은 코칭 강의다. 나와 같은 뜻을 가진 사람들과 협력하고 싶었다. 방법론과 구조화에 뛰어난 배용관 코치가 떠올랐다. 신속하게 전화해서 협업을 요청했다. 한국코치협회 자격 과정을 협업하기로 했다. 오전에는 배용관 코치가 강의하고, 저녁에는 내가 강의한다. 인원은 오전 13명, 오후 9명. 나는 아시아 코치센터에서 125시간 코칭을 교육받고, 2012년에 KPC 전문가 자격증을 취득했다. 가장 큰 문제는 줌으로 강의를 해본 경험이 없다. 나는 부족한 것을 탓하지 않고, 배우면서 실행해 나가는 일을 한다. 오전에는 협업하는 분의 요청으로 FT(협업해서 가르칠 수 있는 지도자) 교육을 받았고, 오후에는 내가 직접 수업해야 한다. 줌부터 다시 배워야 했다. 나는 줌을 사용하고 있는 후배에게 부탁해서 3시간 동안 배웠다. 그리고 바로 저녁에 강의를 시작했다. 줌으로 강의해 본 적은 없지만, 오프라인에서는 오랫동안 강의해 왔던 그 경험으로 무난하게 강의할 수 있었다.

나는 행동했고, 그때 만난 고객 중에 지금 KAC 합격자 15명, 시험에 도전하지 않고 준비 중인 수료자 15명이 있으며, 코칭 공부를 시작하는, 해냄 5기가 현재 진행 중이다. 그리고 이글을 집필하는 동안, 한국코치협회의 전문 코치인 KPC 과정을 해냄에서 공부한 코치 여섯 명이 전원 합격했다는 소식에 흥분되었다. '그냥 해보자'는 마음으로 시작했는데 이렇게 한 가지씩 이루어가고 있다. 경험이 부족한 사람들에게 내가 할 수 있는 일은 멘토 코치로서 돕는 것이다. 강의를 마친 후, 그들이 코칭을 잘할 수 있도록 선배코치로서 코칭을 해준다. 새롭게 공부한 코치들이 코칭을 통해 자신의 삶을 개척하고, 직업으로 연결할 수 있도록 동기부여하고 에너지 주는 일. 내가 늘 강조하는 '기대하지 않고 기여한 삶'이다.

어떤 일이든 시작해서 이루기까지 많은 고통과 실패 그리고 좌절을 겪는다. 그렇지만 강점으로 이겨낸다. 나의 강점은 인내심과 학구열 그리고 열정이다. 약점보다는 강점에 집중한다. 인내심은 나의 대표 강점이다. 결혼생활에서도, 또 인간관계에서도 꼭 필요한 덕목이다. 열정은 꾸준히 유지하는 것이 중요하다. 열정을 유지하려면 에너지가 있어야 한다. 그 에너지를 배움으로, 혹은 함께 공부하는 사람들의 지지와 응원으로 충전한다. 마지막 학구열은 오늘도 쉬지 않고 배우려는 나의 존재, 그 자체다.

코칭 강의를 열기 전 1월 15일 날, 나도 에너지를 얻고 싶어서, 수서에 있는 강규형 대표의 강의장에 직접 가서 강의를 들었다. 3P 바인더를 쓰는 과정이다. 강의장이 마음에 든다. 강의장 옆, 휴식 공간에는 책장에 3P 바인더와 판매를 위한 책이 가지런히 주인을 기다리고 있다. 강의 듣기 위해 온 고객을 위해 간단한 간식으로 바나나와 차도 준비해 두었다. 음악 소리도 들린다. 차분한 분위기가 내 마음을 여유롭고 편하게 한다. 풍요가 느껴진다. 심신의 안정과 편안함을 주는 교육장에서 느끼는 기분 역시 원더풀이다. 나는 강규형 대표를 만나고 싶었다. 마침 강의장에 있다. 찾아가 인사를 하니 반가워하며, 건강 저서가 500권이나 있는 방으로 안내해 준다. 남편과 한번 방문하라고 한다. 2022년 나의 멘토이다. 서브 바인더도 보여 주었다. 기록을 보관하는 능력이 뛰어나다. 마음속으로 이런 강의장을 갖고 싶다는 막연하지만, 큰 비전을 꿈꿔 본다. 그날 강규형 대표 강의에서 가장 기억에 남은 것은 『백만장자 마인드, 토마스 스탠리』에서 나오는 '성공한 백만장자의 다섯 가지' 중, 첫 번째, 자기 관리이다. 바로 실행이다. 나는 스스로 나의 루틴을 지키기 위해 '하루 관리'에 들어갔다.

나에게는 별에서 온 손님 일곱 살 손주가 있다. 손주는 나와 햇수로 7년을 함께 살았다. 나를 숨 쉬게 하고 움직이게 하는 또 하나의 동력이다. 자기관리 속에 손주의 양육에 대한 시간표도 포함된다. 아침 5시 30분에 기상한다. 아침을 이불 개고 물 한 잔 마시는 일로 시작한다. 간단한 스트레칭으로 나의 피곤한 몸에 노크한다. 그리고 바인더 작성 10분으로 하루를 계획한다. 독서 30분, 글쓰기 스케치 30분, 그리고 한 시간 정도 블로그에 글을 올린다. 간단한 아침 식사 준비를 하고, 손주 유한이의 한글 공부를 봐준다. 9시가 되면 손주를 등원시키고 아파트 헬스클럽에서 한 시간 30분 정도 운동한다. 그리고 오후에는 글을 쓴다. 자신의 이야기를 쓸 수 있는 사람이 되고 싶어서 매일 일기를 적는다. 창조적인 글쓰기를 위해 문장 독서를 한다. 하루 중 좀 더 긴 시간이 날 때 글을 쓴다.

일주일에 한 번, 월요일에 손주 유한이의 어린이집 옆 푸른도서관에서 책 다섯 권은 읽어주고, 다섯 권은 빌려온다. 모든 책을 사서 소장할 수 없으니, 도서관을 이용한다. 도서관에는 우리 집에 없는 명작이 많다. 『손오공』을 비롯해 『알프스 소녀 하이디』, 『신드바드의 모험』 등 다양한 책을 읽히기에 최적이다. 매일 책 다섯 권을 읽히려고 노력 중이다. 손주도 자기 전 책 읽기가 습관이 되어 바쁜 날도 꼭 읽어 달라고 한다. 책을 다 읽고 '김밥 말이' 놀이한다. 아이를 이불 위에 놓고 베게 올리고 둘둘 말아 옆구리 터진 김밥을 만든다. 아이는 이 놀이 덕분에 책 읽기도 즐거워한다. 손주를 재우고 나면 10시 반이 넘는다. 이후 시간은 하루의 마무리를 위해 10분 정도, 오늘 내가 우선순위 전략으로 살았는지, 나의 하루를 돌아보는 성찰의 시간을 갖는다. 내일 할 일을 적는다. 후에 책을 읽거나 강의를 준비한다. 보통 12시에서 1시에 하루를 마무리한다. 나의 삶의 경쟁 대상자는 다른 사람이 아닌 어제의 나이다.

나의 루틴에 한 가지를 더 추가한다. 말로 하지 말고 보여 주는 삶이다. 나는 지금까지 내가 경험하고 읽은 책들을, 주부들과 함께 읽고 나누고 싶었다. 자녀를 양육하는 주부들에게 지식을 넘어 지혜로 아이들을 키울 수 있게 돕고 싶은 마음이 있다. 작년부터 작은 도서관 소장님께 말씀드렸더니 지역 푸른 도서관에서 3월부터 주부독서회를 시작한다며 리더를 부탁했다.

비전은 뒤로 미루는 것이 아니다. 지금 당장 그렇게 살아야 한다고 선택할 때 이루어진다. 오늘도 어제처럼 매일 반복 되는 꾸준함을 통해 루틴을 실행해 나가는 것이다. 오늘, 지금 열심히 살아야 하는 이유는 내가 사는 이웃에게 작은 도움을 주는 일이다. 타인의 경험을 통해 바른 세상을 만드는 책 읽기, 글쓰기, 코칭을 알리는 일이다. 나의 새로운 추진력은 3월, 나의 동네 책 읽기 모임이다. 가슴 설레는 만남으로 재부팅이다.

오늘이 전부인 것처럼

5-6.
오늘에 당당히 플러그 'ON'

이영란

5:00 AM. 새벽 기상과 함께 아침 루틴이 시작된다. 알람이 울리면 "이렇게 멋진 '나'라니!" 내 삶의 마지막 순간에 찍을 감탄사를 미리 당겨 긍정 확언으로 외친다. 온몸을 쭉 펴며 기지개를 켠다. 알람을 끄고 침대 옆 콘센트 불빛을 찍는다. 오늘에 당당히 '플러그 ON' 한다. 잠 덜 깬 몽롱한 걸음으로 주방에 가서 물을 끓이며 찰칵! 보글보글 물 끓는 소리에 내 안의 열정 온도도 조금씩 끓어오른다. 파란 요가 매트도 찰칵! 이리 찢고 저리 찢으며 근육이 파도처럼 출렁인다. 세수하자마자 얼굴에 1일 1팩을 얹는다. '나 사랑하기'는 새벽부터 예뻐지는 '나 가꾸기'부터 시작된다. 뜨거운 물에 찬물 섞은 음양탕을 챙겨 들고 책상에 앉는다. 스탠드 불빛 아래 가장 좋아하는 노트를 펼친다. 모닝 페이지 네 바닥 위에 그 순간 떠오르는 생각을 쏟아낸다. 전날 소용돌이쳤던 감정을 털어내고 나면 다시 고요

해진다. 한 김 빠져나간 생각 주머니에서 나에게 가장 유리한 긍정 메시지만 건져낸다. 분주했던 시간 속 나를 되돌아보기도 하고, 미래의 어느 날 빛나는 나를 만나기도 한다. 다섯 가지 강점 테마 중 하나를 골라 녹음하고, 오늘의 강점 전략을 세워 코칭 카톡방에 공유한다. 감사 일기와 긍정 확언을 기록하고 오늘의 한 줄 캘리그라피를 쓰며 명상으로 마무리한다. 이렇게 두어 시간 정도 온전히 나에게 집중하며 '오늘'에 시동을 건다.

7:00 AM. 아침 식사를 하면서 모닝 독서를 챙긴다. 매일 한 쪽씩 읽기 좋은 『데일리 필로소피』나 『하루 한 줄 행복』은 출근 전 마음을 채워주는 영혼의 비타민이다. 하루 한 챕터 『빨강 머리 앤』은 무슨 일이 있어도 흔들리지 않을 초긍정으로 버무린 나만의 빨간 김치다. 출근길 차 안에서 듣는 클래식 방송은 평범한 풍경마저 감성 돋게 한다. 창밖으로 컨테이너를 뒤덮은 담쟁이 바라보며 사계절 변화를 관찰하는 맛도 일품이다. 신호대기로 늘 멈춰서는 고물상 앞. 요란한 굉음 소리 내며 철근 덩어리 집어 삼키는 포크레인, '포크리노사우르스'를 만난다. 빨강 머리 앤의 호들갑 상상력이 나에게도 전염된다. 거침없이 창문을 내리고 사진을 찍는다. 차 안에서의 순간 포착부터 오늘의 포토에세이는 시작된다.

8:00 AM. 출근 시간 30분 전에 학교에 도착하면, 학교 주변을 산책한다. 황구지천을 따라 사계절 벚꽃길, 논과 밭을 바라보며 신선한 에너지를 가득 채운다. 학교생활 놀이터에서 오늘 하

루 즐겁고 행복하게 보내기 위한 준비운동 시간이다. 전날 무슨 일이 있었건 나에게 집중하며 리셋 타임을 갖는다. 새로운 생각과 감성을 채운다. 사계절의 섬세한 변화를 매일 관찰하며 찍은 아침 풍경 사진. 아이들과 수시로 함께 보며 이야기꽃을 피운다. 아침 산책은 '말'감 사냥터이자 '글'감 놀이터다.

8:30 AM. 교실로 등교하는 학생들을 맞이한다. 아이들이 들어올 때마다 반갑게 이름을 불러주고 정성껏 눈빛을 건네며 환영한다. 아이들은 등굣길에 돌멩이, 풀꽃을 들고 와서 선생님의 아침 산책을 흉내 낸다. 손에 쥐고 온 선물뿐 아니라 머리 모양이나 옷차림, 표정의 변화를 발견할 때마다 사진을 남긴다. 적극적 공감과 소통은 아침부터 시작된다. 수업 시간, 쉬는 시간, 점심시간에도 수시로 사진을 찍는다. 내 생각이 머무는 모든 장면에 카메라를 켜고 '순간'을 기록한다. '마음'을 담는다.

10:00 AM. 금요일 2교시는 운동장 자유 놀이 시간이다. 아이들은 이 시간을 손꼽아 기다린다. 줄넘기하고, 학교 화단 관찰하고, 모래놀이와 놀이터를 마음껏 즐긴다. 그림 도구 가지고 나와 꽃과 나무를 그리기도 하고, 낙엽 놀이하고, 열매 줍기도 한다. 무엇보다 운동장을 통째로 차지해서 축구를 즐길 수 있다. 치마를 입고도 축구 경기하는 에너지 넘치는 아이들이다. 선생님 껌딱지들은 내 뒤를 졸졸 따라다니며 학교 숲길 함께 걷는 산책 테라피를 즐긴다. 나는 또 가만히 있질 못하고 활기찬 아이들 모습에 반해 몸짓 하나 웃음소리까지 사진에 담아낸다.

1:30 PM. 교문 앞까지 하교 지도 후, 곧장 교실로 들어가지 않고 혼자 조용히 운동장 둘레 숲길을 한 바퀴 돈다. 10분도 채 걸리지 않는 시간이지만 아이들이 없는 한적한 운동장을 돌면서 교실에서 초 단위로 분주히 살아낸 일과를 정리한다. 그제야 숨 고르기를 한다. 교실에 올라와 좋아하는 노래 신나게 따라부르며 청소한다. 청소를 마치면 불을 다 끄고 교실 앞 긴 수납 소파 위에 누워 15분간 쪽잠을 잔다. 지속 가능한 열정 서비스를 위해서는 이런 짬 시간 휴식으로 그때그때 충전을 해줘야 한다. 잠깐이지만 꿈도 꾸고 침까지 흘리며 단잠에 빠진다.

2:00 PM. 동 학년 전문적 학습공동체의 날이다. 그림책, 즐겨 읽는 추천 도서를 가지고 연구실에 모여 동료 교사와 독서토론을 즐긴다. 수업에 활용한 그림책 정보도 나누고, 교사의 삶을 위로하는 그림책도 함께 읽는다. 교실에 콕 박혀있으면 그 안에서 무슨 천둥 번개가 지나갔는지 알 리 없는 속앓이가 된다. 함께 꺼내놓고 나누면 공감과 위로가 된다. 누군가를 돕는 위로와 격려의 시간은 나를 채우며 선순환한다. 내가 가진 배움과 경험을 적극적으로 나누는 이유다.

4:30 PM. 다음날 수업 준비하고 나면 퇴근 시간이다. 집으로 곧장 들어가지 않고 아파트 단지를 돌며 산책한다. 학교에서 열정을 불태운 고단함을 달래며 동네 한 바퀴 산림욕을 한다. 단지 내 40여 종이 넘는 꽃과 나무 이름을 부르고 눈길을 건네며 학교와 관련된 모든 감정을 비워낸다. 퇴근 후 제2의 삶으로 모드를

오늘이 전부인 것처럼

전환한다.

5:10 PM. 현관문 비밀번호를 누르며 속으로 외친다. '나는 이 제 작가 사무실로 출근합니다!'. 나를 위한 저녁상을 정성껏 차 려 먹는다. 안마의자에 누워 20분간 피로를 풀고 나면 드디어 작가의 방으로 입장한다. 쌓여있는 책 봉우리 사이로 노트북이 어서 오라 손짓한다. 책을 읽고, 강의를 들으며 작가 수업을 받 는다. 매 순간을 놀이처럼 즐긴 흔적을 하루도 빠짐없이 교단 일 기에 기록해 블로그에 포스팅한다. 순간순간 내 눈에 들어온 사 진을 몽땅 털어놓고 장면마다 머물렀던 생각을 복기하며 포토에 세이를 쓴다.

10:30 PM. 하루 시작을 모닝 페이지로 열었다면, 하루의 끝 은 손글씨 일기로 마무리한다. 다시 오지 않을 오늘을 정성껏 보 관하는 마감 의식이다. 기쁘고 즐겁고 설레는 일로 가득한 날에 는 쉼 없이 미끄러지는 볼펜 춤사위 따라 탭댄스를 춘다. 속상하 고 슬프고 화나는 날에는 멈춰선 글자 사이 긴 침묵에 잠시 머문 다. 그런 오늘을 살아내느라 애썼다며 조용히 토닥여 준다. 나만 의 메시지를 어록으로 만들어 '내게 쓰는 캘리'로 하루를 마무리 한다.

시간이 흐른다는 착각은 흘러가듯 돌아가는 시곗바늘을 보며 만들어진 것 같다. 불교에서는 손가락 딱! 튕기는 1초의 순간을 65찰나라고 한다. 하루는 5,616,000찰나로 채워진다. 그 무수한 순간마다 다시 태어나고 새로운 삶이 시작된다. 내 하루를 브이로그하며 만난 수많은 찰나. 매 순간 처음 보듯 설레고 감탄하는 내가 있다. 내 생에 다시 볼 수 없는 마지막 한정판인 듯 미련 없이, 남김없이 즐기는 내가 보인다. 찰나를 낚아채는 소리 '찰칵!'. 오늘도 거침없이 셔터를 누른다. ON 몸으로 '지금'을 수집한다. 내 별명은 이제부터 '설렘 수집가'다.

오늘이 전부인 것처럼

5-7.
매일 좋을 수는 없지

이현주

매주 일요일 아침, 아산으로 전문상담사 교육을 받으러 간다. 총 30회로 8개월 동안 받아야 한다. 오전 9시부터 오후 6시까지 온종일 받는다. 이백만 원이나 하는 교육을 무료로 받을 수 있다니! 일요일 하루쯤은 기꺼이 투자할 수 있었다.

온 가족이 집에 있는 휴일. 요리를 못 하는 나는 끼니마다 뭘 해야 할지 고민이었다. 아침 먹고 돌아서면 점심, 점심 먹고 돌아서면 저녁, 안 하고 싶었다. 그런데 그런 일요일에 교육이라니! 당당하게 밥에서 벗어날 수 있는 기회를 잡은 것이다. 속으로 노래를 불렀다.

시간이 지날수록 일요일에 일찍 일어나는 게 힘들었다. 은근히 귀찮기도 했다. 따뜻한 이불 속은 천국이었다. 5분만, 5분만 더…. 그럼에도 꾸물꾸물 몸을 일으켜 세웠다. 누가 억지로 하라고 시킨 것도 아니고, 내가 좋아서 하겠다고 시작한 일이니 그만 둘 수도 없었다. 서둘러 준비하고 집을 나섰다. 운전대를 잡으면 쏟아지는 햇살에 손바닥 뒤집듯 기분이 바뀌었다. 지금이 아니라면 배울 수 없기에 끝까지 잘해보자 다짐했다.

밤잠이 없는 나는 평소에도 늦게 잔다. 그런데 그날은 늦은 시간에 마신 커피 탓인지 유난히 잠이 오지 않았다.

'큰일이네. 내일 일찍 일어나야 하는데, 왜 잠이 안 오냐.'

이리저리 뒤척이다가 새벽 4시쯤에야 겨우 잠들었다. 한참 자다가 이상한 기분이 들었다. 용수철이 튕기듯 벌떡 일어났다. 후다닥 놀라서 시계를 보니 8시 50분. 황당했다. 9시까지 도착하려면 늦어도 8시 10분에는 나가야 하는데 어쩌지.

거실에서 들리는 커다란 TV 소리, 넋 놓고 바라보는 남편. 화가 났다.

"나, 어떻게 해. 늦었다. 좀 깨우지!"

"안 일어나서, 오늘은 안 가는 줄 알았지."

남편에게 눈을 흘겼다. 새벽에 잠이 들었다는 말은 하지 않았다. 잠결에 나도 모르게 알람을 껐는지도 모른다. 늦었다는 생각에 마음만 급했다. 투덜거리며 화장실로 들어갔다. 찬물을 틀고 세면대에 기대어 멍한 눈으로 거울을 봤다.

축 처진 입가에 불만이 가득한, 골이 잔뜩 난 아이가 서 있었다. 세수하고 다시 거울을 봤다.

'누굴 탓하니? 네 잘못이잖아.'

지키지 못할 약속은 하지 말자. 약속을 했다면 꼭 지키자. 피치 못할 사정이 생기면 미리 연락하는 게 맞다, 약속에 대한 내 생각이다. 그래서 나는 어떻게든 약속을 지키려고 노력한다. 그런데 연락도 못 하고 늦잠을 자 버렸으니…….

내 잘못이 아니야, 안 깨운 남편 잘못이지. 핑계를 대고 싶었다. 투덜거리는 나를 보면서 남편은 참 억울했을 거다. 늦게 잔 것도 나였다. 알람을 끈 것도, 못 일어난 것도 전부 나였다.

잠들기 전 알람을 확인하고, 늦지 않게 깨워달라고 부탁했다면 이런 일은 일어나지는 않았을 텐데. 눈을 감고 크게 숨을 쉬었다. 그리고 바꿀 수 있는 것만 생각했다. 이미 늦은 건 어쩔 수 없으니 천천히 하자. 남편 잘못도 아닌데 괜히 툴툴거려서 미안했다. 있는 그대로 인정하고 받아들였다. 마음이 가벼웠다. 화장실을 나와 남편을 보며 말했다.

"어차피 늦은 거 천천히 가기로 했어. 어쩔 수 없지 뭐. 툴툴거려서 미안해."

"그래, 늦었다고 빨리 가지 말고 조심해서 가. 그리고 이제 주말에는 좀 쉬어."

"왜?"

"왜긴, 일요일까지 교육을 들으면 힘들어서 쓰러질까 봐 그러지."

내가 그렇게 약한 여자는 아니라고 대답하며 피식 웃었다. 내 생각 해주는 남편 말 한마디에 기분이 좋아졌다. 교육담당자에게 조금 늦는다고 연락을 했다. 느긋하게 준비하고 주차장으로 갔다. 3월의 바람은 여전히 차가웠지만, 햇살은 따스했다. 교육장에 주차하고 남편에게 잘 도착했다는 문자를 했다. 교육도 잘 받았고, 맛있는 점심도 먹었다. 늦었지만 교육받으러 오길 잘했다.

아침 내내 남편을 탓하며 툴툴거렸다면 어땠을까. 결국, 남편도 화가 나서 나에게 짜증을 냈을 것이다. 그랬다면 나는 또 기분 나쁜 상태로 과격한 운전을 했을 수도 있다. 그렇게 우리 둘의 하루를 망쳤을지 모른다. 하지만 다행히 그런 일은 없었다. 남편의 관심과 걱정 어린 말 덕분에 기분이 좋아졌다. 그렇게 얘기를 해준 남편이 고마웠다. 그리고 약속을 지키지 못한 내 마음이 왜 그렇게 불편한지도 알게 되었다. 그래서 약속에 대한 생각을 조금 바꿔보기로 했다.

'피치 못할 사정이 있다면 늦을 수도 있는 거다. 미리 연락하면 괜찮다. 약속을 못 지킨다고 큰일 나는 것도 아니다.' 마음이 편해졌다.

아침에 눈을 뜨면서부터 잠자리에 들 때까지 모든 것이 나의 선택이다. 지금 일어날까? 아니야 조금 더 자자. 사무실에 걸어갈까? 힘드니까 차 타고 가지 뭐. 점심으로 밥 먹을까? 귀찮은데 오늘은 라면. 퇴근하고 친구 만날까? 그냥 집에 일찍 들어갈까? 중요한 것부터 소소한 것까지 어떤 결정을 하느냐에 따라 하루가 크게 달라진다. 그러니 지금의 내 모습도 지난날의 선택으로 만들어진 것이다. 결과에 대한 책임은 온전히 나에게 있다.

그날 밤, 늦게 잔 것도 늦게 일어난 것도 모두 내 '선택'이었다. 그런데 그 책임을 남편에게 돌리려고 했다. 하지만 누구보다 내

오늘이 전부인 것처럼

책임이라는 걸 잘 안다. 좋지 않은 결과라도 그대로 인정하고 받아들였다. 그리고 내가 바꿀 수 있는 것에 집중하기로 했다. 또 한 번 경험을 통해 배웠다. 선택의 기회가 나에게 있다는 것이 얼마나 다행인가.

'매일 행복하진 않지만, 행복한 일은 매일 있어.' 곰돌이 푸의 말이다. 날마다 좋을 수는 없다. 하지만 좋은 하루를 만들 수는 있다. 지금, 여기에서 내가 할 수 있는 최선의 선택. 오늘을 '행복한 날'로 정했다.

5-8.
새로운 세상, 설렘과 두려움이 함께

허영이

───────────   ───────────

　　　　　　명예퇴직을 했다. 벌써 7년 전 일이다. 학교
밖에서의 생활이 시작되었다. 원두 판매를 위해서 네이버 스토
어팜(지금은 스마트스토어로 이름이 바뀌었다)을 개설하려고 했다. 처
음 해보는 온라인 판매를 위해서는 배워야 할 게 많았다. 아침
일찍 서울행 고속버스를 탔다. 네이버 교육은 인기가 많아서 경
쟁이 치열했다. 수강 신청이 어려웠다. 결석생이 있는 경우 운
이 좋으면 현장 접수도 가능하다. 신청 못했어도 무조건 교육장
으로 향했다. 자리가 없어서 교육을 못 받으면 서울에 놀러간 셈
친다. 버스를 타고 가면서 계속 신청 화면을 들여다봤다.

　'한 명만 취소해라. 한 명만. 많이도 말고 한 명만.'

　주문을 외우듯이 한 명만을 속으로 외쳤다. 어느 순간 화면에
신청 가능 인원 1명이 떴다. 잽싸게 신청 버튼을 눌렀다. 와우!
나도 모르게 소리가 새어 나갔다. 그때부터는 편안한 마음으로

교육장까지 간다. 신청받는 직원이 쳐다보며 웃는다. "오늘도 오셨네요." 나도 어색하게 살짝 웃었다. 교육생 모두 젊고 똑똑한 사업가처럼 보였다. 나이 많은 사람도 있다는 사실은 한참 지나서 알았다. 그때쯤 주변을 둘러볼 여유도 생겼다.

학교는 언제나 든든한 내 울타리였다. 울타리 밖으로 나왔으니 개인으로 홀로서야 한다. 일단 길을 나섰다. 길 위에 서야 또 다른 길을 만날 수 있다. 설렘과 두려움이 함께 한다. 두려움을 이기기 위해서는 행동해야 한다. 낯선 곳에서 익숙해지는 연습이 필요하다. 누구에게나 처음은 있다. 처음을 건너야 두 번째가 있다.

건물을 짓고 카페를 오픈하면서 자연스럽게 역할이 나뉘었다. 남편은 로스팅을, 나는 온라인 판매를 맡았다. 카페는 둘이 함께 운영했다. 커피 맛이야 그동안 충분히 검증되었다고 생각했다. 다만 사람들이 찾아오기 어려운 위치라는 게 마음에 걸렸다. 우려와 달리 다행히도 손님이 제법 많았다. 또 기존 단골손님들도 한 번씩 들러주었다. 잊지 않고 찾아주는 모습에 감사했다. 카페가 없던 동네라 인근에 소문이 금방 났다. 이런 곳에 카페가 있는 게 신기하다며 찾아왔다. 손님들은 벌판에 카페를 차린 이유를 궁금해했다. 우리는 오히려 이 구석까지 손님들이 어떻게 알고 찾아온 건지 궁금했다. 이유를 알고 싶어 오는 손님마다 붙들고 물어봤다. 블로그나 인스타 보고 왔다는 사람이 많았다. SNS를 해야겠다고 결심했다. 어색했지만 블로그에 글을 쓰고 인스타에 사진을 찍어 올렸다. 처음에는 나를 홍보한다는 것이 낯간

지러워 커피 이야기는 못 하고 정원에 꽃이 예쁘다는 둥 딴 이야기만 썼다.

　SNS 홍보는 어떻게 할 수 있을 것 같은데 문제는 온라인 판매였다. 시장 진입이 얼마나 어려운지 현실을 모르고 남편에게 큰소리쳤다. 교육받을 수 있는 곳을 찾아보았다. 소상공인을 대상으로 하는 교육이 많이 있었다. 홈페이지 만들고 운영하는 방법, SNS를 이용한 다양한 홍보, 온라인 매출 전략 등 처음 듣는 내용이라 어려웠지만 재미도 있었다. 평촌으로, 강남으로, 양재로 기회만 있으면 찾아다녔다. 자판 위의 알파벳을 찾느라 강사 말을 놓치면 수업을 따라가지 못한다. 앞자리에 앉아야 모르는 건 살짝 물어볼 수 있다. 교육받으러 가면 무조건 일찍 가서 앞줄 가운데 자리에 앉는다. 돋보기를 썼다 벗었다 하면서 강의를 듣는다. 하나라도 놓치면 큰일 날 것처럼 메모한다. 늦게 와서 비어있는 옆자리에 앉은 나이 지긋한 교육생이 말했다.

　"메모는 1등이네. 판매는 내가 잘하는데."

　기분은 나빴지만 칭찬이라 여기기로 했다. 판매는 못 해도 메모는 내가 1등이지.

　새로운 곳에 가면 새로운 사람이 있다. 붙임성이 좋은 편이 아니라서 쉽게 말 걸지 못한다. 처음엔 나만 그런 줄 알았다. 알고 보면 다들 비슷하다. 세월이 흐르니 학교 밖에서 만난 사람들이 늘어났다. 교육받으며 알게 된 사람과는 주로 SNS를 통해 소통한다. 조금씩 나의 세상이 넓어지고 있다. 짧게 만났지만 길게 이어가려고 한다. 배움의 장에서 만난 사람들은 좋은 에너지가 많다. 도전하고 시도하는 열정이 있다. 나도 다른 사람들에게 그런 좋은 기운을 주었으리라 믿는다.

SNS가 필수인 세상이 되었다. 인스타그램 페이스북 블로그 등 친구 늘리기에 정성을 쏟았다. 카페에 인스타그램이나 페이스북 친구라고 하면서 찾아오면 친한 친구를 만난 듯 반가웠다. 가끔 먼 곳에서 일부러 찾아오는 손님도 있었다. 내가 노력한 증거 같아서 기뻤다. 음료나 드립백 커피 등을 서비스로 주었다.

블로그 홍보 효과를 보려면 매일 글을 올리는 것이 가장 효과가 있다고 했다. 100일 동안 하루도 빠짐없이 블로그에 글을 썼다. 그렇게 쓰고 나면 글이 고민하지 않아도 저절로 써질 줄 알았다. 엄청난 변화가 생길 줄 알았지만 곰이 사람이 되는 것 같은 변화는 생기지 않았다. 목표를 달성하고 하루 쉬었다. 더 쉬고 싶었다. 그 정도 보상은 해줘도 될 것 같았다. 잘못된 생각이었다. 습관으로 자리 잡았다고 생각했던 글쓰기는 바로 무너졌다. 글 쓰는 일은 습관이 되는 게 아니다. 100일 동안 글을 쓰며 습관이라 생각했던 글쓰기조차 쉬운 게 아님을 깨달았다. 점점 더 어렵게 느껴졌다. 글은 쓰는 것이지 써지는 게 아니다. 그냥 매일 써야 한다. 글 쓰는 일은 습관이 되는 게 아니다. 루틴을 만들고 실천해야 한다.

그 무렵 '네이버 지식인'을 통해 홍보하는 것이 효과가 좋다는 말을 들었다. 커피에 관한 질문이 올라온 걸 찾아서 정성껏 답을 달아주면 되었다. 다른 사람들이 남긴 답을 찾아봤다. 나도 할 수 있을 것 같았다. 정성을 다해 자료를 찾아 답을 달았다. 좋은 커피 추천해달라는 질문에 우리 홈페이지를 링크로 달아줬다. 다른 질문 답글들을 보니 홈페이지 링크를 자연스레 올려놓았기에 잘못이라는 생각은 하지 못했다.

어느 날 아이디가 영구 정지당했다. 심장이 벌렁거리고 아무 생각도 나지 않았다. 그동안 블로그에 쓴 글이 몇 편인데. 아이디를 살려야 했다. 네이버에서는 개인 광고를 허용하지 않는다는 사실을 몰랐다. 1,000자를 꽉 채워 네이버 고객센터에 소명서를 제출했다. 나이 먹은 아줌마가 몰라서 그런 실수를 했으니 선처를 바란다는 자조 섞인 내용을 글에 담았다. 상습적으로 한 행동은 아닌 것 같으니 기회를 한 번 더 주겠다는 답변을 받았다. 아이디는 바로 복구되었다. 블로그에 올렸던 모든 글이 다시 살아났다. 그 경험을 블로그에 썼다. 누군가에게 도움을 줄 수 있으면 좋겠다는 마음으로 쓴 글이 어느새 조회 수 7,600회를 넘었다.

경험해보지 않은 일은 두렵다. 단순한 실수도 크게 다가온다. 익숙해지면 아무것도 아니다. 세상의 파도는 그대로인데 내가 달라졌다. 파도 속에서 헤엄치고 파도를 즐길 수 있다. 내 역량이 커졌다. 시작하고 행동했다. 예상치 못한 행복이 찾아왔다.

내게 오늘 하루만 주어졌다면 어떻게 살아야 할까? 식구들을 위하여 밥상을 차리고, 아이들과 남편과 오늘 하루 있었던 일을 얘기하며, 큰 소리로 웃고 싶다. 그리고 책과 공책을 들고 정원에 나갈 것이다. 내게 주어진 모든 것에 감사하며 일기를 쓰겠다. 열정적으로 산다며 나를 들볶지 않겠다. 열성은 불타오르는

오늘이 전부인 것처럼

것이 아니라 꾸준하게 불을 관리하는 것이다. 핑계를 찾는 것이
아니라 방법을 찾는 일이다. 오늘도 담담하게 내가 해야 하는 일
을 해내는 것. 그것이 열정이다. 오늘을 사는 것이다. 설렘으로
가득 찬 하루를 감사하는 마음으로 맞고 싶다.

5-9.
지금, 오행자

황혜민

〈2023년 2월 17일 금요일 날씨: 맑을 예정〉

　나는 오늘 세 번 정도 설렐 '작정'이다. 원고를 마무리 지으면서 한 번, 잔뜩 주문해놓은 책이 택배로 오는 순간 한 번, 그리고 저녁엔 아이들과 영화 한 편 보며 내가 좋아하는 숯불 치킨을 시켜 먹을 생각에 또 한 번. 일기를 쓰는 지금, 이 순간조차 오늘 일을 상상하며 벌써 설렌다. 세 번이 아니라 네 번이다. 감사하다. 오늘도 일기 쓸 수 있음에. 다행이다. 오늘도 설렐 수 있어서.

　지난밤 뒤숭숭한 꿈자리가 오늘 일어날 사건을 미리 암시하는 건 아닐까. 꿈풀이를 검색해 보려다 관둔다. 괜한 걱정으로 하루를 망칠까 싶어 얼른 이불을 걷어차고 일어난다. 눈곱도 떼지 않고, 잠옷도 그대로 입은 채 식탁에 앉아 다이어리를 펼친다. 언

오늘이 전부인 것처럼

제나처럼 '나는 오늘'로 시작하는 일기를 가장 좋아하는 초록색 펜으로 써 내려간다. 일기를 쓰며 의식적으로 오늘, 지금을 생각한다. 일기 마지막 문장의 설렘이라는 글자에 더욱 힘을 주며 쓴다. 내가 사는 지금이 당연하게 주어진 게 아님을 끊임없이 떠올리기 위한 노력이다.

걱정과 불안이 끼어들 틈을 주지 않기 위해 좋아하는 것과 기분 좋을 일을 일상 곳곳에 만들어 놓고 일기에 쓴다. 해야 할 일을 마치고 난 후의 뿌듯함, 뿌듯함을 배가시켜줄 보상의 기쁨, 맛있는 음식을 먹으며 느낄 즐거움 같은 것을 떠올리며 오늘을 계획한다.

아침 일기를 처음 썼을 때 화내지 말자, 짜증 내지 말자 같은 다짐을 썼다. 내가 아니라 아이들에게 무엇을 하자 같은 말들로 채웠다. 그러나 이제는 일기 속 주인공으로 오로지 나만 세운다. 하지 말자는 다짐보다는 기분 좋은 선물 같은 일들로 메운다.

하루 한 꼭지씩 글을 닷새째 쓰고 있다. 덕분에 청소를 안 한 지도 닷새째라 거실 창으로 들어 온 햇살에 뽀얀 먼지가 여기저기 비친다.

먼지가 묻어도 티 나지 않을 회색 양말을 찾아 발을 넣는다. 까만색 양말을 신으면 하얀 먼지 때문에 청소하지 않았다는 사실이 금방 들통난다. 반대로 하얀색 양말은 지워지지 않는 발바닥 때를 애벌빨래 해야 하는데 빨래는 무조건 세탁기에 일임하는 나에게는 있을 수 없는 일이다. 여러모로 딱인 회색 양말을 발목까지 끌어 올린 뒤 비장한 각오로 책상 앞에 앉는다. 표정만 보면 수십 년 글을 써온 글쓰기 대가 같다. 노트북을 열어 오늘까지 마무리 짓기로 한 글을 써 내려간다. 마지막 꼭지다. 키보드 위에 올려놓은 손가락 끝엔 이미 다섯 꼭지가 아니라 50부 대작이라도 끝낸 것 같은 설렘이 묻어있다. 예전 같으면 엄마 역할을 해야 한다는 생각에 꾸역꾸역 청소기부터 잡았겠지만, 지금은 아니다. 내가 좋아하는 일 먼저다. 청소는 글을 다 쓰고 나면 할지 말지 고민해 볼 생각이다. 아니면 마침 내일이 주말이니 남편에게 슬쩍 넘기는 것도 좋겠다.

인간은 누구나 죽는다는 결말을 알고 있다. 그러나 잊고 산다. 경진이 덕에 잊고 있던 결말을 미리 꺼내 봤다. 그래서 지금이 소중하다. 지금이라는 시간을 잘 채우기 위해 다른 누구도 아닌, 내가 행복해야 한다는 것 또한 알게 되었다. 엄마와 아내보다 나의 시간이 먼저다. 이런 나를 두고 이기적이라 말한다면 이번 기회에 당당하게 선포하련다. 다른 어떤 이름보다 나를 맨 앞에 두는 행복한 이기주의자가 되겠노라고.

언젠가 지하철 광고에서 '자신을 사랑하면 행복해집니다. 나에게 사랑한다고 고백해보세요.'라는 문구를 읽었다. 자신을 사랑한다는 건 어떻게 하는 걸까. 마치 어린아이가 자신의 이름을 주어로 놓고 말하듯 '혜민이는 혜민이를 사랑해.' 같은 것을 하라는 말인가 싶어 닭살이 돋았다. (아, 이게 무슨…)

옆에 있던 딸 아이에게 질문을 슬쩍 넘겼다.

"서윤아, 자신을 사랑하는 건 어떻게 하는 걸까?"

"엄마, 그건 자신을 기분 좋고 소중하게 해주면 되는 거야."

고작 초등학교 1학년인 아이가 내게 해답을 안겨 주었다. 현자가 따로 없다. 사랑의 방법을 모르겠다면 서윤이 말대로 기분 좋은 순간을 만드는 일만으로도 충분하지 않을까. 그리고 그 감정을 소중하게 여기면 되지 않을까. '혜민이는 혜민이를 사랑해' 같은 쓰면서도 손가락이 오그라드는 고백보다 매 순간 자신에게 어떤 기분인지 물으며 살피는 것이다. 그날 딸의 가르침 이후 종종 내게 묻곤 한다. 지금은 기분이 어떠냐고. 오늘도 그 말이 생각나 청소기 대신 노트북을 잡은 내게 물었다. '좋냐? 청소 안 하고 글 쓰니까 좋아?' 물어보나 마나이다. 어! 좋아. 무지무지 좋아!

경진이가 떠난 지 어느덧 7년이란 시간이 흘렀다. 그 후 나는 '오행자'라는 또 다른 이름으로 살아가고 있다. 오늘 행복하고 자유로운 사람이라는 뜻의 나의 블로그 닉네임인 오행자. 또 다른 이름 덕분에 내일이 아닌 오늘의 행복을 만들며 살아가고 있다.

모든 일이 뜻대로 이루어지는 삶은 없다. 그래도 다행인 것은 계획한 대로 모든 일이 이뤄지지 않는 만큼 불안과 걱정대로 모든 일이 일어나지도 않는다는 것이다. 이런 삶 속에서 내가 할 수 있는 일은 부정보다 긍정으로, 걱정보다 행동으로, 후회보다 새로운 시작으로 채우는 일이다. 아울러 그 모든 순간의 주인공을 다른 누구도 아닌 나로 만드는 일이다. 행복은 기회가 아닌 선택의 문제니까 말이다.

고달픈 시간의 합이 인생이지 않을까. 그래서 영원불멸을 축복이 아닌 형벌이라 말하는 것은 아닐까. 괴롭고 힘든 인생의 고달픔 사이에 기쁨과 행복을 찾아 끼워 넣어본다. 씨실과 날실처럼 하나씩 엮다 보면 삶의 마지막 순간, 나에게 웃으며 작별 인사할 손수건 하나쯤은 완성할 수 있지 않을까 하는 마음으로 오늘을 만들어 간다. 고달프지만 슬픈 끝은 아니었으면 좋겠다.

오늘 아침 일기에 쓴 설렘의 순간을 느낄 시간이 다가온다. 내가 채운 오늘이라는 시간이 지금도 손수건에 아로새겨지고 있다. 다시 없을 오늘을 잘 채워나가고 있다는 생각이 삶을 더욱 의미 있고 값지게 만들어 간다.

원고의 마지막 줄을 향해가는 지금, 나의 오늘이 점점 예쁘게 수놓아지고 있다. 찬란한 황금, 화려한 불금만큼이나 나의 '지금'이 근사해져 간다.

오늘이 전부인 것처럼

5-10.
지금 이 순간 마법처럼

윤희진

학습지 교사를 다시 시작하고, 이제 3개월이 되어 간다. 월요일과 화요일은 별내별가람역 근처에 있는 아파트 세 단지와 주택 두 가정 수업이 있다. 전 선생님이 허리가 아파서 내가 수업을 받게 된 지역이다. 1월부터 바로 수업을 들어가야 했지만, 1월 마지막 주에 수업 동행하고 2월 첫째 주에 인수인계를 받았다. 홍보 활동이나 과목 입회 활동을 거의 하지 않았던 지역이기에 단지 세대 수에 비해 회원이 적다. 기왕 방문 수업하러 오는 월, 화요일이니 웬만하면 시간도 꽉꽉 채워 과목 수도 늘리고 소득도 많아졌음 한다.

새벽 5시 51분에 알람이 울리게 해 뒀다. 하지만, 오늘은 알람 울리기 3분 전에 눈을 떴다. 일어나 컴퓨터 전원을 켰다. 켈리스(켈리 최 회장을 따르는 사람들을 일컫는 말) 음독 모임을 새벽

6시에 시작하기 때문이다. 지난 해 10월 17일부터 켈리 최 회장이 기획한 '끈기 프로젝트-독서편 100일'에 참여했었다. 켈리스들은 그 프로젝트 즈음해서 음독 모임을 시작했다. 이따금씩 참석하다, 요즘은 거의 매일 함께 하고 있다. 오늘은 론다 번의 『시크릿』을 낭독하는 날이다. 새벽 6시에 줌에 입장하면 진행자 한 명이 오늘 읽을 분량을 소개하고, 소회의실을 만들어 준다. 그곳에서 한 페이지 분량씩 돌아가며 읽는다. 내가 읽을 때는 밑줄 치는 게 어렵지만, 다른 켈리스들이 읽을 때에는 좋은 구절에 밑줄도 긋는다. 좋은 책이라 온통 밑줄이다. 아침부터 책에 있는 긍정 기운을 받으니 기분까지 상쾌해진다. 그 모임이 끝나자마자 박서인 대표가 운영하는 오픈채팅방 스터디 모임 줌으로 빨리 들어갔다. 그 시간이 끝나면 매일 30분 성경읽기를 한다. 성경을 매일 30분씩 읽고 인증한지도 벌써 230일이 되었다. 습관이 무서운 법이다. 아침에 여유가 좀 더 있으면 독서를 바로 하고, 아니면 오후에 따로 30분 짬을 내어 책을 읽는다. 좋은 구절이 나오면 낭독하거나 30분간 타이머를 맞춰 놓고 묵독하기도 한다. 오늘은 어제 도서관에서 빌린 『에고라는 적』을 읽었다. 시간을 내어 책을 읽지 않으면, 하루 종일 한 페이지도 안 읽게 된다. 무엇이든 중요한 것을 먼저 해야 한다.

오후에는 센터 수업이 있다. 센터와 집이 가까워 점심은 집에 가서 챙겨 먹었다. 아직 방학이라 집에 있는 아이들과 함께 먹을 수도 있고, 식비도 아낄 수 있다. 아이들을 챙겨주고 센터 수업 가면 마음이 한결 가볍다. 2시에 와야 할 린이가 오지 않는다.

메신저로 오늘 좀 늦겠다고 보내 놨다. 형이와 비슷한 시간에 도착했다. 끝나자마자 바로 영어 수업도 있기 때문에 늦게 수업을 시작하면 린이는 수학 하루 분량을 다 해내기가 힘들다. 아직은 학생이 수요일에 두 명밖에 없지만, 정해진 시간 동안 여러 회원을 관리할 수 있으면 교사로서 시간 활용이 효율적이다.

예전에 방문교사만 할 때에는 차도 없고 해서 비는 시간 없이 빽빽하게 시간표를 짰었다. 그런데 센터에 있게 되면서 시간 관리가 중요해졌다. 계획을 세워서 무언가를 하는 데 익숙하지 않았던 나는, 3P자기경영연구소에서 진행하는 바인더교육을 받으며 조금씩 달라졌다. 일주일 동안 내가 시간을 어떻게 쓰고 있는지 시간가계부를 써 본 적이 있다. 고정적으로 사용하는 시간들을 다 표기하고 보니 나머지 시간을 내가 얼마나 낭비하고 있는지 알게 되었다. 누구에게나 주어지는 하루 24시간이지만, 어떤 사람은 1분의 시간도 촘촘하게 쓰는 사람이 있는가 하면, 또 다른 사람은 시간의 소중함을 모르고 흥청망청 쓰기도 한다. 시간의 양을 질로 바꿔 쓰는 지혜가 필요하다.

요즘은 패드로 수업을 듣고 문제를 푸는 식으로 바뀌었다. 지난주, 린이가 어려운 문제가 있다며 질문을 했다. 설명해 주다가 나도 막혔다. 식은땀이 났다. 이 일이 있은 후부터는 린이가 그날 들을 부분의 강의를 먼저 듣고, 문제도 미리 풀어본다. 린이는 오늘 어려운 문제가 없는지 질문하지 않았다. 예비 6학년 형이는 여러 과목을 하기 때문에 한 과목이 끝날 때마다 다음 수업을 안내해줘야 한다.

아이들 지도가 끝난 시각은 4시이다. 바로 퇴근할 수도 있지만, 저녁에 '끈기 프로젝트-독서편' 완주자들 줌 미팅이 있기 때문에 미리 블로그 포스팅을 해야 한다. 그래서 오늘 있었던 일을 토대로 블로그 템플릿에 맞게 내용을 메모해 둔다.

시간을 잘 활용한다는 건 빽빽하게 일정을 짜서 몸을 혹사시키라는 뜻이 아니다. 쉼의 시간도 필요하고, 책 읽고 글 쓰는 시간, 운동하는 시간도 넣어야 한다. 나만을 위한 블루타임을 설정해야 된다는 뜻이다.

집에 도착하자마자 저녁 식사 준비를 해서 가족과 먹었다. 딸 소은이는 하루 종일 신입생 오리엔테이션 하느라 대학교에 가 있고, 남편과 아들 소명이, 나 이렇게 세 가족이 한 상에 둘러 앉아 먹었다. 요리를 잘하지 못한다. 주로 마트에서 사 온 고기를 구워 먹는다. 국은 레토르트 식품으로 나온 것을 데워 먹는 날이 많다. 업무 특성상 저녁을 챙겨줄 수 없어서 식구들에게 미안하다. 그래도 오늘처럼 수업이 일찍 끝난 날에는 갓 지은 밥을 차릴 수 있어서 감사하다.

밤 9시에는 성교육 스터디가 있어서 줌 수업에 참석했다. 지난해 성교육 전문 코치 강사과정을 수료했다. 수료자들을 대상으로 매달 성교육 스터디가 열린다. 이번 달은 노인의 성에 대해 공부하고 있다. 이정규 강사는 노인의 성과 치매에 관한 내용을 발표했다. 참여자들이 함께 할 수 있도록 강의를 잘 진행했다. 10시에는 아침부터 기다렸던 '끈기 프로젝트-독서편' 100일 모두 인증한 사람들의 줌 파티 시간. 켈리 최 회장도 참석했나. 켈

오늘이 전부인 것처럼

리 최 회장은 회원들이 100일 동안 어떠했는지 세 명의 소감을 들어보자고 했다. 손을 들어보라는 말에 용기 내었다. 감사하게도 발표할 수 있는 특권을 누렸다.

"100일 동안 하루도 빠지지 않고 참석한 제가 대견했습니다. 늘 시작하면 마무리를 짓지 못했던 저였는데, 이번 계기를 통해 저도 잘할 수 있는 사람이라는 사실을 알게 되었습니다. 발표할 기회를 주셔서 감사합니다."

발표 시간 후에는 모두 눈을 감고 '시각화' 시간을 가졌다. 5년 후, 10년 후의 나의 모습부터 그려보았다. 작가로서 수백 명 독자 앞에 강연하는 모습, 코치로서 후배들을 양성하는 모습 등 꿈을 이룬 내 모습을 상상했다. 원했던 삶을 살고 있다가 죽는 순간을 맞이한 나. 내가 죽고 나서 100년, 1만 년, 1억 년이 흐른 후의 모습까지 그려보았다. 그 후 다시 현재로 돌아왔다. 가장 중요한 날은 바로 오늘이다.

꿈을 이루기 위해서 지금, 바로 여기에 집중하는 삶을 살아야 한다. 깨어 있어야 한다. 흘러가는 시간에 나를 내맡기지 말고, 내가 꿈꾸고 바라는 미래를 위해 오늘 당장 해야 할 일을 선택하고 몰입하는 것이 중요하다. 얼마 전 이시헌 작가의 저자특강을 들었다. 좋아하는 뮤지컬 곡 〈지금 이 순간〉을 직접 불러주었다. 오늘따라 그 가사가 더욱 마음에 와 닿는다.

'지금 이 순간, 지금 여기, 간절히 바라고 원했던 이 순간, 나만의 꿈이, 나만의 소원, 이뤄질지 몰라, 여기 바로 오늘'

마치는 글

백란현

　대면 저자특강하고 집에 오는 길에 블로그를 열었다. '1년 전 오늘' 글에는 온라인 저자특강 사진이 있었다. 작가로 살기 시작하면서 교사와 작가 둘 다 놓치지 않으려고 애써왔다. 날마다 치열하게 생활했던 날들을 SNS에 기록한다. 기록은 에세이 재료가 되었고 공저자 열 명 덕분에 책으로 탄생했다. 자이언트 북 컨설팅 공저 프로젝트를 세 번째 참여하면서 느낀 것이 있다. 혼자보다 함께하는 작가의 삶 덕분에 순간의 소중함을 놓치지 않는다는 점이다. 이 책을 든 독자의 오늘이 작가 삶의 출발점이길 바란다.

서영식

지금, 현재, 오늘은 지나가면 다시 오지 않는다. 정신없이 바쁘게 지낼 때가 많다. 잠깐 멈춰서 현재 나의 모습을 돌아본다. 예전엔 순간순간 흘러가는 시간에 떠밀리듯 살았다. 과거 일에 대한 후회와 미래의 불안함으로 걱정이 많았다. 목표를 정하고 인생의 의미를 생각하면서 달라졌다. 하루는 선택의 연속이다. 결정과 결과의 책임은 내 몫이다. 글쓰기와 독서로 후회하지 않고 삶을 주도적으로 살아가기 위한 힘을 매일 키운다. 누구도 대신할 수 없는 나만의 오늘, 이 시간을 소중히 여기고 집중한다.

오정희

매년 마지막이라며 생각하고 일했던 시간이 나의 경력을 만들어 주었다. 힘들어 못살 것 같은 시간은 나를 단단하게 만들어 줬다. 내가 꿈꾸는 내일은 내일의 내가 원했던 일이 아니라 어제와 오늘 내가 치열하게 살았던 시간이었다. 내일이 아니라 오늘이 내일을 만든다는 것을 알기에 나의 빈 곳을 채워가는 지금, 이 시간이 소중하다. 오늘도 나는 살며 배우는 끝없는 여정을 시작한다. 함께 하는 우리가 있어 든든하고, 설렘과 기다림이 있어 행복하다.

이경숙

　내 의지도 없이 힘겹게 떠밀리듯 살았던 젊은 날들, 아이들 키우며 정신없이 지냈던 지난 일들을 돌이켜 볼 수 있었다. 좋은 기억도, 그렇지 않은 기억도, 지금은 맛있는 곶감 같았다. 하나씩 하나씩 빼 먹는 맛이 때로는 아껴 먹고 싶은 순간이었고, 때로는 빠르게 먹어버리고 싶은 순간이었다. 내가 모르고 한 실수가 아니라면, 의도적으로 남에게 불편을 주려고 하지 않았으며 진정성 있게 살았다. 주변 사람들과 나 자신을 따뜻한 시선으로 바라보려고 했다.

이선희

　늦은 나이 마흔에 공부 시작했다. 제 입에서 툭 튀어나오는 단어는 '주경야독'이다. 낮에 강의하고 밤에 공부했다. 중학교 이후 다 고학이다. 나의 미친 존재감은 배워서 성장하며, 나누는 일이다. 결핍을 통해 자극받으며 단련된 정신은, 자신의 내면을 키우는 자생력이 된다. 스스로 동기부여 하며 자기 자신과 결혼했다. 자신을 사랑하는 마음을 지키기 위해 오늘도 확장된 플로리시를 꿈꾼다. 개인의 비전을 이루기 위해 성장이 필요하다. 매일 반복하는 읽기와 쓰기는 희망의 메시지이다.

이영란

오늘이 전부인 것처럼 치열하게 살아온 순간을 모았다. 어른이 되어가는 성장통의 시간, 나답게 도전하는 배움의 시간, 지금을 잘 살아내고 싶은 다섯 가지 필살기, 걱정과 불안을 떠나보내던 엄마와의 시간 여행, 설렘으로 가득한 내 하루의 브이로그까지. 지나온 순간을 들춰보고 다듬는 시간은 삶의 의미를 재발견하는 선물이었다. 함께 만든 선물이기에 더욱 값지다. 지.금.이.순.간.을 꾹꾹 눌러 외치며 손가락을 꼽아본다. 손안에 행복이 꼬옥 쥐어진다. 내 삶의 행복 나침반은 '지금, 이 순간'을 향한다.

이현주

불안과 두려움을 안고 살았다. 후회와 걱정으로 시간을 흘려보냈다. 책을 읽고, 글을 쓰기 시작하면서 나와 친해졌다. 나에게 관심을 갖고 질문을 했다. 남들과 다른 내가 틀린 게 아니라는 것을 깨닫게 되면서, '진정한 나'가 보였다. 오십, 무엇이든 시작할 수 있는 용감한 나이가 되었다. 작가라는 새로운 꿈에 도전을 했다. 읽기만 하는 삶에서 쓰는 삶으로 한 발 내디뎠다.

지금 할 수 있는 일에 최선을 다하는 것. 후회 없는 오늘을 살기 위해 노력한다.

허영이

　열심히 살았다. 힘에 부칠 만큼 나를 들볶으며 최선을 다하는 것이 제대로 사는 것이라고 생각했다. 가진 것보다 가지지 못한 것을 갈망했다. 그렇게 젊은 날을 보내고 인생 후반부에 있다. 그때는 그게 최선이었다. 지금은 아니다. 미래를 위하여 지금을 희생하지 않겠다고 다짐하면서 오늘을 보낸다. 과거에 매달려 오늘을 후회하지도 않는다. 그래도 잘해보겠다는 욕심이 생길 때마다 나를 다독인다. 오늘은 오늘의 나에게 맡겨두라고. 새로운 세상을 두려워하지 않고 물 흐르듯 살고 싶다.

황혜민

　지나고 나서야 알게 되는 소중한 것들이 있다. 내게는 그 소중함이 그때 그 순간의 '나'였다. 취직과 결혼, 육아까지 때맞춰 할 때마다 낯설게 다가오는 역할들에 불안했다. 새로운 이름을 해내기 위해 나를 치워두었다. 그때로 돌아갈 수 없다는 안타까움보다, 매 순간 나를 돌봐주지 못했다는 생각에 미안하다. 괜찮다. 애썼다. 잘했다. 나를 토닥여본다. 이제야. 다음번에는 위로와 토닥임 대신 축하와 행복을 전하면 좋겠다. 이 글을 읽는 당신도 그날 위해 오늘을 더 설레게 만들어 나가면 좋겠다.

윤희진

    일곱 번 도전해서 여덟 번째 하게 된 자이언트 공저 8기. 매 순간을 기회로 삼고, 소중히 여겼기 때문에 이뤄진 결과라 생각된다. 코치로서 가장 중요한 것이 코칭을 받는 고객의 말에 경청하며, 대화하는 그 순간에 온전히 몰입할 수 있는 능력을 갖추는 것이다. 우리는 각자 인생의 셀프 코치가 되어야 한다. 과거를 통해서는 성찰하는 나로, 미래를 상상하면서는 희망을 갖는 나로 살기를. 그러나 오늘의 소중함을 알고 누리는 여유 있는 미라클 코치와 독자가 되길 기도해 본다.